講談社文庫

キリの理容室

上野 歩

講談社

キリの理容室

第一章　国家試験

1

「では、二十分間のカッティング技術試験を行います」

審査官の声がした。教室前方に立った四十代の男性審査官は、整髪料を使わずブローだけで仕上げたオールバックだった。フロントに神経が払われ、後頭部のボリュームも大きく保たれている。両端をとがらせた口ひげ《ムスターシュ》の手入れにも怠《おこた》りがない。

「カッティング技術試験開始！」

その掛け声で受験者一同が、「お願いします!!」と言って頭を下げる。

この「お願いします」は、誰に向かって言っているのだろう？　と神野《かみの》キリは、専門学校で受けてきた模擬試験の時から思っていた。

顔を上げると、目の前にはモデルウィッグがあった。ちょんまげを落として刈り込んだ散切《ざんぎ》りのようなマネキンの首だ。髪は一〇〇パーセント人毛。農村部で買い上げた髪が使われた中国製品である。しかし昨今、中国の経済状況が変わり、髪を売る人も少なくなった。

貴重な髪を提供してくれた人と、一度しか使えないのに五千円もするモデルウィッグにかける言葉なのだ、この「お願いします」は、とキリは答えを決めた。しかも、今日はシェービング用に無精《ぶしょう》ひげをたくわえたタイプで一万円するのだから、なおさらである。

準備に与えられた八分の間に、散切り頭をクシ《コーム》で分髪《ぶんぱつ》してある。ウィッグの左前方四五度に立ち、前額髪際部《ぜんがくはっさいぶ》に分髪の位置を決めて右手に持ったクシを置き、その延長上に肘を位置させる。そして、肘《ちゅう》関節を軸とした円運動で分髪線を描き、左右に分ける——これが分髪の原則だ。

理容師実技試験の課題はミディアムカットである。さて、ミディアムカットとはなんぞや？　すなわち、この試験課題が制定された昭和のスタンダードヘアスタイル七《しち》三《さん》だ。試験では左分髪にするから、ウィッグの右側が七、左側が三の割合だ。右分髪では分け目が右側で、左右の割合が逆になる。

——さあ、行くよ。

キリはクリッパーを取り上げると、ウィッグの襟足《えりあし》に刃を当てた。一般の人は、クリッパーよりもバリカンという呼び名のほうが耳慣れているだろう。あれは、フランスのバリカン・エ・マールというメーカー名を由来とする言葉だ。日本にも数十社のバリカン会社があったが、すでに手動式バリカンの製造をやめている。

今は電動式バリカン、充電式コードレスのエレクトリッククリッパーが主流だ。

襟足をクリッパーで刈ると、キリは左手にクシを、右手にハサミ《シザーズ》を持ち、基本姿勢を取った。両足を肩幅よりも心持ち開き、両肘を胸の前で軽く張る。そのまま腰をぐっと低く落とした。

今度はハサミを身体の中心線の目の高さにし、クリッパーの刃を入れた上の部分にクシを合わせ、髪をすくい出しては刈り上げていく。

七三のカッティングには、確立された基本システムがある。誰にでも同じようにできるよう完成されたそのシステムでカットしていく。また、その技法はカッティングの基礎でもある。

横浜の理容専門学校が試験会場にあてられていた。キリが通う藤沢にある相模湾《さがみわん》理容専門学校より規模が断然大きく、雰囲気の違いに圧倒されていた。広い教室に五十人ほどの受験生がいる。これが今年の神奈川県内の全受験生だ。県によっては受験生がひと桁《けた》というところもある。

教室内には、先ほどまでのクリッパーのモーター音に替わってハサミが髪を切るシヤカシャカという音が緊張感をはらんで響き渡っていた。

キリの視線は動くハサミと髪に向けられている。理容バサミは高価だ。用途や長さによって高いものだと七万から十万円以上もする。学費同様、父が出してくれると言ったが、キリは自分でローンを組んだ。それに練習用ウィッグと、なにかとおカネがかかって、専門学校の授業のほかはバイト三昧《ざんまい》だった。

そうした費用も仕事を始めれば回収できる。自分が目指すのはカネを稼げる理容師だ。

理容は衰退産業だと言われている。美容師の国家試験の合格者は全国で年間二万人弱いるのに対し、理容師国家試験の合格者数は千五百人前後だ。美容師はカッコいいけど、理容師はカッコ悪い仕事だと思われているのだ。理容店はオジサンが客として通うイメージがある。美容院のＢＧＭはクラシックやジャズだけど、床屋の店内に流れているのは民放ラジオの歌謡曲だ。見回してみても受験者は若い男子が圧倒的に多い。たいていは家業の理容店を継ぐためだ。数少ない若い女子の受験者も同じ境遇だろう。

やや年齢がいっている女性は理容店を営む男性と結婚し、店を手伝うことになって免許が必要になったというところか。

キリはサラリーマン家庭で育った。だが、理容師を目指している。

はす向かいでカットしている四十代のオシャレ無精ひげにヘアカラーした男性は、うちの専門学校の通信課程で学ぶ美容院のオーナーだ。実習で来校した時にちょっと話したことがあるが、美容院のほかに理容店も持ちたいと思って免許を取ることにしたらしい。

衰退産業だって勝ち組はいる。いつか自分もターミナル駅の専門店街にたくさんのスタッフのいる理容店を持つのだ。そこが繁盛したら、自分も美容師の免許を取って、駅の反対側に美容院を出してやろう。

左手の親指で静刃《せいば》の背を支えながら、右手の親指でハサミを開閉し、耳の上を押すように刈っていく。

「きゃあっ！」

隣の女子が突然悲鳴を上げた。

びっくりして手を止め、キリはそちらを見やる。ほかの受験者たちも彼女に目を向けていた。

「どうしました？」

審査官が声をかけたが、彼女はそれに応《こた》えず、顔を両手で覆《おお》い泣きながら出ていった。ハサミで指を切ったのかと思ったら、どうやらウィッグの耳をカットしてしまったらしい。失格だと諦めたのだろう。

キリは再びハサミを動かし始めた。

やっとここまできたのだ。自分なら諦めない。なにがあってもそう簡単には諦めない。専門学校の植木《うえき》先生が、修業時代に客の耳を切ってしまい、土下座して謝ったという話をしていたのを思い出し、少し手もとが慎重になる。

あんまり怖気《おじけ》づいてると、時間がなくなるぞ。キリは気持ちを強くしてまた手を早める。

先月、筆記試験は終えている。皮膚《ひふ》、人体、公衆衛生、薬品、消毒などにかかわる問題が出題された。今日の実技試験と併せた評価で、国家試験に通ればいよいよ理容師になれるのだ。

「カッティング技術試験終了！　用具を置いて」

審査官の声がした。

「毛払いをして」

全員がブラシでウィッグの顔に散った毛を払う。

「続いて五分間のセニングカット試験開始！」

「お願いします!!」

セニングとは毛量を減らして調整する技法である。すきバサミを使って行う。すきバサミの静刃のほうがクシ型になっていて切れず、動刃《どうば》だけでカットするのでジグザグに髪が残る。

本当は中学を卒業したらすぐに理容専門学校に通うつもりでいた。キリは進路指導の際、担任にそれを告げた。担任は技術教師だった。きっと手に職をつけるというキリの考えを大いに支持してくれるものと思っていた。

ところが反対された。

「高校に行ってたくさん友だちをつくるといい。理容は人と人の仕事だから、まず多くの人間と接するといいよ」

キリには、そう諭《さと》す担任の言葉の意味が分からなかった。理容師になりたいという明確な目標を持つ自分と、周りの空気はかけ離れていて、高校に行ってからは大して友だちもできなかった。まあ、いつも面白くなさそうにむすっとしているのだから当たり前かもしれない。ただ、あとから、やっぱ理容学校に行かなくてよかったかも、と思う事件があった。家の階段でこけて右腕を骨折したのだ。一ヵ月以上ギプスをする羽目になって、これじゃあ実習に支障が出たに違いない。ギプスが取れてからも、普通に右手を動かせるようになるまでしばらくかかった。

「セニングカット試験終了！　毛払いをして」

審査官の声で、一同はすきバサミを置くと、再びブラシでウィッグの顔を払う。

「顔面技術試験、準備時間八分」

〝顔面技術試験〟とはぎょっとするような名称だが、行うことはシェービングだ。顔剃《そ》り、ひげ剃りともいわれる。顔面施術の際は、マスクを着用する。

キリはマスクをした。マスクをする時、なんで目を閉じるんだろう？　なんてことをこの期《ご》に及んで考えながら。白い陶製のシェービングカップに液体シェービングソープを入れる。すると、やかんを持った補佐官が回ってきてぬるま湯を注いでくれた。本来は七〇度〜八〇度の熱い湯を使うのだが、相手がウィッグということでぬるま湯である。

ぬるま湯に浸したシェービングブラシで、円を描くように石鹸《せっけん》を泡立てていく。最初は、この泡立てもうまくいかなかったものだ。

準備時間の終了を告げられると、全員が用具をテーブルに置き、ウィッグの後ろで直立不動の姿勢になる。

「顔面技術試験、十五分開始！」

「お願いします!!」

キリはウィッグの後頭部に向けて一礼した。

ぬるいことは分かっているのだが、シェービングブラシの泡を手首に付け、熱さの確認の動作をする。これもきっちり行わないと減点の対象になる。前に立つ主任審査官のほかに複数の審査官が評価票を持って巡回している。技術面を見る理容師と、衛生面をチェックする医師や保健所の職員だ。

国家試験合格を第一義とする相模湾理容専門学校は、校則が厳しかった。派手な髪染めは禁止。服装も男子はすね毛が覗《のぞ》いてみっともないとのことで半パンがダメ。女子はつっかけミュールが刃物を扱ううえで危険だから禁止だ。

キリはネックシェービングをするために、ウィッグの耳の周りから襟にかけてブラシで石鹸を塗った。

ネックシェービングは右側のもみあげから行う。耳の前、耳の上、耳の後ろ、と狭い部分に注意深く西洋式カミソリ《レザー》を動かしていく。

入学当時、キリは、早くシェービングがしたくて仕方がなかった。専門学校では九時十分〜十時五十分、十一時〜十二時四十分、昼食時間を挟んで十三時二十分〜十五時と、百分間、三コマの講義が行われる。実技の合間に、衛生管理、物理・化学、美術、ファッション、経営、宣伝・広告、接客、店舗設計などのカリキュラムが組まれている。そして実技だが、床のほうきのかけ方から始まって、タオルの扱い、マッサージ、やっとシャンプー……と、なかなかシェービングに至らない。じれったかった。中学卒業時点で理容専門学校に通いたかったように。

顔剃りがあるから、自分は美容師ではなく理容師の道を選んだのだった。繁盛する美容院ではなく、繁盛する理容店を開く道を。

スタンドを倒し、ウィッグを仰向けにさせると、今度は顔剃りにかかる。開いたままのウィッグの目が、じっとこちらを見つめていた。

2

「顔面技術試験終了！」

キリはすでにウィッグの顔に塗った乳液の拭《ふ》き取りを終え、直立姿勢で待機していた。

「モデルを起こして」

審査官の声で、受験者みんながウィッグのスタンドを起こす。続いてワックスとブラシによる五分間の整髪が行われる。

「試験終了！　用具を置いて！」

受験者はほっと息をつく。

「はい、触らないで！　触らないで！」

なおも審査官の注意する声が響き渡った。みんなどうしても習慣で、目についたちょっとした乱れを直そうとウィッグの頭に手を伸ばしてしまうのだ。

全員用具を残したまま退出が命じられる。採点の間、控室で待つのだ。用具の片づけは採点が済んでからになる。

廊下に出ると、氷見《ひみ》アタルがすらりとした長身を壁に預け、軽く腕組みして立っていた。試験が終わったばかりだというのに、彼の姿を見たキリはときめきを覚える。専門学校の同期生だし、年中顔を合わせているはずなのに、だ。

「どんな感じだ？」

と声をかけられる。どうやら、自分を待っていてくれたらしいのが嬉しかった。それなのに、「まあまあかな」と、わざと不愛想に応えてから、「そっちは？」と訊《き》いてみる。

「ぼちぼち」

口の端を斜めにする笑い方は、人によっては皮肉な笑みに映るかもしれない。でも、天《あま》の邪鬼《じゃく》な自分は、同じくらい天の邪鬼なところのある彼の笑顔が気に入っていた。

でも、彼のことが好きなのは笑顔のせいじゃない。理容の技術だ。教室を出る前に、アタルのウィッグの刈り上げがきれいなグラデーションを描いていたのをチェックしていた。

——あたしのとぜんぜん違う。

彼のカットの腕前は同期の中でもずば抜けていた。ウィッグのミディアムカットは、左右のバランスはもちろん全体がソフトに仕上がっていた。

「みんなでぱーっと飲みに行くかって言ってるけど、おまえどうする？」

「せっかくだけど、今日は帰る」

家で、父と打ち上げすることになっていた。

「来週、卒業式だな」

アタルのきりりとした眉《まゆ》が、ちょっと寂しげに寄せられる。

国家試験の合格発表は月末だ。専門学校の卒業式はその前に行われる。不合格者にとって出席するのは酷な話で、そのへんが配慮されてのことだろうか？　いずれにせよ、理容学校を卒業した者すべてが理容師になれるわけではないのだ。植木先生は理容店に十年勤めたのち相模湾理容専門学校で教職に就いたが、かつての同期生がまだ生徒として通っていて、やりにくかったという話をしていた。結局、その同期生が理容師になれたかどうかは分からないらしい。

「卒業式か……それで終わりだね」

キリはぽつりとつぶやく。いよいよアタルともお別れか……。

「終わり？　始まりだろ」

アタルがいかにも納得できないといった表情をした。ひそめていた眉が上がる。彼はもちろん自分で眉毛の手入れをしているはずだ。

「そう、始まりだよね」

なにを寂しがってるんだ。それになにを結果が出る前から弱気になってるんだ。早くなりたかったんだろ、理容師に――。

「ほい、お待たせ」

両手にディナー皿を持った誠《まこと》がテーブルにやってきた。オーブンで焼いたチキンが今夜のメイン。添え物は丸ごとグリルした小振りな新ジャガと半分に切った玉ネギ、それにニンニクだ。

父は五十七歳。内装仕上げの会社に勤めている。武骨な風貌に似合わず、料理が盛り付けも含めて得意なのは、色調やデザインのセンスを求められる仕事に通じるところがあるのかもしれない。

父が、キリと自分の席の前に皿を置く。

「店に出るようになったら、ニンニクも食えなくなると思ってな」

「まだ、国家試験に通ったわけじゃないって」

「そんなこと言うな。ともかく今日は、試験が終わったお疲れさん会としよう」

グラスにビールをついでくれて、ふたりで乾杯する。

「さあ、食べるぞ。いただきます」

キリは、サラダボウルのレタスとルッコラをサーバーで皿に取った。ルッコラは庭で摘《つ》んだものだ。

「このドレッシング、うま」

「いつものを切らしちまったから、自分でつくってみたんだ。オリーブオイルと酢と塩を合わせただけの簡単なもんだ。キリにもできる」

「料理はパパの趣味なんだから、取り上げちゃ悪いじゃん」

「玉子かけご飯しかできないんじゃ、嫁に行ったら困るだろ」

キリは口に運ぼうとしていたフォークを止めた。

「嫁になんて行かないし」

むきになって言う。〝結婚〟という言葉が嫌いな自分が嫁になど行くはずがない。ましてや父ひとりをここに残して。

「そんなこと言って、ジュンペー君とはどうなんだ？」

「どうって、なにが？」

父はただにやにやしていた。

ビールを赤ワインに替え、ポルチーニとベーコンのクリームパスタを食べる。デキャンタに移したワインは、スーパーで売ってる大きいペットボトルの安いやつだ。でも、これで充分においしい。

神野家は東海道線の四方堂《よもどう》駅から歩いて二十分ほど。海岸までは歩いて五分かからない。耳を澄ますと波の音が聞こえてきそうな気配があるが、それは錯覚だった。

誠もキリも飲んだり食べたりが好きだ。一日のうちで最も楽しいひと時。

すると、それを打ち破るように玄関のインターホンが鳴った。首だけ振り向いてモニターに目をやったら、「やっぱり……」と、ため息のように言ってしまう。

丸眼鏡《まるめがね》を掛けた佐伯淳平《さえきじゆんぺい》の人のよさそうな顔が映っていた。手に提げた寿司折《すしおり》のようなものを得意げにカメラに近づけてみせる。

キリはその画像を睨《にら》み据《す》え、「なんだよ、他人《ひと》ん家《ち》の晩メシ時間にきて」とつい邪険な言葉遣いになる。

「そんなこと言うな。出迎えてやれよ」

誠に促され、いかにも仕方ないといった感じで立ち上がる。歩いていって玄関ドアを開けると、スプリングコート姿の淳平が門の向こうで外灯に照らされていた。

「これ、うなぎ」

寿司折かと思ったら、うなぎのかば焼きだった。

ダイニングに連れてくると、「すみませんお父さん、食事時《どき》にお邪魔《じやま》しちゃって」と頭を下げ、「これ、うなぎ」と再び言って、折り詰めを誠に渡す。

「こっちはワイン飲んでたんだからね」

キリは憎まれ口を叩《たた》く。

「かば焼きの甘辛いたれは赤に合うぞ」

誠が言って、オーブントースターにアルミホイルを敷くと、そこにお持たせのうなぎを置いた。

「へえ」

淳平が興味深げに覗き込む。

誠は火力を二五〇ワットに切り替え、タイマーを十五分にセットした。

「弱い熱でじっくりやると、焦《こ》げずに表面がカリッと中はフワッと温まるんだ。キリがいなくて手抜きのひとり晩メシとか、残業で遅い時なんか、買ってきた焼き鳥をこうやって温《あ》ったためて酒の肴《さかな》にする」

「なるほど、こういうのにもコツがあるんですね」

淳平は感心しきりだ。

「独身者には喜ばれるかも。お父さん、うちの誌上で男の料理コーナー持ちませんか？」

淳平は独身だが、ひとり暮らしではない。近所で家族と一緒に住んでいる。『よも四方堂』という地元タウン誌の記者をしていた。

誠がまんざらでもない表情になる。

ないか」

〝うちの誌上〟なんて、ジュンペー君もすっかり仕事が板についてきたみたいじゃ

その横でキリは、「新米記者で大した権限もないくせに、そんな提案をパパにしちゃっていいの？」と混ぜっ返す。淳平のほうは、「いやいや必ず実現してみせます」と胸を張った。

「ジュンペー君、チキン食べるだろ？　きっと来るだろうと思って、きみの分も用意しといたんだ。だけどガスオーブンで焼くのに二十分かかるな」

「うまそうなサラダとパスタがあるんで、こっちを頂いてます」

淳平がテーブルの一辺に着く。そこがいつもの彼の席だ。

「あ、ジュンペー君、あたしのチキン半分あげるから」

淳平はキリより三つ齢上《としうえ》だ。けれど、幼い頃からずっと〝ジュンペー君〟なのだ。彼は昨年大学を卒業して『よもよも四方堂』に入社していた。

キリはたっぷりのハーブと一緒に焼いたチキンを半分切り分けると、淳平の前の皿に載せる。

「お、サンキュ」

「いいよ、次が焼けたら半分返してもらうから」

「さっすがキリちゃん、抜け目ないね」

「当たり前でしょ」

ふたりして笑った。今夜の自分はやけにはしゃいでいる。試験が終わってほっとしてるせい？　それとも合格するかどうか分からなくて不安だから？

父が淳平のグラスに赤ワインをそそぐ。

「さあ、じゃ、改めて乾杯しようか」

——そうなんだ、今夜はともかく乾杯なんだ。

三人でワイングラスを掲げる。

家族みたい、とキリは思った。三人家族みたい、と。

3

その夜、自分の部屋で、久し振りにあのノートを取り出して眺めていた。花柄の表紙には〈ヒミツのふく習ノート〉と子どもっぽい字で書かれている。

内装工事会社のサラリーマンの誠、バーバーチーという理容店に勤める理容師の巻《まき》子《こ》、それがキリの両親だった。

誠とキリの髪は、巻子が庭でカットしてくれた。あまりに簡単そうにカットするので、小学校に入ったキリは真似してみたくなり、淳平の頭を虎刈《とらが》りにしたことがある。

今から十年前、キリが四年生になった時に、巻子が独立して店を出すという話が持ち上がった。出資してくれる人がいるという。その出資者は、美容院を経営する雨宮《あめみや》という男だった。キリはなんだかヤな予感がした。そして、キリの不安が的中するように、カットハウスマキがオープンすると間もなく巻子は家を出た。

誠と巻子の間にどんな話し合いが持たれたのか、キリは知らない。ただ覚えているのは、巻子が家を出る前の数日間、誠が多量に酒を飲んでいたことだ。酔っ払っては、巻子に向かって暴言を吐いていた。キリは見たこともない父の姿が恐ろしかった。

その朝、巻子に、「わたしと一緒に行く？」と訊かれた。

前の晩も大酒を飲んでいた父は、リビングでワイシャツ姿のまま眠りこけている。

「キリちゃん、一緒に行く？」

もう一度訊かれ、キリは首を横に振った。

巻子は黙ったまま小さく微笑《ほほえ》んだ。とても悲しげな笑みだった。キリの中に少しだけ後悔する気持ちが生まれたが、誠をひとりにすることなど絶対にできなかった。

巻子はそのままスーツケースひとつ提げて出ていった。

リビングで目覚めた誠に、「ママ、行っちゃった」と伝えた。

「そうか」

誠がキリの頭を撫《な》でた。

「今日からパパとふたりだ」

笑った息が酒臭くて、嫌な顔をすると、

「ごめんな」と言ってキリを抱いた。

「ごめんな、ごめんな……」

父は泣いていた。十七歳齢下の妻に去られ、誠が止めどなく涙を流している。キリはどうしていいか分からなかった。

しばらくして父は立ち上がると、朝食の用意をした。トーストと目玉焼き、レタスかなにかのサラダ、ココア、確かそんな簡単なものだった。でも、とてもおいしい朝食だった。テーブルの向こうで誠がジャムのふたを開けると、パカンとのどかな音がしてふたりで笑ったのを覚えている。以来、誠はずっとおいしい食事をつくってくれた。キリが料理してみようかなんて思わないくらいに。冬の日には、リビングのつけたてのストーブのにおいで夜明けを知らせてくれたし、夏の朝はキリが起きる時には、もう庭に洗濯物が干してあった。娘をひとりで育てなければならないため、仕事に支障があったことだろう。それほど大きな会社ではないが出世にも見放されたかもしれない。

キリも極力わがままを言わないように努めた。けれど、巻子がいなくなった家庭を寂しく感じなかったと言えば嘘になる。それで時々、駅までの道の途中にあるカットハウスマキに行った。巻子は変わらずキリを受け入れてくれた。ただし、火曜日は違った。美容院が休みの雨宮が顔を出すのだ。巻子は雨宮と暮らすようになっていた。

家の中でも不思議なことがあった。巻子が残していった物が、少しずつなくなっていくのである。どうやら、誠やキリがいない時に家にやってきて運び出しているようだった。誠は気づかない振りをしていたが、代わりに玄関にピンクのスリッパを並べたり洗面所にピンクの歯ブラシを置いたりした。いかにも女性ものらしいそれらは、キリが友だちを連れてきた時に、母の不在を感じさせないようにとの愚直な対処だった。誠にそんなことをさせる巻子が、キリはだんだん嫌いになり、火曜日以外も店に顔を出さなくなった。

誠の心遣いは逆効果だった。女の子は敏感で残酷だ。「キリちゃんちって、ママがいないからお菓子も出してもらえないんだよ」クラスの子にそんな意地悪を言われた。

それまで、髪を切ってくれていた巻子がいなくなったから、行ったこともない理容店にひとりで入った。「短めに」と言ったら、前髪をぱっつりと真横に切られ、いかにも床屋に行きたてといったおかっぱ頭にされてしまった。学校に行ったら、「ママが家出して、髪も切ってもらえなくなったんだね」と笑われた。

なにもかも、巻子のせいだ！　家に帰ったキリは、泣きそうになりながら『ヒミツのふく習ノート』を書いた。〔①ぜったい泣かない。〕そう書くことで、なんとか涙をこらえることに成功した。次に書いたのは〔②ピーマンを食べれるようにする。〕だった。巻子は放任主義で、嫌いな食べ物は、無理して食べることはない、という考えで自分に接していた。だからこそ、自分はそれに逆《さか》らってやろうと思った。好き嫌いをなくして、強くなってやる！　そして、〔③毎日「巻子のバカ」「あめみやのバカ」と言ってから寝る。〕

「巻子のバカ、雨宮のバカ」

キリは久し振りにそう口にしていた。

またノートを開くと〔④はんじょうする店をつくる。〕という文字に目を落とす。繁盛する理容店のオーナーになって、巻子を悔しがらせる。巻子の客を奪って復讐するのだ。巻子は、店を出してくれるという雨宮のもとに走った。巻子に出資した雨宮も見返してやる。中学生になると、その目標はますます明確になった。すると、「巻子のバカ、雨宮のバカ」を口に出して言うことはしだいになくなっていった。

再びノートの表紙を見る。〝復讐〟を〝復習〟と間違えている。しかも〝復〟が漢字で書けなくて、ひらがな。それはともかく、ここに書かれている精神は今も脈々とキリの中に息づいている。

4

「おめでとう」植木先生に言われる。「きみのところにもすでに通知はあったと思うがね」

試験結果が郵送で到着する前に、キリはスマホで試験センターのサイトの発表を見て、自分の合格を知った。やっと復讐の挑戦権を得た思いでいた。ひとまずここを目指して頑張ってきたのだ。

「ありがとうございます」

立ったまま一礼した。顔を上げると、ちょうど視線の先に椅子に腰かけている植木の頭があった。

教務主任の植木は五十歳。その髪は、年齢の割に黒々として豊かであり、どこか不自然だ。その名のとおり植えているのではないかという噂《うわさ》が、生徒間でまことしやかに囁《ささや》かれていた。

いよいよ理容師として羽ばたくうえで、専門学校が就職先の相談に乗ってくれる面接日だった。理容学校の空き教室で机を挟《はさ》み、植木と向かい合って座る。春休み期間で授業は行われていなかった。

「筆記試験の結果は申しぶんない」

植木がファイルに目を落としつつ感想を述べる。

「ありがとうございます」

どうしても視線が植木の頭髪に行ってしまうのを意識しつつ、再びそう言う。

「技術試験は衛生上の取り扱い、基礎的技術もシェービングについては申しぶんない」

「ありがとうございます」

さらにそう繰り返してから、〝シェービングについては〟という言葉に思い至る。

はっとして植木の頭から視線を落とすと、その表情は渋かった。

「しかしね神野君、カッティング技術試験については合格ラインぎりぎりだよ」

キリは途端に身を小さくさせた。

「すみません……」

声も蚊が鳴くように弱々しくなる。

「というかね、ぎりっぎりのぎりぎりセーフなんだよ」

キリはもはや蚊の鳴き声も出なくなった。

「創立六十周年の我が校は、高い就職率のサポート体制を誇る。それもね、間違いない人材を送り出しているという信頼あってのことなんだ。きみのこの成績では、就職を斡旋《あっせん》するのに躊躇《ちゅうちょ》するよ。先さまに迷惑がかかるようなことは、断じてあってはならないからね」

キリは身を固くしてうつむいていた。

「ふふ」

含み笑いが聞こえ、上目遣いでそっと窺《うかが》う。

「ふぉっふぉっふぉっ」

植木が声を上げて笑っていた。

「まあ、かく言う私もカットが下手。ぶきっちょで、お客さまの耳を切って土下座したエピソードは授業で披露したな」

「なあんだ、そうでしたよね」キリはそう言って植木の肩を叩きたくなった。「やあ、ご同輩、ご同輩」──もちろん、そんなことができるはずもなかったけれど。

「かつては、理容師にもインターン制度というものがあった。管理理容師のもとでなら、無免許でもお客さまに触れ、実地訓練が受けられたわけだ。しかし、現行の国家試験が制度化されてからは、免許がなければお客さまに触れることができなくなった」

管理理容師──理容の仕事を三年してから取れる資格だ。あたしも三年経ったら管理理容師になって、自分の店を持つんだ。

キリの胸が高鳴る。

しかし、膨《ふく》らんだ夢もすぐにしぼんでしまう。

バカ！　なにが自分の店よ！　腕が悪くって、どこにも雇ってもらえないかもしれないのに……。

「要するにだな、理容免許を得たということは、やっとお客さまに触れる資格を得たというのに過ぎないんだ。これから理容師としての本格的な修業が始まる」

「理容師としての本格的な修業――」

「そうだ」

植木が頷《うなず》いた。

「で、きみが修業するのにぴったりな理容店があるんだな」

「あたしのようにカットの腕が悪くても、修業させてくれる店ってことですか？」

「もしかして、いじけてるのかね、神野君？」

思いっきりいじけていた。

「実を言うとね、私もそこで修業したんだ」

植木の目が懐かしむような色になった。

「じゃ、植木先生はそのお店でお客さまの耳を切っちゃったんですか？」

キリの言葉にむっとしていた植木だが、「こほん」と気を取り直すように咳払いする。

「店の名前はバーバーチー」

——嘘!?

「オーナーの広瀬千恵子《ひろせちえこ》先生に、きみのことを話したところ、ぜひいらっしゃいとのお言葉を頂いた」

植木にとって、修業した理容店の店主はいまだに〝先生〟なのだ。そうした感想をぼんやり抱く一方で、キリは愕然としていた。

「あのう、そこでないといけないんでしょうか?」

植木が不思議そうにこちらを見た。

「広瀬先生の話だと、きみのお母さんも、かつてバーバーチーで働いていたそうじゃないかね」

そうなのだ。だから嫌なのだ。

植木に「少し考えさせてください」と伝え、教室を出た。すると思わぬ顔と出くわした。

「なんだ、おまえも今日が面接日だったのか」

氷見アタルが、口もとを少しだけ斜めにするいつもの微笑み方をした。卒業式も過ぎた今、二度と目にすることはないだろうと思っていた笑顔でもあった。

「あんた、実家に帰るんじゃないの？」

アタルは富山で三代続く理容店の跡取りだ。彼が四代目となる老舗《しにせ》である。お父さんは地元の名士で、スタッフを何人も使っている大きな店だとか。

「こっちでしばらく働いてから帰るつもりだ」

「しばらくって、どれくらい？」

「だから、しばらくだって。一年か、三年か四年になるのか、そんなのまだ分かんないって」

「ねえ、ねえ、このへんのお店に勤めるの？　それとも横浜あたり？」

背があまり高くないキリは、アタルを見上げるようにして質問攻めにする。

「それ聞いてどうしようっていうんだよ？」

そんな言い方しなくたっていいじゃん、と思う。アタルと自分は、同期生の中でも特に気が合うほうだと感じていたのだ。これから新人理容師として社会に出るわけだし、たまには……そう、たまにはお酒でも飲みながら、愚痴《ぐち》や相談が言い合えればなと考えたのだ。友だちとして。

アタルには一緒に住むカノジョがいることを知っていた。

「一緒にこっちに出てきたカノジョさんの職場、江の島だったよね」

「観光ホテルな」

「だから、東京じゃなくて、うちの理容学校に入ったたって」

「実家から仕送りもしてもらってたし、バイトもしてたけど、これまでヒモみたいだった。これからは俺もせいぜい稼がんと」

「アタルなら、あちこちから引きがあるんじゃない」

「そうかな」

鼻の下を人差し指でこする。

「でも、学校の紹介は遠慮するつもりなんだ」

キリは驚いた。

「なんで!?」

あたしなんて紹介してほしくたって、バーバーチー一軒だけなんだぞ。

「東京に引っ越すつもりだ。連れがあっちのホテルに異動になったから」

「県内だけじゃなくて東京の理容店も紹介してくれるんじゃないかなあ」

「いやさ、紹介してもらうと、すぐに辞められないだろ」

「どういうこと?」

意味が分からなかった。

「あちこちの店のやり方を見てみたいんだ」

アタルが廊下の天井を仰いだ。

「富山ってさ、四方を海と立山連峰なんかの山で囲まれてて閉鎖的なんだよな。いずれ帰るにしても、なるべく多くのものを持っていきたい。新しい風を吹き込みたいんだ」

そんなこと考えてたんだ……でも、そこがキリの天の邪鬼なところで、「さすが郷土愛にあふれてる。富山に氷見って名前の市があったよね。ほら、氷見線ってローカル線が走ってるって、こないだテレビの旅番組で見た。氷見ってあんたの名字《みようじ》じゃん」と冗談めかしてしまう。

「ああ、高岡地区な。うちは富山市だけど。高岡と富山だと魚の呼び方まで違うんだぜ。高岡で寿司屋入って、カジキを〝ザス〟って頼む。それが富山だと〝サス〟になる」

「ザスだかザコだか知らないけどさ、ともかく、あんたは名前までザ・富山だよ。〝あたる〟はひげを剃る意味だし」

顔を〝剃《す》る〟は〝失う〟に通じるところから、縁起をかついで〝あたる〟という。こういうのを忌《い》み詞《ことば》というんだそうだ。専門学校にも国語の授業時間があって習ったのだ。

「つまりは、あんたの名前は郷土愛と理容からできてるわけだね」

すると、アタルがまた口の端を斜めにする笑みを浮かべた。

「おまえの名前こそ、神野キリなんて、髪を切るって理容師そのまま、天職じゃねえか。それとも神業《かみわざ》のカットってところかな」

キリはため息をつく。

「あたしのカットが神業に遠く及ばないことは知ってるでしょ」

アタルは黙っていた。事実なんだからフォローのしようがないんだろう。がっかりしてさらに言った。

「それに、キリなんて、縁切りの切りって意味なんだからね」

この名前を自分につけた人が、縁を切って家を出ていってしまったのだから。

「俺たちとも縁切りってわけか？」

「そんなはずないじゃない」

高校では周りに馴染《なじ》めなかったキリも、理容師になるという目標をともにした理容学校の同期生らとは打ち解けることができた。カットやシェービング、シャンプー、マッサージなどお互いがモデルになってスキンシップの授業を体験してきた。学園祭では、派手なメイクと衣装でステージを闊歩《かっぽ》したヘアショーの高揚《こうよう》も忘れられない。

「ねえ、アタル」

「うん？」

——また会えるよね……そう言おうとした時だ、「氷見君いるかなあ？」教室から植木の植毛頭が覗いた。

「はい」

アタルは応えると、「じゃな」とキリに向かって言い、背を向けて教室に入っていった。

第二章　顔剃り

1

結局、バーバーチーに勤めることにした。アタルとはわけが違うのだ。贅沢《ぜいたく》は言っていられない。

なにより、一番気になっていたのは誠の反応だった。巻子が働いていた理容店に行くというのは、気持ちがよくないのではないかと思った。

でも、キリが理容師になると言い出した時、父は反対するどころか、キリの志望がかなうよう応援してくれた。理容学校に通うようになって、用具を買ったりするためにバイトを始めると、「どんなバイトなんだ?」と誠に訊かれた。

「小物の袋詰め作業。黙ってこつこつやるのが、あたしは向いてるんだ」

「バイト先替えたほうがいいんじゃないかな」

父がそんなことを言い出した。

「理容師は人と接する仕事だから、接客業のアルバイトをしたほうがいいだろう」

それで、和菓子屋の販売員を二年間した。誠の言うことはそうやって素直に受け入れられるのだ。

「学校から紹介されたのってね、バーバーチーなんだけど……」

誠におずおず打ち明けたら、「へー、なにかの縁かね」のんびりした言葉が返ってきた。

〝縁〟というのがママを介在してるんなら、パパとあたしとあの人との間に、ほんとに縁ってあったの？

藤沢と茅ヶ崎の間にある四方堂駅は、南側が相模湾へと向かう古くからの住宅地で、神野家はここに位置している。北側にはかつて鉄鋼や家電メーカーの巨大工場があったが、現在は移転して新興住宅地に生まれ変わっている。

バーバーチーは駅の反対側の北口にある。駅に向かうバスは慢性的に渋滞が発生する海岸通りを経由するため、もっぱらキリは歩いている。

四方堂駅は線路の上に架かるいわゆる橋上《きょうじょう》駅で、地元の人々は駅構内を通り抜けて南口と北口を往き来していた。

北口を出て跨線橋《こせんきょう》の階段を下りると、全長三〇メートルほどだろうか、細長いアーケードが続く。北口商店街――通称、北マーケットには、懐かしくレトロな雰囲気が漂《ただよ》う。かつて工場で働く人々が利用したそれらの店は、今では多くがシャッターを下ろしてしまっていた。新興住宅地の住民は、北マーケットではなく、隣の藤沢まで車で出かけていって買い物する。ターミナル駅の藤沢にはデパートやスーパーが林立していた。

バーバーチーは、北マーケットの中にあった。両側の店舗はやはりシャッターが下りていて、ひと際孤立感が漂っている。赤、白、青の斜め縞、理容店を示す世界共通ともいえる看板――くるくる回る円柱形のサインポールを見やり、キリはガラス張りの店内を覗く。幸い客の姿はなかった。

深呼吸すると、〔バーバーチー〕という金文字のあるドアを押した。

「こんにちは」

緊張しつつ声を振り絞る。鏡の前に三つ並んだ理容椅子には確かに客の姿はなかったが、店主の姿もなかった。戸惑《とまど》っていたら、「はいよ」と声がした。

はっとして脇を見やると、白衣に白いパンツの七十歳に近い女性が、長椅子にごろりと横になって週刊誌を眺めていた。

その女性は新聞や雑誌が並ぶ棚に、自分が手にしていた週刊誌を戻すと、起き上がって座り直した。

「あの、相模湾理容専門学校の紹介で参りました、神野キリです」

「ああ、植木君から聞いてるよ」

声が明るく高い。女性店主は白い靴《くつ》を履《は》くと、立ち上がって伸びをした。細くて小柄だった。だが、タフではありそうだ。ウエーブした――パーマネントウエーブではなく天然だろう――豊かな白髪が美しかった。

「今日は履歴書をお持ちしました」

「そ。どっかその辺に置いといて」

「は？　はい」

キリはバッグから封筒を出すと、長椅子の前の本棚の上に置いた。

店主はそれには一瞥《いちべつ》もくれず、「久し振りだね」と遠近両用らしい眼鏡レンズ越しにキリの顔を見る。

「はい」

そう、実は広瀬千恵子とは子ども時代に会っている。巻子の勤め先だったバーバーチーに時々顔を出していたのだ。

「あたしのこと、ほんとに覚えてるの？」

千恵子にそう訊かれ、「え？　あ、はい」と曖昧《あいまい》に応える。厳しそうなオバサンだという印象がおぼろげにあるだけだったのだ。

「あんた、すっかりキレエになったね。マキちゃんゆずりの美人さんだ。鼻先がちょっと上を向いてるとこなんてそっくり」

そんなふうに言われるのは複雑な気分だった。しかし、確かにこの鼻は母に似ていると思う。子どもの頃、巻子にも言われていた。「あなたは、ほんと鼻《はな》っ柱《ぱしら》が強そうな鼻してる。ヘンなとこがあたしに似ちゃったね」

「マキちゃんには会うの？」

「いえ、ぜんぜん」

千恵子は、「そう」とだけ応えた。彼女も、巻子が神野家を出た経緯《いきさつ》は知っているはずだ。

巻子に会おうと思えば、いくらでも会える。今日だって駅に来るのに、巻子の店の前を通るほうが近道だった。四方堂駅までは住宅地内を貫く一本道。桜並木が続くことから桜通りと地元民からは呼ばれている。しかし、駅舎が近づくと、いつもその桜通りを脇に曲がってしまう。せっかく桜が満開だというのに。巻子の店、カットハウスマキの前を通りたくなかったから。

いわば、巻子はＫＹだ。誠とキリを捨てて出ていったというのに近所に店を出すなんて。駅の反対側とはいえ、千恵子に対しても失礼だ。バーバーチーに勤めていた時の客を連れていったことになる。そう、つまりは自分の客がいたから、この地を離れなかったのだ。そんなしたたかな面が巻子にはある。

いや、違うな、とキリは思い直す。やはり母はＫＹなのだ。それは風《K》のように優雅《Y》という意味で。

家にいる母は、フリルの付いた乙女めいた服装でぼんやりとしていた。けれど、店に立つ時、巻子はマニッシュな黒いブラウスに、細めの黒のパンツできりっとした印象になる。そんな母の変化が好きだった。今は一番の敵なのだが。

自分の思い描く理容店を実現する。そのことだけが巻子の頭にはあって、誠とキリがどんな気持ちになるかや、千恵子への遠慮など浮かびもしなかったのだろう。

狭い町だ、巻子の姿を見かけることもあった。子ども時代に向こうから声をかけられると、キリは全速力で走って逃げた。

「じゃあキリちゃん、奥で着替えてきて」

「え？」

「さっそく店の掃除をしてもらおうかね」

「あの、広瀬先生、あたし、今日は面接のつもりで……」

「だから採用。奥に白衣があるよ」

千恵子がにんまりしている。

「あたしのことはチーちゃんって呼んで」

チーちゃん……。

「そも、細かいことに気づく力は掃除から学べるんだよ。いい感性を身に着けるためにも掃除力は不可欠。さあ、早く着替えた着替えた」

〝そも〟って……このいきなりな展開はなに!?

2

開店時間は十時。勤務時間はその三十分前からであるが、翌朝、一時間前には店に着いた。

「おはようございます」

裏側にある勝手口のようなペンキが剥《は》げたドアを開けたが、返事はない。裏口から店へと真っ直ぐに土間の廊下が続く。その途中に居酒屋の小上《こあ》がりのような座敷があって、そこで胸に〔バーバーチー〕と赤い刺繍《ししゅう》糸でネームの入った白い半袖のユニフォームに着替える。

土間の廊下から引き戸を開けて店へ出ていくと、千恵子が全身鏡に向かって手を合わせ、なにやら一心に祈っていた。声をかけるのが悪いように感じられ、黙って立っていると、目を開けた千恵子が、傍《かたわ》らにキリがいるのに気がついてびくりと身体を震わせた。

「やだよ、この子ったら、脅《おど》かさないでおくれよ」

「すみません」

思わずキリは謝った。

「そういえば、あんたのこと、昨日から雇ったんだっけね」

そんなことを言いながら、千恵子が鏡の上の収納棚の扉を閉める。コップがひとつだけ置かれているのが、キリの目にちらりと映った。透明な液体が入っていたが、水だろうか？

「さあ、開店の準備だよ」

って……勤務時間は九時半からでしょとは思ったが、店の内外の掃除を始める。理容店はなにより清潔であることが第一だ。

「あら、いらっしゃい」

十時の開店とともに最初のお客が現れた。白髪をオールバックにした老人と若い女性、それに幼い男の子の三人連れだった。

「いらっしゃいませ！」

初日の昨日はふたりしか客がやってこなかった。ずっと掃除とタオル洗いをしていて、キリはまだハサミもレザーも手にしていない。いよいよ自分の出番かと思うと俄《が》然《ぜん》活気づいて、大きな声を出していた。

千恵子は老人を真ん中の理容椅子に案内する。

そうか、おじいちゃんを千恵子が担当して、自分は子どものほうか。デビューのお客が、小さい子っていうのも思い出になっていいかも。繁盛店のオーナーとなった理容師、神野キリの最初の客だった男の子は、大人になった今も顧客として通い続けているのであった——いい話じゃないか。

老人はとても品がよかった。瘦身《そうしん》にペンシルストライプの細身のスーツがとてもよく似合っている。そのスーツの上着を、娘らしい女性が手伝って脱がせると、千恵子に手渡されたハンガーに掛けた。

キリが手ぐすね引いて待っていたにもかかわらず、男の子のほうはカットするつもりはないらしい。母親と並んで待合所の椅子に座ってしまった。

——ちぇっ。出番はまた先送りか。

しかし、おとなしい子だった。長椅子に行儀よく腰掛けている。

千恵子のカットを受けている老人が、時折、鏡越しに愛おしげな視線を投げかける。すると、母親が読み聞かせする絵本から目を上げ、孫のほうも小さな手を振って応えていた。そうした様子を、キリは千恵子の手元を覗き込みながら、微笑ましい思いで目の端に捉えている。と、あることに気がついて、ドアに向かった。

「いらっしゃいませ。どうぞ」

外に立っていた男に声をかける。

濃紺のスイングトップの襟を立てた背の高い若い男だった。髪がぼさぼさで、ぬぼっとした感じである。だが、そんな印象に反して、長い前髪の間から覗いた目が鋭かった。

キリはちょっと怯《ひる》んだけれど、「どうぞ、中へどうぞ」すぐに愛想よく招き入れようとした。だが、男は頑として動かない。無言のまま威圧するようにキリを見下ろしているだけだ。

「キリちゃん、その人はいいのよ」

千恵子がやってきて、キリを店の中に引っ張る。首を傾《かし》げながら千恵子の横に戻って、ドアのほうを見やると、男はやはり外に立ったままだった。


「どういうことなんですかチーちゃん、さっきの人？」

老人たちが帰ると、ドアの外の男の姿も消えていた。

「ああ、三浦《みうら》さんのこと？」

「三浦さんていうんですか、あの男の人？　怖い目つきで睨まれちゃった」

千恵子がふっと笑う。

「親分の護衛役よ。ほら、ボディーガード」

「親分？　ボディーガード？」

キリにはちんぷんかんぷんだった。

「あの方は長谷川《はせがわ》組の親分」

「〝組〟ってまさか……」

千恵子が頷いた。

「昔からのうちのご贔屓《ひいき》さん。こんなことがあったのよ」

理容師でバーバーチーの主《あるじ》だった千恵子の夫が若くして亡くなり、ひとりで店を切り盛りするようになった頃だった。四十年も前の話だという。

年末の書き入れ時、若い男性客の顔剃りをしていた。落ち着きのない男で、時々顔を振るようにする。千恵子ははらはらしながら剃っていた。

しかし、「痛《い》つっ！」とうとう男の頬《ほお》を切ってしまった。

「なにしやがんだ、てめえ！」

それから千恵子に向かって、「殺すつもりか!?」とか「ほんとに床屋の免許持っていやがんのか!?」などと大声でののしり続けた。

面倒ごとに巻き込まれたくない順番待ちの客たちが、店を出ていってしまった。ほとほと困り果て、「治療費をお支払いしますから」と口にした時だ、「いけませんよ、そんな手に乗っちゃあ」待合所にただひとり残っていた身なりのいい男が立ち上がった。

「なんだてめえは!?」

「てめえこそ、どこの者だ? 大方、正月に郷里《くに》に帰る足代が欲しいとか、そんなとこだろう。汚ねえたかりしやがって」

その言葉に逆上した男が、頬に血を滲《にじ》ませつつ立ち上がった。そして、激しい視線をぶつける。その視線を受け止めるほうの男の表情は涼しいものだった。やがて睨んでいた男は、相手の目の中になにかを見つけ、急に怯んでしまった。視線を落とした先に見たのは上等そうな背広の袖口から覗いた男の手で、そこには小指がなかった。

「あわわわわ……」

男は肩に掛けられていたタオルを投げ捨てるように椅子に置くと、顔に泡を付けたまま店を飛び出していった。

「助けてくれたのが、あの長谷川親分なのよ」

カットクロスを付けてたし、老人の小指がなかったかどうかは気がつかなかったなとキリは思う。

「でも、反社会的勢力なわけですよね？」

「反社会的かどうかは知らないけど、堅気《かたぎ》にはけっして迷惑をかけないっていうのが信条の人だよ、親分は。その考えを貫いた組をつくるのと引き換えに、自分の小指を本家に納めて独立したって。だけど、軋轢《あつれき》もあるんだろうね」

理容店にはさまざまな人がやってくるのだ——キリは改めてそれを痛感した。そして、皆すべてお客さまなのだ。

再びドアが開く。

そちらに顔を向けたキリは、「いらっしゃいま……」言葉を呑《の》み込んでしまった。

中年の男が無表情で立っていた。肌が浅黒く色のついたレンズの眼鏡を掛けている。カールした長めの髪を金髪に染めていた。しかし、キリが驚いたのは、男性の髪の色のせいではない。知った顔だったからだ。

「雨宮……さん」

「久し振りだな」

雨宮七郎《しちろう》は表情を変えずにキリに言う。

「こんちは、オーナー」

千恵子が雨宮に声をかけた。

「お邪魔するよ、チーちゃん」

雨宮は北口の新興住宅地で、美容院レインボーを経営している。スタッフも大勢使って手広くやっているらしい。らしい、というのは実際に見たことがなかったからだ。近づくこともなかった。

「シェービングを頼みたいんだが」

その注文を雨宮は千恵子にではなく、キリに向かって言った。

キリは急いで千恵子を見た。自分の目は、必死に救いを求めているようだったかもしれない。あんなに待ち焦がれていた理容師デビューなのに、今は気後《きおく》れしていた。

ところが、千恵子のほうはこちらを見るでもなく、「承知しました」と雨宮に応えている。そのあとで、やっとキリのほうを向いた。

「じゃ、お顔剃り、お願いね」

――どっひゃーあぁ！

血の気が引くのを感じた。しかし、こうなったらやるしかない。

「どうぞ」

右端の椅子に雨宮を座らせる。外した眼鏡を預かり、シェービング用のクロスを掛けると、乾燥タオルで枕当てをして椅子の背もたれを寝かせた。雨宮は黙ったまま目を閉じている。

キリはマスクを付けた。まず、ラザーリングを行う。顔にブラシで石鹸を塗る事前処置のことだ。仕切りのついた白い陶製のシェービングカップの一方に熱湯を注ぎ、もう一方にシェービング用液体ソープを入れる。そして、ブラシを湯に浸してから石鹼を泡立てた。

シェービングブラシは、ひげブラシとも呼ばれる。軟らかく、腰が強いことからタヌキの毛が刷毛《はけ》に使われている。キリはブラシを手首の内側にちょんと付け、石鹼が熱過ぎないかを確認してから雨宮の顔に塗っていった。

ラザーリングは二回行う。一回目のラザーリングは、石鹼で皮膚に付いている汚れや脂を取り除くのが目的である。皮膚が汚れていると、シェービングで目に見えない傷がついた場合、カミソリかぶれを引き起こすことがあるのだ。

洗浄が目的であるため、一回目のラザーリングでは、ブラシに付けた石鹼を皮膚の上でさらに泡立てるようにする。石鹼を塗ったあと、蒸しタオルできれいに拭き取る。蒸しタオルでの処置をスチーミングという。汚れを清めるのと同時に、温めることでひげを軟らかくし、皮膚の温度を上げてシェービングの抵抗を和らげるのだ。

首から顔全体を覆っていた蒸しタオルを外すと、雨宮の頰がほんの少し上気していた。だが、目を閉じた顔は無表情のままである。

――この野郎、気持ちよくないのかよ！

スチーミングのあとで二回目のラザーリングを行う。蒸しタオルで拭き取られてきれいになった皮膚に、再びブラシで石鹸を塗っていく。二回目のラザーリングは皮膚とひげの水分を保ち、シェービングしやすくすることが目的だ。塗られた石鹸は、レザーの刃の運行を円滑にするのはもちろんだが、剃ったひげを泡に包み、あちこちに飛び散ることを防ぐ役割をする。

ここまで準備して、いよいよ剃りに入る。キリの緊張はいやが上にも高まる。なにしろ、これが初めて客に対して行う顔剃りなのだ。しかも、その客というのが雨宮とは……。

認めるしかない、怖かった。さっき千恵子から聞いた話も嫌な感じで耳に残っている。わざと顔を動かして、カミソリで自分にケガをさせようとする客の話。

キリはレザーを手にすると、柄《え》の中から細長い一枚刃を引き出した。ガードの付いた産毛《うぶげ》剃りとはわけが違う。手もとが狂えば雨宮の顔を切ってしまうのだ。

自分は顔剃りが得意だと思っている。もちろん、これまでモデルウィッグばかりでなく、生身の人間の顔を剃った経験もある。理容学校では、同期の生徒らと順番にモデルになって実習を繰り返してきた。二年目には来客実習もして、誠の顔もシェービングしている。

テレビで風船に泡を塗って、それをきれいに剃る技術を競う、なんていうのを観たことがある。けれど、実はあんなのは簡単なことだ。刃を立てなければいいだけなんだから。

風船の表面はつるつるだ。でも、人の肌は無数のくぼみ（皮膚小溝《しょうこう》）と、でっぱり（皮膚小稜《しょうりょう》）があり、骨格や筋肉による部位ごとに状態の違いがある。脂性、荒れ性、アレルギー、さらに年齢、生活習慣、環境などによってさまざまに異なる。ひげについてもそうだ、硬毛《こうもう》、軟毛《なんもう》、毛量、毛流《もうりゅう》の状態、ひとりとして同じものはない。人の顔にカミソリをあてるのは怖い。その恐怖に今まさに直面していた。

鼻の下に蒸しタオルを載せたままで、額を剃り、目の周りを剃る。だが、皮膚に刃をくっ付けられない。顔剃りをしているというより、レザーで顔に付いた石鹸の泡の表面を取り去っているという感じだ。手が震えてしまって、なかなか進まない。

「タオルが冷たいぞ」

雨宮のくぐもった声がした。時間がかかってしまって、顔を蒸すタオルが冷えてしまったのだ。

「は、はい。申し訳ありません」

キリは急いでタオルを替える。目の周りを剃り終え、鼻の下の蒸しタオルを外す。再びラザーリングすると、もみあげを剃り始めた。オーソドックスなシェービングは、ひげの生えている方向に剃っていく〝順剃り《じゅんぞ》〟、ひげの生えている方向と逆に剃る〝逆剃り《ぎゃくぞ》〟の順に行う。レザーの刃を肌にあてるのも恐ろしいが、人の顔に触ることにも抵抗がある。皮膚を強く引っ張るのをためらってしまう。

どういうつもりで、雨宮はここにやってきたのだろう？　とキリは思った。あたしみたいな素人《しろうと》同然の理容師に顔を剃られて怖くないんだろうか？

雨宮は相変わらず澄ました表情で、目を閉じたままだ。

そう、もとはと言えばこの男がいたからだ、とキリの中に憎悪が湧《わ》き上がった。巻子が家を出たのは、確かに母自身のせいかもしれない。しかし、この男さえいなければ――そう思ったら、顔を切るくらい、少しも気にする必要もないことのように感じられてきた。すると、急にレザーの動きがよくなった。

いや、顔に傷なんて甘過ぎる――レザーのスムーズな動きを眺めながら、キリの意識は高揚していく。思えば、繁盛する理容店のオーナーになろうなんて復讐は、遠回りではないか。いっそのこと、今ここでこの男の喉《のど》をザクリと切り裂いてしまってはどうだろう？　そのほうが、よっぽど巻子は悲しむはずだ。

パパよかこいつを愛してるっていうの、ねえ、ママ⁉

雨宮の喉にレザーをあてた瞬間、のんびりとした鼻歌が聞こえてきた。キリが曲名を知らない古いメロディーだった。傍らに目をやると、千恵子が鼻歌まじりに手元を覗き込んでいる。顔剃りに夢中になってて気がつかなかったけど、一応見てくれてたんだな。あたしのことなんて関心ないのかと思ってた。まったく食えないばあちゃんだ。それでも、キリはふっと緊張が緩むのを感じた。そして、下から上への逆剃りで仕上げに入った。

「まああだな」

理容椅子の背を起こし、クロスを外すと、雨宮が手で自分の顔に触れた。

その感想を耳にし、キリはむっとしたが、両手はまたぶるぶると震えだしていた。

無事に済んでよかった……それが素直な気持ちだった。

雨宮が差し出す料金を、震える手で受け取る。千八百円プラス消費税。それはキリが初めて得た理容代金である。だが、感動はなかった。雨宮からカネを受け取ると、なんだか施《ほどこ》しを受けたような気分がした。

「いいか、百のトレーニングより一の本番だ」

雨宮はそう言い残すとバーバーチーを出ていった。もしかしたら……もしかしたら、あたしの顔剃りの実験台になるためにきてくれた？

いや、そんなはずはない。自分にいっさい笑顔を向けようとしない雨宮が、顔剃りの実験台になってくれるなんて。それとも――。

「キリちゃん、うまくいったみたいじゃないの」

千恵子が、キリに笑顔で声をかけてくる。

「うまく……いったんでしょうか？」

「オーナーの首を掻《か》っ切ってやればよかったかい?」

キリはぎょっとした。もしかして、あたしの考えてたことが伝わった……?

思わず、「そんな」と肩をすくめる。そのあとで、「ありがとうございました。チーちゃんのおかげです」直角に腰を折った。

「なんのこと?」

千恵子の顔に「?」が並んでいる。キリは慌《あわ》てた。

「チーちゃんが、雨宮さんにお顔剃りのお客さまになってくれるように頼んでくれたんじゃないんですか?」

千恵子がつくづく不思議そうに、「あたしがオーナーに会ったのは、ほんとに久し振りのことだよ」ともらす。

それなら、雨宮はなぜここにきたんだろう? ところで母は、バーバーチーでキリが働くようになったのを知っているのだろうか? いや、そもそも、自分の娘が理容師になったことを……。ま、知ってるはずないよね。

「オーナーとマキちゃんはね、市の衛生管理講習会で知り合ったんだよ。マキちゃんには、あたしの代わりに出てもらったんだ。帰ってくると、〝ステキな人に会った〟って報告してきたっけ。ほら、あの子、天真爛漫《てんしんらんまん》だろ」

あんな金髪野郎のどこがステキなもんか。それに、巻子は天真爛漫なんかじゃない。無神経なだけだ。

「あの時、マキちゃんは二十八か。今から十二年前のことだもんね」

小学校一年か二年だったあたしは、ママと一緒にいた雨宮に会っている。

学校帰りだった。校門のところで巻子が待っていて、自分を浜辺に連れていった。そこで、なんのつもりか、髪を金色に染めた大人の男の人に引き合わせたのだ。キリはそんな人を初めて見た。当時のキリの感覚で、大人の男の人というのは、お兄さんじゃない人ということだった。お兄さんじゃないというのは、つまりオジサンなんだけれど、雨宮の場合は違っているような気がした。

雨宮は笑顔でキリにファンシーバッグに入ったコスメセットをくれた。あれは、今思えば母の気を惹《ひ》くための笑顔だったのだろう。その時も、さっき雨宮からカネを受け取ったのと同じ気持ちがした。いや、違うな。あの時は、誠の知らないところで、母が一緒にいた男の人から物をもらうのはいけないことだと思ったのだ。だから、コスメセットは母に気づかれないようにすぐに捨ててしまった。

3

椅子が三つしかないバーバーチーは、その三つの椅子さえ持て余していた。

この日も午前中は長谷川と雨宮が、午後にはたったひとり客が来ただけで、それも千恵子が受け持ってしまった。だから、キリはまだ雨宮の顔剃りしかさせてもらっていない。

千恵子はたいてい待合所の長椅子に転がって雑誌や新聞を読んでいた。一番熱心に目を通しているのは新聞の株式欄で、ガバリとふいに起き上がり電話をかけることがある。相手は証券会社の人らしく、たまに店の電話に向こうからかかってくることもあった。

キリがすることはもっぱら掃除である。

「〝バーバーチーじゃなくて、ばばっちい〟なんて人さまに言われないように、きれいに磨《みが》き込んどくれよ」

そう千恵子に言われ、鏡、店のガラス、シャンプー台、どこもかしこもぴかぴかにした。心の中で「バーバーチーじゃなくてチーばばあでしょ」と毒づきながら。

店の掃除をしてたって一向に腕は上がらない。もっとカットや顔剃りをしなければならないのに……。

バーバーチーに勤務して三日目、キリはさらに積極的な姿勢で臨むことにした。

「この間さ、うちにきた営業のやつを冷蔵庫に閉じ込めてやった」

北マーケットにある精肉店、大木屋《おおきや》の主人がふらりとやってきて、千恵子とだべっていた。バーバーチーと同様、この人も暇なのだ。

「営業って、株屋のかい？」

千恵子は広げた新聞に目をやったまま適当に相手している。

「そうだよ。うまいことばっかし言って、損させやがって」

「勝ち続けられないのが株ってものだよ、大木屋さん」

千恵子は涼しい表情だ。

「チーちゃんのほうはどうなんだい、ここんとこ？」

千恵子も株の取引みたいなことをしているらしいのはキリも気づいていた。拭き掃除をしながら興味津々で聞き耳を立てる。千恵子は新聞を畳むと大木屋を見た。

「そも、株で儲《もう》けられるのは百人にひとりだけだよ」

出た、チーちゃんの〝そも〟が。

「で、俺は？」

「もちろん、あんたは九十九人のほう。普段の話を聞いてる限りはね」

大木屋がしょんぼりと肩を落とした。

「しょうがねえ、地道に商売に励むとすっか」

出て行こうとする大木屋を、「あの――」キリは急いで呼び止めた。

「ご気分を変えてお仕事ができるように、髪をカットされてはいかがでしょう」

のそりと振り返った大木屋がキリを見て、「あんた、新人さんかい？」と訊いてくる。

「はい、神野キリです」

「キリちゃんか。べっぴんさんのあんたが切ってくれるのかい？」

「あたしでよろしければ」

意気込んで応える。

「じゃ、頼むとすっか」

やった！

「では、こちらへどうぞ」

元気いっぱいに接客する。ちらりと千恵子に目をやったら、にやにやしながらこちらを見ていた。なんだ、客をゲットしてチーちゃんも喜んでるじゃないか。

「どのようにいたしましょう？」

クロスを掛けるとキリは尋ねた。

「どのようにって、いつもどおりでいいよ」

そう言われても困ってしまう。千恵子のほうを見たら、「短め、短め」と唇を動かしている。

「では、お仕事上からも清潔感のある短めにしていきますね」

「おお、頼むよ」

伸びて角張ったフォルムになっているのをバランスよくカットすることにした。

「それにしても、うちの商店街ときたら、すっかりさびれちまってよ」

いきなり大木屋の愚痴が始まる。鏡越しに千恵子のほうを窺ったら、大木屋の言葉など耳に入らないといった表情で、キリのカットを見つめていた。

シェービングに移ってからも、鼻の下を覆った蒸しタオルの下で大木屋のぼやきはくどくどと続く。

「まあ工場の閉鎖もあったけど、北マーケットにとって決定的な痛手だったのはボヤ騒ぎだね」

「ボヤですか？」

「ああ。今から、えーと、十年前のことになるのか……」

十年前といったら、巻子が家を出た年じゃないか。すると大木屋は、「いけね」と小さくつぶやき、鏡の中の千恵子をちらりと見て気まずそうな表情になった。そして、もうこの話題に触れることはなかった。キリがシェービングを続けているうちに、彼はうとうとと眠り込んでしまった。

大木屋を清潔感たっぷりのベリーショートに仕上げ、キリはカットデビューを飾った。顔剃りについては昨日、雨宮の洗礼を受けていたおかげでスムーズに進められた。もともと顔剃りには多少なりと自信があるのだ。

「ほほう、顔の色艶《いろつや》が違ってるなあ」

レザーで剃った肌は輝きが違う。ひげとともに顔のあちこちを覆っている産毛を専門技術で取り除くと、まるで栗の渋皮《しぶかわ》を剝《む》いたようだ。輪郭《りんかく》さえはっきりしてくる。

「なんか気持ちがよくって、ついうとうとしちまったしな。夢見心地っていうのか？チーちゃんでもあんなふうにはならねえな」

そう言われて得意にならないはずがない。

「あんた、顔を剃る腕がいいね」

頰に手をやりながら大木屋がつくづくそう言う。

「新人離れしてるよ」

「カットのほうはいかがでしょう？」

すると鏡の中の自分を見て、大木屋が一瞬、「うん？」という表情をした。

キリはどきりとしたが、「じゃ、お世話さん」と、さっぱりした表情で言ってくれる。

「ありがとうございました。またお待ちしてます」

つい先ほど感じた、どきっとした不安とは打って変わり、キリの胸の内をなにかが満たしていく。それは、まぎれもなく仕事を終えた、いや、客に喜んでもらえたという充実感だった。

なんだか気分がよくて、キリはそのまま自分の肘にレザーを当てて顔剃りの練習にいそしんだ。もちろん、千恵子にアピールする意味もある。

「あんた、肘を使うのかい？」

そう訊いてきたので、思うつぼだった。

「専門学校時代からそうです」

同期の男子たちは、腕やすねを剃って練習していた。キリは膝頭《ひざがしら》や肘で練習を重ねてきた。

「へえ」

千恵子が感心したような声を出す。

「肘って曲げると皮膚が薄く突っ張るし、伸ばせばしわが寄るしで、刃を当てるの怖くないかい？　ケガでもしたらどうするの？」

「怖いです。もちろん、ケガもしたくありません。だからこそ練習になると思うんです。お客さまのお顔にレザーをあてるための訓練なんですから」

昨日、おっかなびっくり雨宮のシェービングをしていた自分が生意気なこと言ってるな、と思う。キリはレザーを持ち替えた。

「ひゃっ！　キリちゃん、あんた……」

今度は左手に持ち替えたレザーを右肘にあてていた。

「高校一年の時、右腕を骨折したんです」

キリは涼しい顔で左手でレザーを動かしながら、「ギプスで固定されてた利き腕の代わりに左手を使ってたら、いろいろできるようになって。理容学校でレザーの実習が始まると同時に左手でも練習するようになりました」そう言って笑った。

ふと見やると、千恵子がこちらに厳しい顔を向けていた。もしかしたら「チーちゃんでもあんなふうにはならねえな」と大木屋がキリの顔剃りの腕を褒《ほ》めていたことが面白くないのかもしれない。

「大木屋をうとうとさせちまった、あんたのシェービングの腕前。ふたりめの客だっていうのに大したもんだと思ったよ。レザーの両手使いにもつくづく驚かされた」

そこでいったん黙り込む。そして再び千恵子が口を開いた。

「ところで、あんたのカットなんだけどね」

「いかがでしたでしょう？」

「これまでは、まず、あたしの切るとこを見て勉強させてから少しずつカットさせようと思ったけどね、考えを変えた」

今のあたしのカットを見て、どんどん実地で切らせようと方針転換したかな？　こいつは思ったより見所がある、と。

「当分の間は見学のみだ。あんたには、あたしの大事なお客さまを預けることはできない。見学以外は掃除とタオル洗いだよ」

ぎえーっ！

というわけで再び掃除係に逆戻りだ。床に散った大木屋の髪をほうきで集める。毛髪は、自分のほうに掃《は》き寄せるようにするのがコツだ。

しかし、どうしてなんだろう？　なぜ、千恵子は自分にカットさせてくれないと言い出したんだ？　幾ら下手だからって、見てるだけじゃ少しも腕は上がらない。

続いてタオルの洗濯に取りかかる。理容店ではたくさんのタオルを使う。店にもよるが、まず、客の髪が整髪料などで固まっていればシャンプーするので、首に巻くのに一枚目のタオルを使う。シャンプークロスをして、洗髪し、濡れた首のタオルをシャンプークロスと一緒に外す。髪を拭くのに二枚目。三枚目のタオルを首に巻きカットクロスをして整髪。カットクロスを脱がせ、首に巻いていたタオルを外し、客の肩に掛けてシェービングに入る。皮膚やひげを軟らかくするためのスチーミング用の蒸しタオルが二枚で、ここまでで計五枚。シェービングを終え、顔の石鹸を拭き取るのに六枚目。肩に掛けていたタオルを外し、七枚目のタオルを首に巻いてシャンプー。髪を拭くためのタオルで八枚目を使うことになる。

洗って乾かした長方形のタオルは、理容店ではまず短い辺をふたつ折りにする。タオルが細長い形になるわけだ。今度は、細長くなった両端が中心で合うように半分に畳む。その中心を折り目にしてさらに半分に畳む。

千恵子は、畳んだタオルを棚に並べるのにも注文をつけた。ふんわりと丸くアールを描いた折り目をこちらに向けて並べるように言われる。「反対側をこっちに向けると、タオルの端の線がたくさん見えてがさついてるだろ」

すべての棚にタオルやクロスが収まっているのに、なぜか鏡の上の収納の中だけはからっぽだった。


「ひとつ気になることがあるんだ」

帰宅すると、キリはリビングで淳平にそのことを話してみた。

「タナ？」

淳平がいぶかしげな表情をした。キリは頷く。

「鏡の上にある収納棚だけは、なにも物を入れてないの。ううん。正確に言うとね、お酒が一杯置かれてる」

「一杯って、おちょことかコップとかに？」

「最初は水だと思ったんだけど、今朝、一升瓶のお酒をコップについでるとこを見たんだ」

「そりゃきっと、お供えの酒じゃないかな。チーちゃんは商売の神さまを祀《まつ》ってるんだよ」

いつの間にか淳平も、会ってもいない人のことを〝チーちゃん〟と親しげに呼ぶようになっている。

「商売の神さま、ねえ」

とキリは少し考えてから、気づいたことがある。

「やっぱ違うよ。だってチーちゃんは、ぱんぱんって手を叩かないもの」

「柏手《かしわで》を打たない、か……てことは――」

丸眼鏡の淳平が、推理に没頭する探偵のように眉間にしわを寄せた。

「なあに？　なになに？」

キリはせっつく。

「分からないや」

ガクリとした。

「おーい、淳平くん、始めるぞ」

すでに向こうに見えるキッチンで下準備をしていた誠から声がかかる。

淳平が誠に提案した男の料理コーナーは『今夜コレが食べたい！』というタイトル

で不定期連載されることになった。『よもよも四方堂』の記者（つまり淳平）が、先輩サラリーマンであり人生の先輩でもある男性（つまり誠）から料理を習うスタイルで展開する。

初回はマメアジの南蛮漬けとのことで、ふたりはキッチンであれこれ言い合いながら料理を始めた。

「エラブタを開いて、そこに指を差し入れ、エラと一緒にワタをつまみ出す。そうだ、その調子」

誠が指導する横で淳平が腰が引けたように言葉をもらす。

「生の魚に触る機会なんてほとんどないもんで、このグニャリとした感覚を意識するとメゲそうになります」

「いちどダメだと思ったら、先に進めなくなるからな。あまり想像力を働かせず、事務的にとんとん作業を進行するように」

「痛《い》てッ！」

淳平がひとさし指を押さえている。

「あ、お尻のところに鋭いトゲがあるから注意しないとな」

「もっと早く言ってくださいよぉ」

このふたり、なんかほんとの親子みたいだ。じゃ、ジュンペー君とあたしは……

ん？

今日も朝から、タオル洗いにいそしんでいた。タオルは完全に乾燥させせないと臭う。どれだけたくさん干せるか、いかに陽と風にさらすことができるか、なかなかコツがいるのだ。そして、やはり思いはそこに行き着くのだが、こんなことばかりしていても少しもカットは上達しないのだった。

裏に店舗の駐車場として設けられたのであろうスペースがあって、そこに洗濯機、物干しスタンドやラックが置かれている。店の正面は北マーケットのアーケードがかかっているが、裏側は屋外だ。見上げれば、青の薄い春の空だった。この空の色は、巻子に連れられ四方堂海岸の浜に行った時、雨宮の背後に広がっていた記憶の中の空の色でもあった。

ピンチハンガーにタオルの端を挟みながら考える。なぜ千恵子はカットさせてくれないのだろう？　もしかしたら、巻子に客を取られた腹いせなのではないか。こんなところで潰《つぶ》されてたまるか！

いても立ってもいられなくなって、店に飛び込むと、「チーちゃん、あたしにカットさせてもらえませんか!?」と大声を出していた。

「だから、あんたには大事なお客さまを預けられないって言ったろ」

千恵子は歯牙《しが》にもかけない。

「そのお客さまが、あたしに切らせてくれるっておっしゃったらどうでしょう？」

すると、彼女の表情が変わった。

「そりゃまあ仕方がないね。お客さまのご希望とあっちゃあ」

北マーケットの履物屋の店主が顔を出すと、すぐさまキリは名乗りを上げた。

「あたしに切らせていただけませんか？」

「え、ああ、そうだな」

戸惑いながらも任せてくれる。

千恵子が向こうで苦々しげにしていた。

古いアーケードの北マーケットは、大木屋の話によれば十年前のボヤが決定的となってさびれてしまったそうだが、バーバーチーの向かいは果物屋だし、うなぎ屋、金物屋、蕎麦《そば》屋、魚屋、菓子屋など商売を続けている店がある。皆ひっそりと寄り添うように、日用品や食品を買い物し合っていた。理容店にもこうしてやってくる。千恵子の古くからの馴染み客が来店すると、キリは率先して担当させてほしいと申し出た。

北マーケットを歩いていた人が若い理容師の自分を見て、もの珍しいのかふらりと入ってくることもあった。

理容を終えた客たちの反応は、「お、いいね、キリちゃん」「なんか若返った感じがするよ」「やっぱし若い子に切ってもらったら、いつもと違うね」と一様に好評だった。なんだ、あたしってばカットが下手だ下手だと思ってたけど、意外にイケてるじゃん。

そしてなにより、客らの嬉しそうな声を聞く時、キリは幸福感に包まれた。にこにこと笑顔で帰っていく姿を見送る時、これこそが理容師の喜びなのだと知った。

「ありがとう」と客に言われたら、「こちらこそ！」と大きな声で返したくなる。お客さまが喜んでくれるなら、タオルの百枚くらい洗うのだってなんてことない。……いやいや待てよ、これだけで満足するつもりで理容師になったんじゃない。あたしには目的があったはずだ。

「こんにちは」

静かなたたずまいの高齢の男性が現れた。

「あら、水原《みずはら》さん。いらっしゃい」

「やあ、チーちゃん」

古くからのお得意さんらしい。それでも、キリは躊躇なく売り込みにかかる。

「新しく入った神野キリです。よろしければ、あたしにカットさせていただけませんか？」

水原が驚いていた。

「しかし、私はね……」

なにか言いかけたが、「お願いします！」キリはなおも懸命に頭を下げる。

「ちょっとキリちゃん」

千恵子にたしなめられた。彼女は、キリのじゃまをしたくて仕方がないのだ。やっぱりそうなんだ。かつて巻子に客を取られた仕返しに、娘の自分に意地悪してるんだ。

「なかなか元気があるお嬢さんだ。では、キリちゃんに頼もうか」

「だけど、水原さん」

千恵子が横から言うのを制するように、「いや、チーちゃん。いいさ、いいさ」水原が頷いている。

「ありがとうございます」

キリは勇んで水原のカットに取りかかる。年齢のわりに髪は黒かったが、張りや腰がなくなっている。全体の毛先をセニングバサミで切り進め、襟足ともみあげのみクリッパーを使った。

シャンプーし、ブラシで整えると、鏡の中の水原の表情が、「おや？」といった感じになった。ちょうど大木屋の髪を整えたあとのように。キリははっとしたが、それも一瞬のことで、水原が立ち上がった。

「じゃあ、また来月」

そう言って去っていった。

「ありがとうございました」

ドアの外まで見送り、顔を上げたキリに、「水原さんはね、新幹線で浜松から通ってくれてるんだよ」千恵子が言って寄越《よこ》す。

「浜松から!?」

キリはびっくりした。

「うちを気に入ってくれて、転勤で引っ越したあとも、新幹線でこうして通ってくれてるの」

そんなお客さまを自分はカットしてしまったのか！　水原はきっと、今日も千恵子に施術してもらうつもりで、わざわざ浜松から足を運んできたというのに……。

第三章　コンテスト

1

「あら、キリちゃん、どうしたの？」

バーバーチーに電話をかけると千恵子が出た。彼女の住居は店の二階だ。ちょっと早いかなと思ったけれど、千恵子はすでに階下の店に〝出勤〟していたようだ。もしかしたら、例の棚にコップ酒を供えようとしていたところだったかもしれない。

「起きたら、ちょっと頭が痛くて」

「あら、いけないいね」

「熱もあるみたいで、なんだかだるいんです」

「慣れない環境で疲れたのかしら？　分かった。今日は休んでちょうだい」

「すみません」

「いいの、いいの。寝てるといいよ」

キリは、「すみません」ともう一度謝り、スマホを切った。玄関で電話していた。誠はすでに出勤して家にひとりである。

勤めてひと月余りだというのに仮病を使って店を休んだことにチクリと胸が痛んだ。珍しく自分を気遣ってくれる千恵子の言葉に対しても申し訳なさが広がる。

だが、こうして決行したからには時間を有効に使わなくては。キリは白いキャンバススニーカーに足を突っ込むと、外に飛び出した。

『ヒミツのふく習ノート』で誓った〔④はんじょうする店をつくる。〕を実現するのだ。しかし、今のような毎日を送っていては、いつそれが実現できるか分からない。腕を上げるために客を呼ばなくては――そのために今日はバーバーチーを休んだのだった。繁盛店のオーナーに早くなりたい！　しかし夢をかなえるには、客が少なすぎる。千恵子が客を増やす努力をしない以上、自分がなんとかしなければ。

いつものようにカットハウスマキの前を避けて通り、四方堂駅に着くと電車に乗った。ふだんからアンテナを張りめぐらせ、頭にインプットしておいた理容の繁盛店を見て回るつもりでいる。いわば偵察だ。店が休みの月曜日と第二と第三の火曜日では、同業他店も定休日である。千恵子には悪いと思ったがズル休みした。

キリは理容店で床屋に行きたてのおかっぱ頭にされてから、美容院に行くようになった。たったひとりで小学校四年生で美容院デビューしたのだ。以来、同じ店には続けて通わず、なるべく多くの店を見てきている。理容学校に通うようになってからは、モデルになって生徒同士でカットし合うようになったので、美容院にも行かなくなった。

美容院はそれこそ星の数ほどあった。なにしろ全国に二十万軒以上あるのだから。それに比べると理容店は十万軒ほど少ない。だが、全国にあるコンビニの数が五万軒であることを考えれば、理容店経営の競争の激しさが分かる。

にもかかわらずオーナーの高齢化が進む理容店の経営方針は、ほとんどが旧態依然としていた。そんな中から、近場中心だが参考にしようと目星を付けた繁盛店がいくつかあった。

一軒目は、誠からの情報である。アンテナを張りめぐらせ、なんて言っても、自分のニュースソースは身内かそれに近い人脈程度なのだ。茅ヶ崎駅からバスに乗って二十分、ずいぶんと不便な立地だった。「車で現場に向かう途中、ふと見かけたんだけどな」そう父は教えてくれた。

まだ昼前だというのに初夏といっていい強い陽射しが降りそそぐ中、キリは遠くから店の中を窺う。椅子は三つ。バーバーチーと一緒くらいの規模だ、と思う。

ところが、違うのは、客がひっきりなしにやってくることだ。中年の夫婦ふたりが理容師の、特に際立った特徴がない店のようなのだが……。

しばらく突っ立って観察していたキリは、あることに気がついた。客が皆、同じ方向からやってくる！　それだけではない、散髪が済んだ客も、全員が必ず同じ方向へと去っていく。みんなが店の裏手に向かっていくのだ。

キリは、試しに店の裏を覗いてみた。

——駐車場だ。店の主な客は自動車に乗ってやってくるのだ。タクシーやトラックなどの運転手も常連らしい。駅からは遠くて、けっして立地がよいとはいえないが、そのぶん、ほかに競合店舗もない。

そうだったのか、この店の武器は専用駐車場だ。

しかし、駅前にあるバーバーチーにしてみれば、特に強みにはならない。近所に駐車スペースを借りたところで、客足が伸びるとは考えられなかった。かえって出費がかさむだけだろう。そんなこと、千恵子に提案する前から分かる。

キリはバスに乗って次の目的地に向かう。二軒目は四方堂にあった。とはいえ、私大キャンパスの傍らに建つ店は、住所こそ四方堂だけれど、最寄り駅は茅ケ崎になる。大学の学生が通うんで流行《はや》ってるのかな？　とキリはまず想像した。

淳平から情報を得た店だった。「別の取材で通り過ぎただけなんだけど、賑《にぎ》わってる理容店があったよ。『地元の元気店』っていうコーナーでいつか取り上げたいと思ってるんだ」

また、外から観察する。男の店主ひとりで営業しているようだった。ふっくらとした風貌の、いかにも優しそうな男性だった。繁盛の理由は、店主の人柄に惹かれてのものか？

店に隣接した自宅の庭では、黒い毛並みが美しいラブラドルレトリバーが放し飼いされていた。初夏の日差しの中で和《なご》んでいる。それは幸福な景色だった。そうだよな、お客さまに与える印象って大事だよな。あたしってば、ぶっきらぼうなところあるし。

再び店のほうに視線を向けた。すると、ドアのすぐ脇に鳥かごが吊《つ》るされているのに気がつく。セキセイインコを飼っているようだ。いくら動物好きとはいえ、こういう場所で鳥を飼うのはいかがなものか？

と、そこへミニチュアダックスフントを連れた客がやってきた。

「ええ!?」

キリは思わず声を上げてしまった。

客が犬を連れたまま店の中に入っていったからだ。店主は平然とそれを受け入れると、客を椅子に座らせる。たとえば盲導犬と一緒の来店はオーケーだ。しかし……と思った次の瞬間、「ウソッ!?」キリは再び声を上げていた。

店主はダックスフントをひょいと抱き上げると、客の隣の椅子に座らせたのだ。飼い主が頭を刈られているのを隣の椅子からつぶらな瞳でダックスフントが見つめている。店主は、客のペットを家族のように扱っているのだ。

今度はトイプードルを連れた客が店のドアを引いた。客も店主も、それが当たり前のように挨拶《あいさつ》を交わしている。

そういう店なんだ、ここは……。

しかし、ペット好きでないと来ない店でもある。キリはため息をついてその場をあとにした。この店を目指すとしたら、客を限定してしまうことになる。

続いて覗いた店は、なるほど、待合所の椅子にずらりと客が並んで新聞を広げていた。そうそうこういうのを正真正銘の繁盛店というのだ。アタルに電話して聞いた店だった。「混んでる店か——そうだな、藤沢歩いてる時に見たな。連れと一緒だったんで、よく観察できなかったんだけど。行くんだったら、様子を教えてくれよ」

だが、おかしい。なぜなら理容椅子のほうには誰も座っていなかった。そして、店主はというと……。

「あっ」

くわえタバコで客に混じり、やはり新聞を眺めている。その新聞というのが——。

「競馬新聞だ」

皆、口々になにか言い合いながら、赤鉛筆《あかえんぴつ》で印を付けていた。これじゃあ、ただの溜《た》まり場だ。アタルにも残念な報告しかできないな。

キリは諦めて帰ろうかと思った。せっかく仮病を使ってまで手に入れた一日がムダになった、と後悔しながら。ところが駅に向かうバスの車窓からなにげなく眺めた一軒の理容店に、「こ、これは！」キリは度肝を抜かれた。

翌朝、バーバーチーに出勤し、奥で着替えを済ませたキリを見て、「あら、キリちゃん、もう大丈夫なのか……い？」千恵子が言葉を失っていた。

キリはピンクのワンピースの理容服に身を包んでいた。スカートは超ミニ丈。

昨日、バスから見た光景に、目を丸くしてしまった。ガラス張りの店内は、ずらりと並んだ理容椅子がすべて客で埋まっていた。待合所も満杯だ。そして、順番待ちしている客たちは雑誌も新聞も眺めていない。スマホを操る手もおろそかだ。

客はみんな、店のスタッフらを眺めていた。理容師は全員若い女性。しかも超ミニのユニフォーム姿だった。

——これなら、あたしも真似できる！

キリは早速ネット通販（エッチっぽいサイトだった）の至急便で取り寄せた。

短いスカートの裾《すそ》を気にしながら、立ったりしゃがんだりして店の掃除をしていると、「キリちゃん、ねえ、あの男、さっきからあんたのことじっと見てるよ」千恵子に言われて、ガラスの外に目をやった。

アーケードの通りに小太りの男が立っていた。黒縁眼鏡を掛けている。その男がすたすたこちらに向かって歩いてくると、店の中に入ってきた。

――やった！　さっそく効き目あり!!

千恵子との取り決めで、新規の客は相手に断りなしで自分がカットしてよいことになっていた。

キリは小太りを椅子に座らせ、クロスを掛けると、「いかがいたしましょう？」と尋ねた。

「似合うようにして」

ずいぶんと漠然とした要望ではないか……。

小太りは、海苔《のり》巻きみたいな、ぺったりした髪形をしている。すんごく似合っているとはいえないまでも、無難ではある。切ったあとでお客から「前のほうがよかった」なんて言われたらかなわない。

「今の髪形がよくお似合いのようですよ」

にこやかに伝える。

「そうかなあ」

小太りのほうも満更でもない様子で応じた。

カットを終え、「こんな感じでいかがですか?」と声をかける。しかし、小太りは、「そうね」と応えただけで、どうでもいいようだった。この人はカットの間中、ずっとキリの顔を見ていた。なんだか気持ち悪いな、と思う。

シェービングの前にシャンプーするのはキリのこだわりだ。理容のシェービングはレザーを使って、ひげの根元から皮膚の面と同じ高さ、あるいはそれより深く剃る。ひげを剃るというより、皮膚を削るのに近い感覚がある。皮膚を傷つけずに剃る技術はもちろん、剃ったあとのケアも重要だ。

シェービングのあとにシャンプーすると、頭皮の汚れがひげ剃りあとの敏感な肌に付く恐れがある。衛生面の配慮から、キリはシェービングをあとにする。ところが、この順番を逆にする理容店が多いのは、面倒が少ないからだ。

小太りはひげが濃い。ブラシで泡を塗るラザーリング、蒸しタオルによるスチーミングの間も、キリの顔をまじまじと見上げている。

だが、あれほどキリの顔を凝視していた小太りも、レザーを当てるといつの間にか眠ってしまった。

「椅子を起こします」

シェービングを終えて声がけすると、ぱっと目を開けて、「しまった」とでもいっ

た表情をしていた。整髪を済ませ、クロスを外す。小太りを送り出そうとしたら、

「あのさ」遠慮がちに言ってくる。

「写真撮っていい？」

「え、あたしのですか!?」

驚いて訊き返す。小太りが頷くので、「はあ、どうぞ」キリは応じることにした。

だぶだぶの綿パンのお尻のポケットからスマホを取り出してキリを撮影する。撮ったあとで言った。

『夢幻大戦』のサーシャにそっくりなんだよね、キミ」

「なんですか？」

「ゲームキャラ」

「えー!?　そのサーシャも理容服を着てるんですか？」

「そんなわけないだろ！」

機嫌を損ねたように否定してから、「ミニの戦闘服だよ」と胸を反らせた。「でも、白い大きなボタンが四つ付いてるとこなんて一緒だ」と満足気である。

小太りオタクが帰ろうとして、振り返った。

「ボク、小西《こにし》。また来るね」

よっしゃ。キリはガッツポーズする。

しかし千恵子が、「よかったのかい、写真なんて撮らせちゃって？」と言ってきた。

「いいですよ。たとえネットに流出したって、お店の宣伝になりますから」

「宣伝て、あんたね……。でも、まあ、あんたの顔剃りの腕がいいのは、やっぱり確かだわ。穴のあくほどキリちゃんを見つめてたお客さまを、ころっと眠らせちゃうんだものね」

そこにまた新規の客が入ってきた。品のよい中年の男性である。

——いいぞ、効果覿面《てきめん》！

キリは張り切って客を案内し、カットを始めた。

バーバーチーはオーソドックスなスタンドシャンプースタイルだ。椅子に座ったお客の頭を理容師が立って洗う。鏡の下が洗面ユニットで、シャンプーボールを引き出し、客に前かがみになってもらい、理容師は側面から洗い流す。業界では前シャンともいう。

濡れた髪をタオルで拭き、脇から抱えるようにして起こす。すると、客が後頭部をキリの胸に押しつけるようにしてきた。さっきカットしていた時も、客の膝が、太腿《ふともも》に時々ぶつかった。最初は偶然かと思っていたのだが……。

髪を拭き終えると、生真面目そうな男性の顔が鏡の中にあった。無表情で、特にキリのほうを見るようなこともない。キリはシェービングのために背もたれを倒す。ラザーリングのために覆いかぶさるような姿勢になると、客の手がスッとお尻に触れたような気がした。

キリは客の顔を見た。じっと目を閉じている。

再びラザーリングを続けていると、今度は確かにお尻に手が当てられているのを感じた。

――どうしよう!?

その時、客の目がくわっと見開かれた。

隣にマスクをした千恵子が立っていて、客の手をつかみ自分のお尻を触らせていた。

「どーぞ、どーぞ」

千恵子が微笑んでいる。

客は一生懸命に手を引っ込めようとするが、千恵子がそれを許さず、無理やり触らせる。今やおびえ切った客の唇が、色を失いぴくぴく震えていた。

「キリちゃん、あたしが代わろうかね」

千恵子は新たにシェービングカップを持ってくると、温度も確認せずブラシを顔に押しつけた。

「熱《あ》ぢ!」

客が声を上げる。

「あーら、ごめんあそばせ」

今度は盛大に湯気を立てている蒸しタオルを載せた。

「熱ぢぢ!!」

客が足をばたつかせる。

「こんにちは」

ドアを開けて入ってきたのは淳平だった。

「キリちゃん……！」

キリはどぎまぎしながら短い理容服の裾を一生懸命引っ張った。

「びっくりしたよ。働く姿をひと目見ようと顔を出したら、ユニフォームが……その、奇抜なんで」

キリはまた顔が赤くなった。

「それにしても許せないな、キリちゃんのお尻に触るなんてさ」

淳平がむすっとしている。すると千恵子が、「あんなカッコしてるから、お客も誤解すんだよ」とたしなめた。

いつものバーバーチーのパンツスタイルのユニフォームに着替えたキリは、すっかりしょげ返っていた。さっきの客は、「時間がないから」と言って、シェービングの途中で逃げるように帰っていった。

「あんた、キリちゃんのコレかい？」

千恵子が淳平に向かって親指を突き出す。

「あ、いや、僕は……」

慌てている淳平には構わず、「好きな人に見せられないようなカッコはするもんじゃないね」キリに向けて静かに諭した。

好きな人か……とキリは考える。アタルが見たら「おまえ、どーゆーつもり？」って言いそう。あれ、どうしてここでアタルが出てくるんだ？

「昨日はどこに行ってたんだい？」

と訊かれ、キリははっとして顔を上げる。千恵子がなにもかも心得ている、といったように頷いていた。そんな自分たちふたりを淳平が不思議そうに交互に見ている。

「あたし、お店にお客さまを呼びたくて……」

千恵子が、ゆったりとした表情でキリを見た。

「亭主が死んだのは、あたしが二十八の時だったよ」

急に別の話題を持ち出され、戸惑う。

「そのあと、あたしだけで店を切り回さなくちゃならなかった。女がひとりで商売していると、言い寄ってくる男がいてね」

「それって、お客さまですか？」

とキリ。

「いろいろ、あちこち」

すると淳平が、「チーちゃん、モテたんですね」と発言する。彼は初対面なのに、ごく普通に〝チーちゃん〟と呼んでいた。

「若い頃はイケてたからね」

「今もカッコいいですよ」

となおも淳平。千恵子が無理すんじゃないよと言いたげに鼻で笑う。

「早く五十歳になりたかった。そしたら、男も寄りつかなくなると思ってさ」

「へえ」

そういうものなのか、とキリは思う。

「でも、五十になっても変わらなかったね」

「ぷっ」

キリは吹き出したあとで、今通ってる常連さんたちだって、結局、千恵子目当てに来てるんだもんなという考えに行き着く。

「昔は苦手なお客さんが来ると、頭を下げるのが嫌で嫌でしょうがなかった」

店の明るい待合所で、千恵子が遠くを見るような目をした。

「でも、自分の仕事に頭を下げると思うようになってからは、苦じゃなくなった」

今度は淳平に視線を向ける。

「会社勤めでも、同じだろ？　自分と合わない上司、高飛車な取引先、頭を下げたくない相手はごまんといるよね？」

淳平が頷く。

「そんな時は、自分が誇りを持っている仕事、頑張っている仕事に頭を下げるって考えるのさ。そうすれば、自然とお辞儀《じぎ》ができる。自分の心を卑《いや》しくしないで済む。嫌だ嫌だと思いながら頭を下げても、本心は伝わるもの。自分の仕事に頭を下げると思えば、嫌な気持ちは消える。大抵のことは我慢できるものさね」

〝誇りを持っている仕事〟――あたしは理容という仕事に誇りを持ってると言いきれるだろうか？　淳平もキリも感じ入って聞いていた。

「あんまり焦るんじゃないよ。明日は明日の風が吹くと運を天にお任せしてしまえば、あとはなんとかなるもんさ」

明日は明日の風が吹く、か――理容の仕事のなんたるかも考えず、確かに急ぎ過ぎてたな。あたし、なにしてたんだろう……。

そんなキリの気持ちを見透かしたように千恵子が、「キリちゃん、これ」封筒を寄越す。

「なんですか？」

「お給料」

「ええ!?」

そうか、修業中とはいえ、おカネをもらえるんだ。

「初月給は手渡しがうちの伝統なの」

「じゃ、植木先生も、ママも――」

「そうよ。ふたりとも嬉しそうな顔してたっけね。今のあんたみたいに」

「あたし、嬉しそうな顔してますか？」

びっくりはしてるんだけど……。

「こぼれ出てるよ」

なんだか俄然嬉しくなってきたぞ。

「キリちゃん、おめでとう」

そう言ってくれた淳平も誘って、その晩は誠と三人で焼き肉の食べ放題に出かけた。もちろんキリのおごりである。

「これからは家におカネ入れるからね」

誠に言ったら、あんまり無理すんなよと笑っていた。

それにしても、千恵子はあんな暇な店で、どうやってキリの給料までひねり出してるんだろう？

2

キリの手が震えていた。こんな緊張は、雨宮に初めて顔剃りをして以来だ。遠慮したいのはやまやまだったが、客を選んでいては繁盛店のオーナーへの道が遠くなる。どの常連客にもそうするように、「あたしにカットさせていただけますか？」と申し出たのだ。

前回と同様、脱いだ上着を娘に預け、理容椅子にワイシャツとネクタイ姿でゆったりと腰を下ろす。鏡の中の長谷川組の親分の表情はどこまでも静かである。ドアの外には、ぼさぼさ髪の三浦がいつものようにどんよりと立っていた。もうすぐ梅雨入りという日だった。店内はエアコンが効いているが、湿り気を含んだモワッとした空気が、アーケード街にこもっていた。それでも三浦は、スイングトップのファスナーを首まで引き上げて着ている。暑くないのだろうか？　相変わらずぬぼっとした感じで、どうにもボディーガードに見えない。

その時、ある想像がキリを捉えた。もしかして、あの服の下にはピストルが……だって、やくざの親分の護衛をしてるわけなんでしょ！　見かけとは裏腹に凄腕の拳銃使いだったりして。

長谷川にカットクロスを着せ掛ける。その際、今度はしっかりと左手に小指がないのを確認してしまった。ヘンな頭にカットして「落とし前にてめえの小指を寄越せ」って言われたらどうしよう？

キリはやっとの思いで、長谷川の首の後ろでクロスのひもを結んだ。千恵子はというと、いつものように傍らに立ってキリのカットを心配そうに見つめている。相手が長谷川だからというわけではない、どの客に対してもそうだ。キリの腕前を相変わらず信用していないのだった。

キリは鏡越しに、長谷川の娘が孫に絵本を読んでいる様子を見た。そして、お愛想というより自らを落ち着けるために、「お孫さんかわいいですね」と話しかけた。

「息子だよ」

長谷川から意外な応えが返ってきた。

「ちなみにその隣にいるのは妻だ」

キリは地雷を踏んでしまったようだ。吹き飛ばされ、五体が散り散りばらばらになるのを感じた。鏡に映った自分の顔は土気色をしている。それでも、長谷川のほうはまったく気分を害した様子もなく、「どうした？」とキリに訊いてきた。

「顔色が悪いようだが、腹でも痛いのか？」

「……あ、いえ」

「それなら」

と、クロスの下で、ごそごそなにか探しているようだった。

「これを食べるといい」

小指のない左手でぎざぎざのある肉厚の葉っぱを差し出す。

「アロエだ」

えーっ、だってこれ、パンツのポケットから出したんだよね。それを食べろってか？

「さあ」

なおも食べるように促される。

断れない！　キリは仕方なくその一片の葉を凝視し、「いただきます」と言い、今度はぎゅっと目をつぶってひと齧《かじ》りした。

うん？　中はゼリーみたいだった。ちょっと苦いけど食べられないことはない。歯触りもしゃきしゃきしていた。もちろん、好んで食べたい味ではなかったけれど。

「どうかね？」

「はい、もう大丈夫です」

本当だった。面喰《めんく》らったせいか気分は落ち着いていた。

長谷川のほうも満足そうに頷いている。

「残りはあとでいただきます」

キリはアロエの葉を自分のパンツのポケットにしまうと、ハサミを手にした。

厚みの出やすい後頭部や襟足、耳の上を多めに切り進める。少なくなったトップは、手ぐしを入れてオールバックにしやすい長さにした。この店の客の平均年齢は高い。年配者の髪を扱うのにも慣れてきていた。

シェービングの時には、長谷川もやはりうとうとしていた。

クロスを外し毛払いすると、娘だと勘違いしていた妻が寄り添い、長谷川に背広を着せ掛けた。

「ありがとうございました」

キリが送り出すと、ドアの外で待っていた三浦が長谷川に向かって、「お疲れさまです」と一礼した。

「お待ちどおさん」

長谷川が、その三浦の頬を愛しげにぴたぴたと軽く叩いた。きっとかわいい子分なのだろう。そして、パンツのポケットからアロエの葉を取り出して与える。

恐れ入ったようにそれを受け取った三浦とキリの目が合った。三浦が、こちらに向けて葉っぱを軽く差し上げて見せた。キリもポケットから葉を出して見せる。すると、彼がほんの少しだけ微笑んだ。その笑顔がなんともチャーミングで意外だった。キリは隣で一緒に見送っている千恵子の横顔に目をやった。その表情は、キリのカットに対して納得していないように見える。店の中に戻ると、キリは手にしたアロエの葉に目を落とした。

千恵子からは長谷川のヘアカットに関して特に意見はなかった。いや、ほかの客についてもなにも言われない。しかし、あの表情がすべてを語っていた。

ちょっと迷ったけれどアロエの葉を口に入れてみた。やはりおいしいものではない。

このところキリは惑いの中にいた。バーバーチーの常連客からは、二度目になると自分がカットするのを断られることが多々あったのだ。精肉店、大木屋の主もそうだ。「切ってすぐの時も、なあんか違和感つーのかな、そんなんがあったんだけどね。あと、伸びるのが早いんだよ、キリちゃんだとさ。カミさんに〝床屋ばっかし行って〟と、怒られちゃうしさ」

新規の客もなかなかリピーターになってくれない。

――なぜだろう？

履物屋の店主がやってきた。

「いらっしゃいませ」

キリは椅子に案内し、「今日はいかがいたしましょう？」と訊く。

「悪いんだけどさ、今日はチーちゃんに頼もうかな」

「あ……はい。あの……」

どうしてあたしじゃいけないんでしょう？　と訊こうとしたら、「なんかさ、あんただと、床屋に行った気がしないんだよな」先に向こうからそう言われてショックを受けた。

次に来店したうなぎ屋の旦那《だんな》にも、「アタシャ、チーちゃんに切ってもらうよ。アータに切ってもらうより、さっぱりするから」と言われてしまった。

もしかしたら、このまま永遠にお客の髪を切ることができなくなるかもしれない。

そんなふうに思っている時に、水原が訪れた。

キリは理容椅子に腰を下ろした水原にクロスだけを掛けて、千恵子と代ろうとした。すると、「これからはきみに頼むことにするよ」意外にも水原がそう口にした。

「あの……あたしでいいんでしょうか？」

「うん、頼むよ」

「でも、水原さん、わざわざ新幹線で浜松から……」

千恵子にカットしてもらうために通っていたはずだ。それに前回、キリがカットした髪形を見て「おや？」という不満げな表情も見せていた。

「最初にチーちゃんの店に入ったのは、まったくの偶然からだった。もう三十年も前になるかな。いや、北口に鉄鋼会社の工場がある頃だから、もっと前か――」

水原が語り始める。

「取引先のその工場に向かう途中だったんだ、大事な商談のためにね。けれど、左のえらに一本ひげの剃り残しがあって、気になって仕方がない。で、目に入ったバーバーチーに飛び込んで、顔を剃《あた》ってもらったんだよ。シェービングが終わると、寝ぐせがついたからって、チーちゃんはドライヤーとブラシで丁寧に整髪してくれた。襟足にバリカンもちょっと入れてくれてね。すると、いつの間にか私の気持ちもほぐれていたよ。商談を前に緊張していたんだな、と気づかせられた」

鏡の中から微笑みかけてくる。

「客の強張《こわば》った心に余裕を取り戻させてくれる、きみにもそんなふうになってほしいな」

キリは茫然としていた。

「ひとりの理容師さんが成長していく姿を見たいんだ」

自分の目が予期せぬ涙で曇っている。〔ぜったい泣かない。〕って誓ったんだ。あのノートに書いたのに……。

「きみの顔剃りはよかった。この間はとてもいい居眠りができた。期待しているよ」

隣に立った千恵子が背中をさすってくれた。

「理容師はね、お客さまと一生付き合える仕事なんだよ」

キリはもう涙をこらえることができなかった。

「ありがとうございます……ありがとうございます……」

泣きじゃくりながら繰り返していた。

3

「やあ、まあ掛けたまえ」

植木が向かいのソファを示し、「失礼します」キリは座った。彼から呼び出され、久し振りに相模湾理容専門学校を訪れていた。

「どうかね、広瀬先生からはいろいろ学ばせてもらっているかね?」

「はい。〝自分の仕事に頭を下げる〟とか〝明日は明日の風が吹く〟とか」

「なんだね、そりゃ?」

「はあ、人生訓――っていうんでしょうか……」

「うーん。カットのほうはどうかね? こう手取り足取り教えてもらってるかい?」

千恵子から技術的な指導はいっさい受けていない。だが、それを植木に伝えることは、なんだかはばかられた。質問に応えない自分を、特に不思議にも思わないように彼が続ける。

「いや、今日はね、県内の理容コンテストに出場してみないかって勧めるために来てもらったんだよ」

「あたしがですか!?」

驚いて訊き返すと、植木がにこやかに頷いた。

「どうだろう、ひとつ腕試しをしてみては？　チーちゃんの店に行って、神野君がどれほど成長したか、その姿を私も見てみたいしね」

「〝チーちゃん〟って、植木先生もそう呼んでたんですね」

植木は照れたように植毛頭を掻いた。

「いや、なにしろ勤めた初日に〝チーちゃんって呼んで〟って言われてね」

あたしと一緒だ。

「先生はチーちゃんから直接指導を受けたんですか？」

植木が頷く。

「それはもう懇切丁寧に、ね」

それならなぜ、あたしのカットは見てくれないんだろう？

植木が感慨深げな表情をした。

「例の、私がお客さまの耳切っちゃった事件、あの時も一緒になって謝ってくれたっけ」

この扱いの違いはなんだ？　もしかしたら、教える価値もないほど、あたしにはカットの素質がないんだろうか？

「どうかしたかね？」

考え込んでいるキリに、植木が声をかけてきた。

「あ、いいえ。植木先生にも修業時代があったんだなあ、と」

そんなふうに言い逃れる。

「ところで、さっきの件だが、技術向上を目的に県の理容団体が主催するコンテストなんだ」

「でも、まだ勤めて三ヵ月ですし」

おまけに最近とみに自信をなくしていた。

「勝つためではない、自分の今の実力を知るために参加するのだ。考えてみるといい。ああ、氷見君は出るって言ってたよ」

「アタルが、ですか？」

ということは、あたしの優勝がないのはすでに決定した。彼にはかなわないもの。

4

千恵子は厳しい表情をしていた。

「あたしにカットを教えてください」キリは思いきってそう切り出してみたのだ。

一転して千恵子が穏やかに微笑み、「あんたは、どうして理容師になろうと思ったんだい？」と訊いてくる。

それは、繁盛する理容店を経営して、巻子を見返してやるためだ。

「今のキリちゃんに必要なのはね、自分を知るってことなんだよ」

……自分を知る？

「こんにちは」

中年のきりっとした印象の女性と小学校高学年くらいの男の子が店に入ってきた。

「この子の髪をお願いしたいんですが」

ふたりは親子のようだ。千恵子がこちらを見る。

「キリちゃん、お客さまだよ」

新規の客はキリの担当だった。千恵子がなにも教えてくれない以上、ひとりでも多くカットするしかない。

「来年中学受験するんです」

男の子にクロスを掛けると、母親がキリに言った。

「私立の校則の厳しい学校で、髪形にも細かい決まりがあるんです」

「なるほど」

「受験直前ではなく、今からその髪形に慣らしておきたいと思って。ほら、直前になって切ると、短くしたところだけ陽に焼けてなくて白いでしょう。面接では分かるんですよ、そうした付け焼き刃が」

いかにも教育熱心そうな母親がそう主張する。鏡の中で、今風の長めの髪をした男の子は、諦めたような表情を浮かべていた。

「それにね、試験に自然体で臨むためにも同じ髪形でいるべきなんです」

「分かりました」

キリは母親が指定したとおりの髪形に仕上げた。サイドは髪が耳にかからず、裾は刈り上げる。もみあげ、耳の周り、裾、すべてクリッパーを使った。

母親は満足げな笑みをたたえていた。

「お世話さま」

そう、あたしはやれるはずなんだ。少しは経験を積んできてもいる。それなのに、自分のカットを敬遠する常連客がいるのも確かだ。だから、今ひとつ自信が持てない。

そうだ、植木の言っていた理容コンテストに挑戦してみよう。それが千恵子の言う〝自分を知る〟ことだとも思うから。

母親につき従うように店を出ていく少年は、ひどく悲しげだった。それにしてもあんな頭にさせるなんて、ヘンな校則だ。どこもかしこも真っ直ぐに切り揃えて、滑稽《こっけい》なくらいだ。


梅雨の雲が重く垂れこめた空の下に電源車《でんげんしゃ》が停められていた。広い館内には理容椅子とシャンプーボールがずらりと並んでいる。

県の理容団体主催によるコンテストは、横浜の市立体育館で開催された。多くの店が定休日であることから月曜日が当てられている。

控室でバーバーチーのユニフォームに着替え、キリは天井から照明が煌々《こうこう》と降りそそぐ会場に出た。そして、23番という番号が背に貼られた理容椅子の横に立った。ユニフォームの胸に同じ番号のゼッケンを付けている。

二階席をまばらに埋めたギャラリーの中に植木の姿を見つけ、軽く頭を下げる。植木が元気づけるようにこくりと頷いた。誠と淳平にはコンテストのことを話していなかった。応援にこられても緊張するだけだし、最初からよい結果が望めそうにないのは分かっているのだから。

「キリ」

久し振りに会ったアタルはジーンズ姿で、白いTシャツの胸に11番というゼッケンを付けていた。

「理容服じゃないの？」

彼に会うと、違うドキドキで胸が高鳴る。

「俺、無所属だから」

「どういうこと？」

「辞めたんだよ、勤めてた店」

「え、もう？　まだ三ヵ月じゃん」

「実はアパート追い出されちまってな」

「カノジョさんに追い出されたの？」

アタルは苦笑いを浮かべている。一緒に住んでいるカノジョが東京の職場に異動になったのを機に、アタルも引っ越したはずだった。

「あんた、浮気でもした？」

「まあ、そんなとこ」

と肩をすくめる。

ンもう、しょうがないやつ！　なんだか幻滅してしまう。そういうことは絶対にしないと思ってたのに。

「鶴見にアパート借りたんだ。こっちで出直そうと思ってな。富山湾の近くで育ったせいか、潮のにおいがする町のほうが身体にしっくりくるんだ」

「こっちって、横浜に勤めるの？」

「横浜か、藤沢か、ま、その辺りさ」

理由はどうあれ、アタルが神奈川に戻ってきたのは嬉しかった。浮気したのは許せないけど。ってなぜ？　自分のカレ氏でもないのに……。

「そんなわけで、県のコンテストに出場して、就職活動のために箔《はく》付けようと思ってな」

「アタルなら優勝できるかもね。なにしろ、親子代々理容師のＤＮＡを受け継いでるんだもの」

ほんと、アタルのカットは天才的だ。そこにあたしは惚《ほ》れている。

「俺さ、店に出るようになってから、つくづくおまえのシェービングを思い出してるよ」

「え？」

キリはアタルを見返した。

「理容学校でシェービングのモデルになる時、みんな、顔を切られるんじゃないかってビビッてたろ。それなのに、俺、おまえに顔を剃られながら、うとうとしちゃったもんな。まるで羽根で撫でられてるような感じでさ」

「それって……」

「おまえの技術の確かさだよ。俺、安心感と気持ちよさで、つい眠っちまったんだな。植木先生に〝モデルも勉強なんだから、居眠りしてるんじゃない！〟って怒られちゃったけどさ」

アタルが笑う。

「おまえ、俺のこと理容師のDNAを受け継いでるってよく言うけど、おまえのお母さんも確かスタイリストのはずだよな？」

スタイリストか——アタルは理容師ではなく、スタイリストって言葉を使うんだ……。

思い出したことがある。巻子に初めて顔の産毛を剃ってもらった時のことだ。自分は小学校四年生だった。横になったキリを、巻子は膝枕した。ラザーリングとスチーミングの間に、キリは早くも夢見心地だった。巻子が手にしたレザーが一閃《いっせん》するのを目にしたと思った瞬間、眠りに落ちていた。まぶたを開けた時、自分の顔は白くつるつるで、子どもから大人の顔になったような気がしたものだ。まるで魔法にかかったように。きっと、巻子は家を出る前に娘の顔剃りをしておこうと思ったのだろう。

そうなのだ、自分が美容師ではなく理容師になろうと決めたのは、顔剃りがあったからだった。理容師と美容師の一番の大きな違いは、レザーを使うかどうかだ。そして、巻子から受けたこの顔剃り体験が、自分を理容師の道に進めた。〈はんじょうする店〉は、美容院ではなく理容店でなければならなかった。

そこでキリははっとした。千恵子が〝必要なのは、自分を知ること〟と言っていた。「あんたは、どうして理容師になろうと思ったんだい？」とも。千恵子が言っているのはこのことなんだろうか——。

「どうかしたか？」

アタルが不思議そうな顔をしている。

キリは小さく笑い返した。

「でも、カットの技術は受け継げなかったみたい」

「いや、おまえは自分が分かっていないだけだと思うな。キリのカットは——」

その時、「出場選手は配置について」というアナウンスが聞こえた。

コンテストは国家試験と異なり、シャンプーや接客までも含めて総合的に評価される。カットモデルも、ウィッグではなく生身の人間である。参加選手は四十七名。全員が自分のゼッケンと同じ番号の理容椅子の横に立った。

ステージに登壇した進行役が全体を見回すと、「はじめ！」マイクに向かって宣言した。

「いらっしゃいませ！」

選手全員が客であるモデルに向かっていっせいにお辞儀する。

第四章　ブロース

1

キリは惨敗した。参加者四十七人中四十六位。

「ブービー賞だな」

通知はがきを見つめたまま身じろぎしないキリに向けて、誠が冗談めかした。しかし、なんの反応も示さない娘に、これはまずかったかなと思ったらしい。それ以上なにも言わなかった。

はがきをポストで見つけたのは誠で、おかげで内緒で出場した理容コンテストのことも知られてしまった。

今夜は中華パーティーなのだそうだ。誠と淳平がキッチンで賑やかに支度《したく》している声を耳にしながら、気乗りしない表情で庭を眺めていた。ある程度は予期していた結果だったが、ここまでひどいとは思わなかった。

「店で食う酢《す》豚《ぶた》ってパイナップルが入ってたりして甘いだろ？　俺はかねがね大人が食べる、甘くない酢豚の調理に挑んでて、ほぼ完成形に近づいてるんだ」

そうのたまう誠に淳平が尋ねる。

「甘い酢豚と、お父さんの酢豚との差はいかに？」

父が北京《ペキン》鍋《なべ》の柄を振るいながら得意げに応えた。

「甘い酢豚はケチャップが味の主体になってるんだ。俺のは醬油を効かせてる。味見してみるかい、ジュンペー君？」

キリが庭から目を移すと、誠が小皿に酢豚のあんをすくって淳平に勧めていた。

「ほんとだ！　甘くないですよ、お父さん！」

「あのな、そういう時は〝おいしいですよ、お父さん〟って言うもんだ」

「失礼しました！　さっそく『今夜コレが食べたい！』のメニューに加えましょう」

親子でもないくせして〝お父さん〟という言葉を使い合ってるふたりに、今日はなんだかイラッとする。

その晩は、ぱりぱりに揚がった春巻きも、鶏肉とカシューナッツ炒めも、そして甘くないという誠ご自慢の酢豚も味がしなかった。

きっとしょんぼりして見えたのだろう、「キリちゃん、なにか協力できることがあったら言ってよね」淳平が優しい言葉をかけてくれる。

「ありがと」

心配させないよう笑顔を返しておいた。イライラさせられる、なんて一瞬でも思ってごめんね、ジュンペー君。


「あんたよりも腕のいい人のとこ行って、研究すんのさ」

千恵子から提案された。

「チーちゃんを毎日見てますけど」と言ったら、「だいたいね、あたしは研究対象としては高度過ぎるの」そう一蹴された。

「あんたが四十六位だとしたら、一足飛びに一位の人のとこに行くんじゃなくて、自分に近い順位の人から当たってみな」

「じゃ、四十五位の人からですか？」

千恵子が首を振った。

「まずは四十七位の人から。自分が、その人よりもどこがよかったのか――そのことを知るんだね」

またまた自分を知れ、か。でも、コンテストのおかげで自分がなぜ理容師になろうとしたか、顔剃りにこだわったかの理由が分かった。アタルと話して、巻子がしてくれた初めての顔剃りのことを思い出せてよかった……。

バカ、なに言ってるの。ママは敵なんだからね。

店を早く出ていいからと千恵子に言われ、その日からコンテストに出場したすべての理容師の店を下位から順番に訪ねることにした。

キリより下の四十七位の店の前に立つ。すると、なにやらむっとにおった。

人の髪やひげ、石鹸、シャンプー、ポマード、ローション、パウダー、消毒薬など、理容店にはにおいがつきものだ。それらが渾然一体《こんぜんいったい》となっているのだから、掃除がきちんとできていなければ悪臭が生じる。この店は、外にまでにおいが流れ出ている。

こうなってはいけないぞ——キリは自分を戒《いまし》めた。

「コンテストに出場したのは俺じゃなくて、せがれだよ」

年配の鼻毛を覗かせた店主がそう応える。当のせがれというのは、向こうで客にシャンプーしていた。

「まったく理容学校を卒業して一年経っていうのに、ちっとも腕が上がらねえ。あんたは？　え、三ヵ月前！　なんだ、うちのせがれは学校を出たての子に負けたっていうのか」

呆《あき》れたような顔をしていた。掃除の行き届いていない店で、泡を飛ばしながらシャンプーするせがれの姿を見て、ああ、これならあたしも勝てるワ、とキリは納得した。

それからも毎日、一軒から二軒、多い時には三軒の理容店を見て回った。「見学させていただきたいんですけど」と県の理容団体の名簿を見て、電話でアポを取る。「うちになんか来て、勉強になるのかい？」と下位の店の理容師は謙遜《けんそん》するが、そこは同業者ということで新人のキリを迎え入れてくれた。店内では、邪魔にならないように隅に立って施術を見せてもらう。

気がついたのは、二十位くらいまでは、カット技術にそれほど差がないということだった。出場した選手は、若者ばかりでなく、中堅から年配までさまざまだったが、ベテランだからといってハサミが使えるわけではなかった。

優劣がはっきりしているのは接客だ。まず、下位ほど客とアイコンタクトが取れていない。カットをしていても、店に新たに客が入ってくれば、千恵子はその客のほうを見て「いらっしゃいませ」と言う。自分はバーバーチーしか知らなかったから、それが当たり前だと思っていた。ところが、そんなことはない。多くの理容師が客と目を合わせず、口先だけで「いらっしゃい」を言っていた。お客さまの目を見て、笑顔で「いらっしゃいませ」と声をかけることの大切さを改めて実感させられた。

それからカウンセリングもできていない。客の希望をどれだけ引き出せるか、そこが大切なはずなのに、客が話しやすい雰囲気をつくっていない。対応がよくなければ、客もそれ以上話すのをよしてしまう。

「なぜ、できないんでしょう？　だって基礎的なことですよね？」

キリの問いかけに、「それはね、職人だからだよ」と千恵子が応じた。

「理容師ってね、サービス業だという意識よりか、自分が職人だというプライドを強く持ってるのさ。だから〝お客さま、いらっしゃいませ〟じゃなくて、〝来たからには頭を刈ってやるか〟って態度になる。古い店ほど、なおさらそんな傾向があるね」

ふーん、なるほど、職人気質《かたぎ》ってやつか。

「そうかと思うと〝〇〇さん、いらっしゃいませ〟と、お客さまの名前を呼んで迎えるお店もありました」

「キリちゃんは、それ、どう思った？」

と千恵子に訊かれた。

「名前を呼ばれたお客さまはいい気分だと思います。なんか特別扱いされたみたいで」

「そうだろうね」

「でも――」

とキリは少し考えてから付け足す。

「常連でないお客さま、常連でも名前を知られていないお客さまは差別されたように感じるかもしれません」

「あるいは、いつもは名前を付けて〝いらっしゃいませ〟と言われてるのに、名前を呼ぶのを忘れられたら、損した気分を味わうかもしれない」

「なるほど」

「いつも、誰に対しても変わらないのが一番なのさ。お客さまに接する態度や仕事のやり方にムラがあるのはいけない。こっちになにがあろうと、どんな思いをしていようと、そうしたことを全部隠して、常に笑顔。それがプロってもんなの。いつも同じ気持ち、同じ仕事振りを心がける。いつもムラなく仕事していると、お客さまにも気持ちよく過ごしてもらえるんだから」

2

淳平が緊張した面持ちで、身を固くさせて理容椅子に座っている。掛けたクロスが、まるで身を縛るロープの役割をしているかのようだった。

「なにか協力できることがあったら言ってよね」――彼は確かにそう口にした。そこで、カットモデルになってくれるよう頼んだのだった。

千恵子は待合所の長椅子で開いた新聞越しに、にやにやこちらを眺めていた。

コンテストの上位者の店に見学に行くようになると、自分の四十六位という評価がまぎれもなくカット技術によるものであるのを痛感した。もういいかげん分かってることではあるんだけど、やっぱりカットが下手だから今の位置にいるのだ。

そこで、コンテストの課題となったヘアスタイルをカットすることで、自分の技術的欠点の発見と克服に努めようと考えたわけだ。いわば過去問演習である。

「キリちゃん、僕、いったいどんな髪形になるのかな？」

眼鏡を外した淳平がおずおずと訊いてくる。

「それは鏡を見てのお楽しみ」

キリは無表情で応える。自分にしてみればこの仕事で生きていけるかどうかの問題なのだ。

「そんな……」

彼の髪形は長めのソフト七三で、そんなにこだわってる感じではないけど、まあ、似合ってはいた。キリは心を鬼にする。

「じゃ、行きます」

ハサミを構えると、淳平の顔色が心持ち蒼褪《あおざ》めたようだった。なにしろ彼にしてみれば、小学生だったキリに虎刈りにされた経験がある。

ハサミがシャキシャキ音を立て始めた。

「この間ね、取材で鉄工所に行ったんだけど」

淳平が問わず語りに話し始める。その声が心持ち震えていた。

「その敷地の中に合気道の道場があるんだ。てゆーか、合気道の道場を取材するために鉄工所を訪ねたわけ」

彼は目の前の不安から逃れるようにしゃべっている。

「その道場、鉄工所の社長が開いてるんだ。すごいんだよ、この社長。合気道って世界的に広まっていてね、競技人口は今や約百五十万人にも膨れ上がってるんだって。社長のもとにはインターネットで各国から内弟子希望の申し込みがあるそうでね。僕が取材した時も、イタリアから来た若者に稽古《けいこ》をつけてたんだ」

キリはどんどんハサミを動かしている。淳平は虚《うつ》ろな表情で話し続けた。

「その大柄な青年をさ、右に左に何度も床に投げつけちゃうの。まるで、濡れたタオルみたくね。そのたびに、畳が敷き詰められた六十畳の道場に大きな音が響き渡るんだ」

淳平の新しいヘアスタイルが、徐々にその全貌を現しつつあった。しかし、彼は鏡の中の自分の姿を拒むように語ることに夢中になっている。

「社長はもう初老といっていいような齢なんだよ。痩《や》せてて、小柄だしね。気合の声は短くて、単に息を吐いているような感じ。けっして鋭くない。それで、相手とすれ違いざまに最小限の動きを見せるだけで、むしろ青年のほうが勝手に倒れ、飛んでいるみたい。ああいうのを手玉に取るっていうのかな。社長のほうは呼吸の乱れがまったくない。まさに達人だよ。僕も基礎的なことを教えていただいてね。なんだか強くなったような気がしたな」

「はい、出っ来上っがりーぃ」

キリはじっと動かない淳平の顔の毛払いをした。

「こ……これは……」

「ブロース――まあ、一般的には角刈りって呼ばれてるね」

耳の上から後頭部にかけては刈り上げて短く、上部は平らに刈った、その名のとおり全体が角張った印象の髪形だった。

「合気道の話をしてたからって、ダジャレを言うつもりはないんだけど、〝気合〟という言葉そのもののヘアスタイルだね」

淳平は眼鏡を掛けると、角刈りになった自分を改めて食い入るように見つめている。軽口とは裏腹に、その顔は半べそをかいていた。

「ジュンペー君、大丈夫？」

急に心配になって、キリは訊く。

淳平は悄然《しょうぜん》と立ち上がると、今度は千恵子に向かって、「合気道の鉄工所社長みたいな人を、『町の達人』というコーナーで紹介していきたいんですよ」と言った。

「え、なんだい急に？」

「先日、チーちゃんに伺った人生訓、心に染みました」

「なんか言ったかね、あたしは？」

「ほら、〝自分の仕事に頭を下げる〟」

しかし千恵子はピンとこない様子だった。

「後日、またご連絡させていただきます。今日はこれで……」

タウン誌の記者というより板前の見習いみたいな風貌になった淳平は、それでも千恵子に取材の申し入れをするというプロ意識をかろうじて発揮し、よろよろと店を出ていった。

悪いことしちゃったかな……キリは心配になり、肩を落として去っていく淳平の後ろ姿を見送っていた。すると今度は、その淳平の頭を振り返り、振り返りしながら大木屋がやってきた。

「キリちゃんのカレ氏がしてた頭、あれ、角刈りだよな」

「ジュンペー君はあたしのカレ氏ではありませんが、あの頭は確かに角刈りです」

キリは応じた。

「なんか、今見るといいな、新鮮で。昔『大都会』とか『西部警察』で、渡哲也《わたりてつや》があ
あいう頭しててカッコよかったんだよな」
「なんですか、それ？」
「刑事ドラマだよ。角刈りにティアドロップ型サングラスさね」
そこですかさず、「大木屋さんもいかがです？　角刈り」と提案してみた。ひとり
でも多く角刈りにして、自分の欠点を知りたい。
「ええ!?」
大木屋は驚いていたが、
「潔《いさぎよ》い髪形にして、勝ち株をぐっと引き寄せるっていうのはどうだい、大木屋さ
ん」
客のほうから言わない限りカットさせないと言ってた千恵子が、珍しく加勢してく
れる。その言葉にすっかり乗り気になったらしい。
「じゃ、今日はキリちゃんに頼むとすっか」
「ほい、角刈り一丁！」
千恵子の掛け声に、「て、俺《お》りゃあ木綿豆腐《もめんどうふ》じゃないんだからさ」苦笑いしつつ椅
子に座る。
角刈りは、全体を毛髪の切り口で構成するスタイルだ。今の大木屋の髪形は、短髪

が中途半端に伸びている感じである。まずは、側頭部と後頭部をクリッパーで刈り上げて短くしていく。

角刈りの一番の特徴は、天頂と呼んでいる頭の上の部分を平らにつくることだ。キリは大木屋の右前方四五度の位置に立ち、水平にしたハサミで真っ直ぐに――つまり頭の上のハサミの運行としては斜めに刈り進んでいく。変わって左前方四五度の位置に立ち、先ほどのハサミの運行とX字に交差するように水平にしたハサミで刈り進める。そして、今度は大木屋の後ろに立って、左右からX字に交差するように前に向かって刈り進めていった。

キリはゴルフ場のグリーンの芝目を見るようにあらゆる角度から天頂部を見つめ、軽く頷いた。そして、最後に大木屋の正面に立ち、真っ直ぐの押し刈りで水平面を整える。

「いかがでしょう？」

すると、大木屋は角刈りになった自分の頭を眺め、再び、「うーん」と考えるような表情をしていた。

キリは思わず、天井を仰いでしまった。

「それはね神野君、きっと似合い感の問題だよ」

悩んだキリは、理容学校の植木に相談してみることにした。植木は、コンテストの会場でもキリの角刈りを見ていたわけだから。

「きみの角刈りは、天頂をひたすら平らに仕上げようと苦心していただけだった。つまり、角刈りという髪形を仕上げることにのみ集中していて、モデルの男性に似合うような角刈りにしようとしていなかったんだ」

空き教室で面談してくれた植木の言葉に、キリは驚いていた。

「植木先生、角刈りは角刈りですよね？　そんな幾つも種類があるなんて思えませんが」

確かに淳平は角刈りが似合わなかった。しかし、仕上がりに対して考えるような表情をしていた昭和顔の大木屋は、淳平よりも断然角刈りが似合っていた。

「いいかね、角刈りといっても画一的に刈ればいいというものではないんだ。お客さまそれぞれの似合い感を考慮して刈る必要がある。いわば角刈りのカスタムメードだ」

「角刈りのカスタムメード!?」

キリは衝撃を受ける。

「よし、では私がモデルになるから、ここでカットしてみるといい」

植木が口にしたその提案にたじろいだ。

「よろしいんですか？　だって……」

植毛なんじゃあ？　と口にはしなかったけれど。

「構わん。角刈りにしてもらおう」

植木が確固たる表情で言い放った。

「今度の結果を、私は大変遺憾《いかん》に感じとるんだよ。自分の教え子が四十七人中四十六位とは――」

「す、すみません……」

申し訳ないような気持ちになった。

すると植木が少し言い過ぎたかなというような表情に変わり、「まあ、コンテストへの参加をきみに勧めた手前もある。さあ、さっそく始めよう」教室の理容椅子に腰を下した。

キリは生徒時代を思い出しながら、教室で植木にカットクロスを掛けた。

「いいかね、似合い感について、まず顔のパーツとのバランスで考えてみよう」

「はい」

キリは鏡の中の植木に向かって返事をした。

植木は植毛ではなかった。真正の地毛であった。

今やキリの手によって角刈りになった植木が、難しい表情で自分の頭を睨んでいる。

3

「あの、やっぱりダメでしょうか?」

キリは恐る恐る尋ねてみた。

「うーーーん」

長く唸《うな》ってから植木が感想を口にする。

「いや、確かに私がレクチャーした通り、パーツとのバランスはとれてるよ」

顎《あご》から左右の目の中心までと、目の中心から刈り上げた前髪のトップ——つまり前髪の頂上までの割合を一対一で仕上げること。さらにボディバランスも大切だ。身体が小さいのに、角刈りが大きくなれば当然のごとく頭でっかちになる。肩幅の狭い植木のボディバランスを考慮し、キリは両サイドをスリムに刈り込んでいた。

「それどころか」

と植木が言葉を続けた。

「パーツやボディバランスを読む勘のよさは、どうやら天性のものを持ってるみたいだ」

それを聞いてキリは意外だった。

「あたしがですか!?」

カットにかかわることで褒められたのはまったくもって初めてだ。

「喜ぶのはまだ早いぞ、神野君」

植木が再び難しい表情になっていた。

「きみのカットには、決定的に欠けてるものがある」

キリは、植木のさらなる言葉を待った。

「いわばハサミのキレだ」

意気消沈して帰るキリを、植木が玄関まで見送ってくれた。

「きみたち生徒が、私の頭について噂していたのは知っとる」

はっとしてキリは顔を上げた。

「理容学校の教師として、私は毛髪の健康には人一倍気を遣っておる。髪の毛の九九パーセントはケラチンというたんぱく質からできている。このケラチンをつくるのはアミノ酸という栄養素。したがって、アミノ酸をたくさん含む豆腐や納豆を積極的に食べるようにしておる」

キリは冷や汗をかいていた。

「学校の授業でも話したが、髪の毛は生えてからずっと伸び続けるわけではない。ある一定の時間で抜けて生え変わる。つまり寿命があるわけだ。これをヘアサイクルという。ヘアサイクルは男性で三年から五年。女性で四年から六年」

植木が、ちゃんと覚えているだろうな？　というようにぎろりと睨みつけてきた。

「髪の毛の成長を助けるのはミネラルという栄養素だ。ミネラルは、ワカメ、ひじき、昆布《こんぶ》などの海藻類にたくさん含まれとるから、私はこれも欠かさない。洗髪の際、髪の毛を守るキューティクルが剥がれないよう優しく洗う」

もはや植木は、自分の髪への愛の世界に浸っているようだった。

「日本人の髪の平均は約十万本以上。髪の毛一本で一二〇グラムのものを持ち上げることができる。私の髪は、量も質も平均以上だ」


翌日、キリは出勤すると、ハサミを砥石で研いだ。植木から、カットに決定的に欠けているものが「ハサミのキレだ」と指摘されたからだった。確かに、切れないハサミでカットしたっていい仕上がりにはならない。

日本製の理容バサミ《シザーズ》は、明治十年頃、フランスのシザーズをモデルにつくられた。断髪令により、結髪《けっぱつ》を切る者が急増したことを受けて国産化されたのだ。現在では性能のよい日本の理容バサミは、世界中で愛用されている。キリのハサミも国産のものだ。自分程度の腕前で生意気を言うようだが、外国製より国産のハサミのほうが髪を切った時の当たりが柔らかく感じられる。

「ねえキリちゃん、大木屋がさ、角刈りにしたろ？」

バーバーチーにやってきた魚屋が訊く。

「ええ」

「やっぱり男は角刈りだよな」

と満足げに頷いていた。魚屋の主人は角刈りである。

「実は、あたしの勉強のために角刈りにカットさせてもらったんです」

「え、角刈りが勉強になんのかい？」

魚屋が驚く。

「よし！　それならおいらもキリちゃんの教材になってやろう」

「本当ですか？」

キリは色めき立つ。

「おおよ。肉の大木屋が侠気《おとこぎ》見せたってぇのに、魚屋のおいらが引き下がれるかってえんだ」

「ありがとうございます」

キリは研いだばかりのハサミで、魚屋の伸びた角刈りを調髪した。

「こいつは……」

魚屋が鏡の中の自分を見て首を傾げている。

「なんか、いつものチーちゃんの切ってくれる角刈りと違うな」

「やはりキレみたいなもんでしょうか？」

キリは必死に取りすがる。

「まあ、そんなものなのかなあ」

「ちゃんとハサミ、研いだんですけど」

……どうやら、そういうこととは関係なさそうだ。

次にやってきたのはうなぎ屋の旦那で、「魚屋がアータの実験台になったんなら、アタシもアータに切ってもらおう。うちのうなぎは魚屋から仕入れてるんだ。見て見ぬ振りはできないよ」よく分からない義侠心で協力してくれる。しかし、ありがたかった。それでも、仕上がった角刈りにはやはり不満げである。

「ねえチーちゃん、前にここに勤めてた子、なんていったかな？」

仏頂面で自分の頭を眺めていたうなぎ屋が、千恵子に声をかけた。

「ああ、マキちゃんかい？」

「そうそうマキちゃんだ。あのキレエな子」

キリは息を呑んだ。

「マキちゃんの切り方ってさ――」

「似てるんですか、あたしのカットが母と!?」

思わず言葉を遮っていた。

「母って、アータはマキちゃんの娘だったんかい？」

夢中で頷いていた。

「かーっ、そりゃ初耳だ。そういや、似てらあ」

「あたしのカットが母に似てるんですね!?」

「いや、似てるのは顔や姿だよ。面影があるってやつさね。鼻なんかそっくりだ。ちょいと上を向いててさ」

「じゃあ、カットは……」

「ぜんぜん違うよ。〝マキちゃんの切り方ってさ、独特だったような気がしたけど〟って、アタシャ言おうとしたんだよ。そしたら、アータが話の腰を折っちまったんだ」

「すみません」

と謝りながらも、ひどくがっかりしている自分がいた。嫌いな母とカットが似ていないという言葉に……。

「当時、客はチーちゃん派とマキちゃん派とに分かれてたよな。なあ、チーちゃん？」

蕎麦屋の亭主が千恵子に問いかける。「うなぎ屋が協力したのに、俺が知らん顔できないだろ」と、蕎麦屋も角刈りにしてくれとキリに申し出たのだった。

「チーちゃんとマキちゃんじゃ、まったくタイプが違ってさ、俺たち客は、それぞれの好みで指名してたってわけさ。今、バーバーチーに通ってる客は、当時からチーちゃん派だったってわけ。マキちゃんの切り方を好む客は、独立したのをきっかけにカットハウスマキに移っていったんだ」

ということは、あながち巻子がバーバーチーの客を奪ったということにもならなくなる。

「ちなみに」

と角刈りになった蕎麦屋が鏡の中からこちらを見た。

「キリちゃんの場合、チーちゃんともマキちゃんとも切り方が違う。ただの下手くそだ」

4

キリはその場にくずおれそうになりながら、抗《こう》するように訊く。ショックを受けている今だからこそ、この質問をしてみる気になったのだ。

「母は、どんな理容師でしょう？」

「そりゃあ、かわいい人だよ」

その後も、同じ質問をするたびに、「優しい人だな」「気が強いよ」「明るい人だ」「陰のある人だよな」「お茶目」「神経質なところがあったな」さまざまな印象が客たちから返ってきた。それは理容師としてのというよりも、巻子という存在そのものの印象であったのだけれど。

コンテストのプレーヤーを下位から順番に訪ねるキリの行脚《あんぎゃ》は、二ヵ月をかけて残すところあとふたりとなった。つまり、優勝、準優勝者である。

そして、準優勝したのは――。

「あんた、キリちゃんのコレかい？」

千恵子がアタルに向けて、立てた親指を突き出してみせた。以前、バーバーチーに訪ねてきた淳平に向けてそうしたように。

戸惑ったような表情をしているアタルに向けてキリは、「ごめん、休みだっていうのに」と急いで言う。

「いや、俺のほうもキリがどんなサロンで働いてるか興味があったしな」

サロン、か――アタルは理容店をサロンって呼ぶんだ。そういえばコンテストの時、理容師をスタイリストって呼んでたっけ。

キリが訪ねたいとアタルに連絡したら、彼のほうがこっちに来ると提案してくれた。それで、定休日の今日、バーバーチーを開けてもらったのだった。

「サロンなんて洒落《しゃれ》たもんじゃないけどね、うちは見ての通り昔ながらの床屋さ」

千恵子が笑う。

「ところでおふたりさん、そも、理容店が月曜定休になったのは、なぜか知ってるかい？」

そういえばなんでだろう？　とキリが思っていると、隣でアタルもそんな顔をしていた。

「戦後、日本は大変な電力不足だった。それで、少しでも電力を節約するために〝電《でん》休日《きゅうび》〟が設けられたんだ。電気がストップする日。これは月曜日と決められる地域が多くてね。店が暗くちゃ商売ができないっていうんで、理容店も月曜日は休みにした。この名残《なごり》で月曜定休になったというわけさ」

「へえ」

彼が感心したような声を出す。

「アタルは、大船の理容店に勤めてるんだよね？」

大船は間に藤沢を挟んで隣の駅だ。アタルがだんだん近づいてくるようで嬉しかった。

「まあ、いつまでいるか分かんないけどな」

そしたら、次は藤沢のお店かな？　藤沢ならたくさんの理容店があるし。

「だけど、すごい。準優勝なんて」

「Tシャツにジーパンで参加したろ。あれが減点になったらしいや。ちゃんと洗濯してんだぜ。白衣よかよっぽど清潔だ」

「閉鎖的なのさ、この業界は」

と千恵子がくさす。

「あんたたちみたいな若い世代が、どんどん変えていくんだね」

アタルは角刈りのカットモデルを買って出てくれた。サイドのみ刈り上げ、上を長く伸ばしたスタイリッシュなツーブロックにハサミを入れるのは、淳平の時もそうだったけれど申し訳なかった。

「ほんとにいいの？」

「いいよ。どうせまた伸びるし」

しかし、いざ角刈りにしてみれば、「ほ〜、オットコ前はどんな頭にしてもサマになるねえ」と千恵子が惚れ惚れ言葉をもらした。

一方で鏡の中のアタルは硬い表情でいる。その意味がキリにも分かった。

「やっぱダメかな？」

キリはおっかなびっくり訊く。

「いい仕上がりとは言えないな」

アタルがはっきりと感想を告げた。

「あたしって、どうにもならない下手くそなんだね。お客さまにもそう言われたし」

キリは肩を落とす。

「いや、キリは下手なわけじゃない」

先ほどと同様、アタルがやはりきっぱりそう口にする。

「ただ、このままでは、いくら続けても一緒だと思う」

5

理容オリベは横浜グランドホテルの中に出店していた。

山下埠頭に建つ横浜グランドホテルは、英国建築家の手によるクラシックホテルで、映画の撮影にもたびたび使われている。理容オリベも、英国調の重厚な雰囲気が漂っていた。内装は渋い色味の木目調に統一され、待合所や受付にはアンティーク家具が並ぶ。高級そうな革張りの理容椅子は仕切りを設けた半個室に五つで、ふたりのスタッフがカットしたり、シェービングしたりしている。店内の空気がすっきりと澄んでいた。

「正直申しまして、初めていらっしゃったお客さまの頭をベストの髪形に仕上げるのは難しいのです。二度、三度といらしていただきお話しして、お仕事、趣味などを知ることで、その方に合った髪形に仕上げていくのです」

へえ、この人ほどの理容師でもそうなのか、とキリは感心していた。オーナーの織《お》部《べ》は六十歳くらい。Vゾーンのある、ぱりっと糊《のり》の効いた白の理容服の下に襟のぴんと尖《とが》った白いワイシャツ、黒い蝶ネクタイをしていた。白髪交じりの頭をきっちり七三に分けている。銀縁の眼鏡を掛け、鼻の下にちょびひげをはやしていた。今回のコンテストの優勝者である。

キリは、店の奥にある織部の執務室に通されていた。古い机がひとつ置かれているだけの狭いスペースだったが、そこで彼は勉強や書きものをしているようだった。壁の作り付けの書棚に、理容美容関係のたくさんの本が並んでいる。執務机の前に置かれた骨董品のような椅子にキリは座っていた。

「県のコンテストには、思い立つと出場しております」

織部は齢下のキリに向かっても丁寧な言葉で、穏やかに語りかけた。

「何度も出ていらっしゃるんですか？　で、もしかしたらそのたびに……」

驚いてそう口にしたら、織部がゆっくりと頷いた。

「優勝しています」

唖然《あぜん》としてしまった。

「わたくしがコンテストに出場する理由は、自らの技術のチェックのためなのです。店のスタッフはわたくしに注意をすることはございません。自分が誤りを犯していないか、技量が落ちていないかを客観的に査定していただく必要があります。そのため、と言っては生意気になりますが、コンテストに出させていただきます」

「県の大会ではなく、もっと上の、たとえば世界大会に出ようとお考えにはならないのですか？」

「わたくしは、お客さまにご満足いただく仕事ができているかどうかが一番の関心事なのです。それがどんなコンテストであるとか、勝つことが目的ではありません。大きな大会に出て、優勝を目的にすれば、本来の仕事が疎《おろそ》かになります。もちろん、盾や賞状を頂くのが目的でもございませんので、人目につくところに飾るようなこともいたしません」

なにもかもお客第一ということか。今の自分はどうだろう？　カットの腕前を上げることばかり考えて、みんなの頭を角刈りにしてしまって……。

「美容師法によれば、美容とは〝パーマネントウェーブ、結髪、化粧等の方法により、容姿を美しくすること〟と定義されております。一方、理容師法によれば、理容とは〝頭髪の刈り込み、顔剃り等の方法により容姿を整えること〟です。〝容姿を美しくする〟と〝容姿を整える〟──ここには、どのような違いがあるのか。神野さん、あなたはどのようにお考えになりますか？」

キリが応えに窮していると、織部はゆっくりと微笑み、「あくまで私の考えなのですが」そう前置きしてから、「髪形と化粧で美しく変身させるのが美容であり、美容院はそのために存在します。では、理容店がする目的はといえば、お客さまを別人に変身させるのではなく、その方が本来持っている輝きに磨きをかけることでございます。ご自分の頭と顔に合った髪形を手に入れ、顔を覆っていたひげや産毛をレザーで取り去り、本来持っている輝きがいっそう強く光を放つようになるのでございます」

美容と理容の違いなんて、これまであたしは考えたことあっただろうか……。

「わたくしはこのあと、お客さまの髪をカットします。ご覧になりますか？」

「よろしいのですか？」

織部が頷いた。

「お馴染みのお客さまで、気の置けない方です。中には個室を利用されるお客さまもいらっしゃいますが、そうではないので」

客は織部と同年齢の、恰幅《かっぷく》のいい背広姿の男性だった。どこか大きな会社の重役とでもいった感じである。

クロスを掛けると、お互いが阿吽《あうん》の呼吸でなにも確認せずに織部はカットを始めた。客はごま塩の丸刈りで、その調髪だった。

店の見学には理容学校時代からよく行っている。今回の一連の見学の際と同様、今日も織部の後ろ斜め四五度の位置に立った。そうやって、自分の姿が鏡に映らないようにするのだ。理容室の鏡はキャンバスと同じだ。施術する理容師の気を散らせるようなことがあってはいけない。服装も地味なものを選ぶ。直立不動で両手は後ろに回している。

織部は長さを切り揃える刈り込みバサミを置くと、客の頭全体にパフでタルカムパウダーを塗布した。均等に刈ってあるかどうかを見るためだ。白いパウダーが濃くついたところ、つかないところでムラが分かる。

ここからが仕上げで、理容師の腕の見せどころだ。織部は、刈り込みバサミよりも心持ち大きく空中でバランスのとりやすい直《じか》バサミを手にした。クシを使わず、ハサミだけで切り揃えていく髪の長さは一ミリ以下。飛び出た髪の毛がハサミに掛かる音が、織部の耳には届いているはずだ。五感のすべてをハサミに集中させている。

「このあと、妻と娘夫婦と一緒に上の階のレストランで食事するんだよ」

カットが終わると、客がさっぱりとした表情で剃りたての顎を撫でた。いかにも床屋に行きたてといった頭も、そうしたハレの席には似合うかもしれない。

その時ふと、なにかを捕まえかけたような気がした。しかし、すぐにそれはキリの手から逃れ去ってしまっていた。

「コンテストの出場者全員に会うことで、なにか得られたものはありましたか？」

織部が店の外までキリを見送ってくれた。

「いいえ、まだそこまでには至っていません」

と応える。

「当店はヘアカット、シャンプー、シェーブ、ヘアセットを合わせた、いわゆる総合調髪の料金として一万八千円を頂戴《ちょうだい》しています。おそらく多くの方が〝なんて高いんだ〟と驚く料金だと思います」

実際キリもそう思った。

「日本全国の理容店の平均料金は三千五百円から三千六百円ですから、当店はその五倍くらいを頂いていることになります。そしてこれは、私どもがサービスを提供し、お客さまにご満足いただいた料金なのです」

高くともお客を満足させるサービスを提供することで適切な価格となる、そういうことか。バーバーチーの料金は三千六百円だ。しかし、今の自分は、その料金分お客を満足させているとは言えない。

「神野さん」

と、改めて織部が語りかけてきた。

「確かに理容店はサービス業です。しかし、理容師は、お客さまに理容の技術を施すことが仕事ではないのです。理容の仕上がりを売る、という意識を持つ必要があります。それには、技術が重要なのは言うまでもないことです。技術で満足いただけないようでは、理容師とは言えません」

キリはうつむいて唇を噛《か》みしめた。技術のない自分がつくづく恥ずかしかった。

「けれど、技術だけでも充分ではないのです。お客さまにお売りする仕上がりには、さまざまなことがかかわってまいります。たとえば店のしつらえです。お客さまが一時間以上の時間を過ごすうえで居心地のよい空間にしなければなりません。理容師の品格や振る舞いも含め、施術中はもちろんのこと、帰宅されてからも、店のよかったことが思い出される。鏡を覗いて仕上がりに笑みが浮かび、またその店に行きたくなる。そうした総合力がサービスであり、仕上がりに笑みが浮かび、料金に反映されているのでございます」

キリは完全に打ちのめされていた。

「わたくしは二週間おきに、自宅近くの理容店で髪を刈ってもらいます。当店のスタッフに刈ってもらっていたこともありましたが、気を遣わせるのでよそに行くことにしました。ほかの理容店を訪ねることは勉強にもなります」

織部はなにを言おうとしているのだろう？　とキリは思っている。

「今、わたくしの頭を刈ってくれている理容師は三十代前半の方ですが、仕事が丁寧で仕上がりにぶれがありません。カミソリの腕は、快感を与えてくれるところまではいっていませんが、痛いことはけっしてなく、まあまあな技術を持っています。もちろん、ヘンに緊張させたくないので、わたくしが理容師だということを彼には伝えていません」

そこでひと呼吸置くと、「どうでしょう神野さん。なにかを得たと感じたら、あなたの手でわたくしを角刈り《ブロース》にしていただくというのは？」織部が静かに提案した。

はっとしてキリは顔を上げた。この人は、これをあたしに言おうとしていたんだ。

「カットさせていただけるんですか？」

「ひとりの客としてうかがいます。連絡を待っていますよ」

第五章　カッティング

1

長谷川親分の頭をカットしていた。もう角刈りに切らせてくれなどとは提案していない。アタルに「このままでは、いくら続けても一緒だと思う」と言われた。織部には「サービスを提供し、お客さまにご満足いただいた料金」こそが理容代金だと諭された。次に自分から進んでブロースをカットさせてくれと言うのは、なにかをつかんでから織部に対して願い出る時なのだ。だから、長谷川をいつものようにオールバックにカットしている。

「あんた、マキちゃんの娘さんだったか」

長谷川に言われ、「はい」と応える。

「一緒に暮らしていないそうだね？」

「はい」

再び応え、ハサミで襟足を刈り上げていく。クリッパーは使わない。ハサミだけで仕上げるのが長谷川の好みだ。ふと、彼にも訊いてみたくなった。

「母は、どんな理容師ですか？」

「理容師さんとしてどうか、などというのは私みたいな素人には分からんよ。しかし――」

長谷川が少し考えていた。

「そうさな、寂しげな人だったな」

「寂しげ……」

キリの手が思わず止まってしまった。長谷川がなにかを思い出しているように頷いた。

「そう。結局は彼女を幸せにしてやることなどできない、と、こちらに諦めさせてしまうような、そんな寂しさを感じさせる女性だった」

どういうこと？　巻子について、みんなが口にする印象はばらばらだ。しかし、キリは気を取り直して再びハサミを動かす。

長谷川が、鏡越しに自分の若い妻に目をやった。いつものように親子三人で来店していた。

「私は妻よりも先に死ぬことになる。私が死んで、誰かよい男と出会えば一緒になるといい、そう思っている。だが、それを口にすることはないだろう。若く残された者に、その言葉が逆に負担になってはいけないからだ」

「なんとなく分かるような気がします」

長谷川が薄く笑った。調髪を終えたキリがブラシで毛払いしている時だ、ドアの外に立っている三浦の姿が目に映った。

「あれ？」

思わずそう声を出してしまった。今度は長谷川の顔に大きな笑みが広がった。

「三浦の格好のことかね？」

「はい」

いつもスイングトップのフロントファスナーを首まで引き上げて着ている三浦が、今日は白い半袖のポロシャツを着ている。上着の下にピストルは……着けていなかった。

「あいつは、なにも言わなければ一年中同じ格好をしとる。髪もあのようにぼさぼさに伸ばしたままだ。夏になっても暑苦しい格好でいるから、あのシャツを買ってやった。まるで服装に関心がない。私の身内だというのにな」

そういうことか。ピストルを隠すための服装じゃなかったんだ。

長谷川は涼しげな麻のスーツにニットタイ姿だった。脱いだ上着は、今ハンガーに掛かっている。いつもオシャレだ。オシャレさんなのに、あたしのカットでいいのだろうか？　義理と侠気からあたしにカットさせてくれているのかもしれない。

シャンプーを終えると、顔剃りのためにラザーリングし、蒸しタオルを載せた。すると、タオルの下で長谷川が言う。

「私の身内、などと言ったが、実は組を畳むことにしたんだ」

その言葉にキリは驚いた。

「本当ですか!?」

長谷川がタオルを載せたままで小さく頷いていた。

「三浦には、もう一緒に来なくともよいと言ったんだがな」

キリは長谷川の顔剃りを終えると、肌にクリームを塗り込む。そして、椅子を起こした。鏡の中にさっぱりとした表情の長谷川がいた。

「私もいいかげん齢だ。妻とあの子と静かな暮らしがしたい」

その顔にはなにかを決断したあとの晴れやかさがあった。彼が、鏡の向こうの家族を見やる。

「〝虎〟という字を書いて、虎太郎《こたろう》という。五つだ」

長谷川は、幼い息子の姿をなおも愛しげに目で追っている。

「虎の子、ですか？」

「私は虎などではないよ」

長谷川がそう言ったあとで、今度はキリに視線を送ってくる。

「いや、つい余計なことを話してしまった。あんた、柔《や》らかくなったなあ。私みたいな者が言うのもなんだが、人はよく泣いて、よく笑うことで心が柔らかくなるんじゃないかな」

あたしは、理容師になって泣いてもいいんだってことを思い出した。よく笑うことも。

「あんた、きっとよい理容師になる」

「なれるでしょうか？」

「なれる、なれる」

自分たちのそんなやり取りを、長谷川の美しい妻と千恵子がにこにこしながら眺めているのが鏡に映っていた。

カットクロスを外すと長谷川が、このあと歯医者に寄るのだと言った。

「入れ歯の具合が悪くてね」

と苦く笑う。

「虎太郎を置いていってもいいだろうか？　この子は、歯医者の音とにおいが苦手でな。いや、すぐ戻る」

　そう言い残し、妻と一緒に出ていく。外に出ると、三浦の頬をいつものようにぴたぴたと叩いた。三浦が振り返り、キリに向けて小さく頷いてみせる。キリはぺこりと頭を下げた。

　虎太郎はおとなしく待合所の長椅子に座って絵本を眺めていた。

「キリちゃん、あたし、ちょっと市役所に行ってくるから」

　奥から出てきた千恵子は私服に着替えていた。

「え？　だって、もうすぐジュンペー君来ちゃいますよ」

　千恵子は『町の達人』の取材を引き受けていたのだ。

「今日、あたしが役所に呼ばれてる用件っていうのはね、ジュンペー君にとって大特ダネになるよ。あ、いや、あたしの口からは公言できないかな。差し控えたほうがいいかもだわね」

「え、なんですか!?」

「まあ、なんのかんの言って、ジュンペー君はあんたに会いたくて来るわけだから。あたしが、ちょっとばかり待たせたってどうってことないよ」

　千恵子が店を出ていった。

　ジュンペー君はあたしに会いたくて来る——なんだそれ？　キリは虎太郎を見や

る。こんな小さい子をあたしひとりしかいない店に取り残して……どう扱ったものだろうとため息をついた時だ、客が入ってきた。

「いらっしゃいませ」

声をかけたけれど、その若い男性は理容店を必要としないようなスキンヘッドだった。

そして次の瞬間、男が思ってもみなかった行動に出た。ドアの内側にある鍵を掛けてしまったのである。

2

男は白いTシャツに白いカーゴパンツを穿《は》いていた。どちらも、ひどく汚れている。どこかで野宿していたとでもいった感じだった。そして、酔っているようだ。

「あの……」

キリにはなにがなんだか分からなかった。

「オヤジはどこだ？」

聞き取れないような、小さな声だ。

「誰のことですか？」

「オヤジだよ。ガキだけ残してどこ行った？」

スキンヘッドが虎太郎に視線を向けたので、〝オヤジ〟が長谷川を指すのだということが分かった。幼い虎太郎はにこにこしながら男のほうを見ていた。

「長谷川の親分なら、歯医者さんに……」

「歯医者!?　ふざけやがって!!」

打って変わって大声を出す。キリはびくりとしてしまった。男が、つかつかと虎太郎のほうへ向かっていく。虎太郎の顔から笑みが消えていた。

――なにをする気？

キリは男の前を遮るように、素早く虎太郎のもとに向かう。そして、かばうように抱きしめた。怖いのか、虎太郎がキリのお腹に顔をぎゅっと押し付ける。

「なんだてめえ？」

虚ろな目を向けてくる。

キリは男を睨みつけた。一方で、身体のほうはがたがた震えてしまう。自分の歯が動くみたいに感じられる。

「ガキを寄越せ」

「ダメ」

やっとの思いでそう言い返す。スキンヘッドがじりじりと詰め寄ってくる。キリのほうはすっかり足がすくんでいた。ふと、男の肩越しに、店の外に立つ淳平が見えた。多くの理容店がそうであるように、バーバーチーは広くガラス面がとられている。向かいの果物屋の店先にいる主の姿も目に映った。その頭もキリが角刈りにしている。

淳平が店内の異変に気づいたようだ。ドアを押すが開かない。キリは目配せで裏口に回るよう伝えた。

「いいからガキをこっちに寄越せ」

もう一度低い声で言ってくる。キリは目をつぶり、腕の中の虎太郎に覆いかぶさる。その姿を、男から隠すように。

「キリちゃんになにするつもりだ！」

響き渡った淳平の声に、キリは目を開く。

スキンヘッドは、突然裏口から現れた角刈りの若い男に面喰らっているようだ。しかし、すぐさま淳平に戦意を向ける。すると、淳平のほうも鋭い視線を返した。なんとスキンヘッドに対し身体を斜めに向け、左手をお腹の前に、右手を前に突き出す構えを見せる。

合気道だ！　瞬間、キリは思った。そういえば取材先で習ったと言っていた。

淳平が不敵な自信を漂わせつつ、男の前にゆったりと立ちはだかる。「かかってきなさい」とでもいった感じだ。それはそれは頼もしかった。

だが次の瞬間、「わっ！」淳平は情けない声を上げ、スキンヘッドの足払いにあって、あえなくバーバーチーの床に転がっていた。

男がキリの肩に手を掛ける。

「おまえ、ただの床屋だろ？　痛い目にあいたくねえはずだ」

息が酒臭かった。そして、男の身体は下水のようなにおいを放っていた。キリは嫌々をするように虎太郎を抱きしめ、身体を小さくする。

男が肩を揺さぶってきた。キリはさらに身を縮め、目をきつく閉じた。

「よせ！」

淳平が男を引き離しにかかったようだ。肩をつかんでいた手が離れた。

「むぐっ」

淳平のうめき声が聞こえ、ドタッと床に倒れる音がした。

「床屋、これを見ろ」

そう言われ、恐る恐る目を開けると、レザーの鋭い一枚刃が光っていた。

「立て」

男の目が震えていた。顔剃りの時、こういう目をする人がいる。怖いのだ。この人は怖がっている。だからこそ、なにをするか分からなかった。

キリは膝をがくがくさせながら立ち上がる。それまで恐ろしいものから逃れるように、ただじっとキリのお腹に顔を押し付けていた虎太郎が、ついに泣きだした。お腹に、くぐもったような振動が伝わってくる。

男が後ろに回り込むと、右腕でキリを背中から抱えるようにした。手に握られたレザーは、キリの顎の下に向けられている。男の息と身体が臭い。

「妙な動きをするなよ、首を掻っ切っちまうことになるからな」

尻餅をついたような格好で床の上にいた淳平が、弾き飛ばされた丸眼鏡を拾い上げて掛けた。そして、ゆらりと立ち上がる。

「おまえもだ！　動くんじゃねえ！」

淳平に向けて男が鋭く言い放つ。殴られたらしく淳平の左の頬が赤くなっており、唇の端に血を滲ませていた。

キリは男に刃を向けられながら、チーちゃんのレザーだとぼんやり思っている。こんなことに使ったと知ったら怒るぞ。

キリのお腹に顔をくっ付けて泣いている虎太郎。彼を抱いている自分。さらにその自分を背後から抱えるようにして、スキンヘッドが店の奥へと導いていく。左手で後ろ手にベニヤの引き戸を開けると、裏口へと続く土間の廊下のほうに背中から向かっていく。後ずさりして廊下に入ると、引き戸を閉めた。キリの視界から淳平の姿が消えて不安が増す。それをかき消すように声を出す。

「どうする気？」

「店にいると目立つ。奥で、オヤジが帰るのを待つ」

「お店の鍵を閉めたままじゃない。親分入ってこられないよ」

キリは必死に訴える。

「それにさっきの眼鏡の人、お店から出て、助けを呼びに行くから」

「うるせえ！」

男が怒鳴った。小上がりの座敷に誰かいないか注意を払いながら、なおもじりじりと後退を続ける。

「ねえ、なにがしたいの？」

きっとこの人もどうしていいか分からなくなっているのだ。

「てめえ、うるせえぞ！」

レザーを頬に近づけられた。切られる！　ぎゅっと目をつぶった。すると男の足が止まった。

目を開けると、裏口から商店街の店主らが現れた。大木屋、魚屋、うなぎ屋、蕎麦屋、金物屋、履物屋……みんな揃って角刈りである。大木屋はティアドロップ型のサングラスを掛けていた。全員が無言のまま、男にじりじりと迫り寄ってくる。スキンヘッドは角刈り軍団に気圧《けお》され、方向転換して今度は店のほうに後ずさりしはじめた。店との境の引き戸を再び後ろ手に男が開ける。

「テツ！」

背後で一喝する声が聞こえた。おそらくそれが彼の呼び名なのだろう。スキンヘッドの身体がびくりと震えた。虎太郎とキリを抱えたまま背後を振り返ると、店の中に長谷川とその妻、それから三浦が立っていた。どうやらドアの鍵を淳平が開けたらしい。

「オヤジ！」

テツが長谷川に向かって叫ぶ。そして廊下から店に出ると、改めてキリの首にレザーを向ける。

「その人を放せ」

長谷川が穏やかに語りかける。

「うるせえ！」

テツがどなり返した。

「その人は関係ないだろう」

再び長谷川がゆっくりとした口振りで言う。

「オヤジ、考え直せ！　組を畳むなんて言うな！」

「分かった。テツ、よく話し合おう。だから、その人と虎太郎を放してくれ」

長谷川の口調はどこまでも穏やかだった。

「なんで俺たちを見捨てるんだ？　俺たちはどうしたらいいんだよ、なあオヤジ」

テツが振り絞るように言った。

「甘えたくなったか、テツ。おまえがやさぐれて、初めて俺んとこに来た時みたいに」

「オヤジ、俺たちを見放さないでくれよぉ」

今ではテツは涙声になっていた。長谷川の隣にいた妻が、「虎太郎!!」と絶叫する。その声に嚙みつくようにテツがののしった。

「てめえがいけねえんだ！」

そして、キリの首に突きつけていたレザーを真っ直ぐに彼女に向けた。

「てめえが来てから、オヤジは変わっちまった！」

長きにわたる緊張にもう耐えられない……キリはすっと気を失った。いや、気を失った振りをして、テツに身を預けた。キリの仕掛けた奇襲（？）にテツが怯んだようだ。

「おい！　なんだ!?　どうした!?」

おろおろして、キリを押さえつけていた腕の力が緩む。その瞬間、キリは虎太郎を連れて一気に逃れ出た。すると三浦が、いつものぬぼっとした雰囲気からは信じられない機敏さで脇をすり抜けていった。長谷川と妻のもとに虎太郎を返し、キリが振り向くと、三浦がテツの前に立ちはだかっていた。

「兄貴ぃ」

テツが懇願《こんがん》するような声を出した。しかし、三浦は表情を変えず、無言のままでいた。

「わあー!!」

テツが三浦に向けてレザーをめちゃくちゃに振るった。三浦は上体を後ろに反らすだけで、それをかわす。三浦のぼさぼさ髪が左右に揺れる。テツがレザーで突いてくると、その右腕を捕まえてひねり上げた。

テツの手からレザーが床に落ちてカチャリと音を立てる。

「三浦、もういい。それ以上手荒にするな」

長谷川が命じ、今度はテツに顔を向けた。

「おまえ、何日もどこに行ってたんだ？　心配したぞ」

テツがうずくまって大声で泣き始めた。虎太郎も母親に抱かれて泣いている。母子《おやこ》して泣いていた。

茫然と立っているキリのところに三浦がやってきた。

「俺の弟分が、すみません」

三浦の声を聞くのは初めてだ。低いが、柔らかな声だった。

「それから、これ、大事な仕事の道具」

柄の中に刃先を戻したレザーを返してくれる。

「皆さん、お騒がせしました。すべて私の不徳のいたすところです」

長谷川が角刈り軍団に向けて平身低頭した。

「キリちゃん、本当に申し訳ない。そっちの若い方も」

長谷川にそう声をかけられ、はっとしたキリは、ドア近くで気が抜けたように立っている淳平の隣に行く。

「ジュンペー君が一番ひどい目に遭っちゃったね」

淳平は殴られた左頬を押さえていた。

「痛い？」

キリは顔を覗き込む。

「大丈夫、痛かないさ」

淳平の笑みがいつになくたくましく映る。

「いい経験だった。実は僕、将来作家になりたいと思ってるんだ」

え、そうだったの!?　そんなこと聞いたの初めて。

角刈り軍団が解散しようと、今度は表のドアに向かった時、千恵子が帰ってきた。

「あら、みんな集まっちゃってどうしたんだい？」

あっけらかんと言った。

3

「では、チーちゃんに伺います。僕、以前から気になってたんですけど、どうして理容店のことを〝床屋〟って呼ぶんですか？」

例の騒動から三日後、淳平が仕切り直しの取材のためにバーバーチーを訪れていた。殴られた頬が赤黒いあざに変わり、いかにも人のよさそうな彼の横顔に男っぽい陰影を与えている。

「日本の理容の歴史をたどることで、その質問の答えに行き着くことになるね」

千恵子が淳平に向けて軽くウインクした。

「そも、日本では、庶民は自分で髪を結ったり、家の人に手伝ってもらうのが普通。貴族や武家は着付けや結髪をする役目の人が付いていたけどね。鎌倉時代まで男性は烏帽子《えぼし》をかぶってたし、結髪といっても簡単なものだったんだよ」

水原の髪をカットしながら、キリは待合所にいるふたりの様子を時折鏡越しに眺めていた。取材の時、淳平は発音が明晰《めいせき》で声も大きい。それにつられてか、千恵子も大きな声で応えていた。だからふたりの話がとてもよく聞こえる。

「ところが、応仁の乱以降は露頭《ろとう》――被《かぶ》り物を付けないで、頭を剃き出しにしていることをそういうんだけどね、あとは、おでこから頭の中央へかけて剃り上げる月代《さかやき》なんかが流行った。月代を剃るのは、兜《かぶと》を被るため。兜を被った時、頭が蒸れるのを防ぐためにああしたんだよ。それに月代って、最初は毛を抜いてた」

「え、そりゃ痛そうですね」

淳平が顔をしかめる。

「織田信長が日本で初めてカミソリで月代を剃ったって言われてるね」

すると、やはり話に耳を傾けていたらしい水原が興味をそそられたように、「ほほう」という声を発する。

「さすが信長は新しもの好きだね」

そう感想を述べた水原に、鏡の向こうから千恵子が笑みを返した。

「信長が先鞭《せんべん》を着けたせいかどうかはともかく、月代は剃るのが一般的になった。室町時代の終わりには〝一銭剃《ず》り〟って言って、一銭で髪を結い月代を剃るのを職業とする人が現れたんだよ」

「日本の理容師の祖ですね」

と淳平。千恵子が頷いた。

「〝一銭剃り〟の多くは、川の橋詰なんかで営業してた。床《とこ》とは平らを意味する。地面に板を敷いて床をつくり、囲いをした簡易な店でね。そういう店を屋台店《やたいみせ》とか床店《とこみせ》っていうけど、これが床屋と呼ぶことにつながったとも言われてる」

「い、い、い、とも言われてるってことは――」

「あんた、さっき〝日本の理容師の祖〟って言葉を使ったけど、日本で理容を最初に始めたとされてる人がいるんだ。采女亮《うねめのすけ》という人でね、鎌倉時代に今の山口県下関で髪結いの仕事を始めた。下関の亀山八幡宮には、床屋発祥の地という碑が建ってるくらいだからね」

「ほほう、床屋発祥の地」

淳平が感心したように言ったあとで、「ところで、その采女亮さんと床屋という言葉は、どう結びつくんですか？」と重ねて質問する。

「采女亮の店には床の間があった」

「床の間か、それで」

千恵子が再びゆっくりと頷く。

「床の間――まあ、今の理容店でいうところの待合所はね、人々の語らいの場であり情報交換の場でもあったんだよ」

確かに、バーバーチーでも、さまざまな人間模様が交差するとキリは思う。

「采女亮の店は〝床の間のある店〟と呼ばれ、やがて〝床屋〟へと変わっていった。采女亮はのちに鎌倉に移ってね、幕府からも重用されたってことだよ」

「なるほど」

「昭和初期まで日本の理容店の定休日は毎月十七日って決まってたんだ。十七日っていうのはね、采女亮が亡くなった日だからという説がある」

「さすが元祖理容師。リスペクトされてますね」

「日本で近代的な理容店が生まれたのは明治維新前後。開国後、横浜に来航した外国船に乗り込んだ髪結い師たちが、西洋風の散髪技術を学んだことが始まりとされる。以後、理容店は、やっぱり地域の情報交換の場であり社交場として親しまれてきたんだよ」

店の外のサインポールの横に千恵子を立たせ、淳平がカメラを構える。そんな様子を鏡の中に眺めていた水原が感想を述べた。

「さっきの話さ、実はキリちゃんに聞かせていたんだと私は思うな」

「え、床屋の由来ですか？」

「そう。この先、客に同じ質問をされた時、きみがちゃんと応えられるように、さ。理容師として恥をかかせないための親心ってやつじゃないかな」

親心……千恵子はかつての弟子である巻子の代わりに、それをそそいでくれているのだろうか。だから千恵子は大きな声で淳平の質問に応えていたのか。

「水原さんは、以前ここにいた巻子という理容師をご存知ですか？」

「マキちゃんだね。きみをここで見た時、面影があるんで、もしやとチーちゃんに訊いたんだ。そしたら、娘さんだと——」

「母はどんな理容師でしたか？」

「その質問は、きみの口から直接本人にしてみるんだね。なにか事情があるそうだけど、同じ職業を選んだ母と娘。話ができないはずはないと思うな」

直接訊く、ママに……。

「それに、きみ自身がどうやらマキちゃんに会う必要を感じているようでもあるし」

水原が帰るとキリは、訪ねたい店があることを千恵子に伝えた。

「それは、マキちゃんなんだろ？」

こくりと頷く。

「行っといで。四十八人目の理容師に会う決心がついたみたいだね」

千恵子が言った。

桜通りを、今日は脇にそれずに歩き続けた。やがて〔カットハウスマキ〕の看板が見えてくる。すると、やはり引き返したくなってしまう。

キリは店の前までは行くことができないでいた。しばらく突っ立って看板を眺めていると、ドアが開く。キリの心臓が音を立てた。

中から出てきたのは少年だった。小学校高学年くらいの。そう、彼は以前、付き添ってきた母親に命じられ、受験校の校則に合わせてキリがカットした男の子だ。少年を送るため、黒いブラウスに黒いパンツスタイルの巻子が現れると、キリの鼓動がさらに加速した。

少年は、キリがカットしたあとには泣きだしそうな顔をしていたのに、今日は満面の笑みで巻子を振り返っている。その頭は、キリが切ったのと同じ髪形でありながら、まったく違っていた。自分のカットではどこもかしこも真っ直ぐに切り揃えていたのが、巻子の手にかかるといかにも自然だった。

巻子が少年に手を振り、彼がこちらに歩いてきた。店の中に戻ろうとした巻子が、ドアを押そうとした手を止める。ふと、なにかに気づいたようにこちらを見た。キリの傍らを少年が通り過ぎていく。そして、巻子とキリは真っ直ぐに見つめ合っていた。

4

理容店は、客が理容椅子に座り、理容師がその後ろに立って鏡越しに会話を交わす。お互いに直接向き合うとしたら、立っているしかなかった。

椅子が三つ置かれたカットハウスマキの店内で、巻子とキリも立っていた。

「ほんと久し振り」

巻子が明るく笑った。彼女の髪形は右側が長く、左側が極端に短いアシンメトリーだった。まるで、人々が語る彼女の印象がちぐはぐなのを体現するように。そして四十歳になった巻子は、変わらずきれいだった。

「遠くからは見たことあるよ、ママの姿」

声が上ずっていた。

「だけど、わたしが声をかけようとすると、キリちゃんは逃げちゃうんだもの」

「逃げるわけじゃないけど……」

キリは自分の鼻と一緒で、少し上を向いた巻子の細い鼻先を遠慮がちに見ていた。それも眩《まぶ》しくて、店の中を見回す。自然木を多用したナチュラルテイストなインテリア。そんな中で異彩を放っているのが、棚に置かれた古いオモチャだ。確かハッピーバードっていうんじゃなかったっけ。ずっと以前に母にそう教えられた。ガラスの球を管でつないだもので、鳥のように見せかけてある。鳥のくちばしがコップの水に浸かることでガラス内の温度が下がると、お尻の球の中にある液体が管の中を行き来して振り子のように動く。そんなオモチャも、シャレたこの店のレトロなアクセントになっている。巻子が家を出てからしばらくの間は、この店で過ごす時間が好きだった。

「こうして話すの、十年振りになるのかしら」

巻子がなんの屈託もなく言う。

「ねえ、どうしてキリちゃん、ここに来なくなったの？」

そんなことも分からないのか!?　無神経な母め！

「キリちゃん、理容師になったんだよね」

「なんで知ってるの？」

「なんでも知ってるよ。チーちゃんのとこにいることも」

「どうして？」と問いかける間も与えられず、「あれえ」と巻子が髪に触れてくる。

「バサバサじゃないの。ヘアを扱う仕事なんだから、もうちょっと構ったら」

母に髪に触れられるのは本当に久し振りのことだ。

「こんな髪でお客さまの前に出てるの？」

「店に立つ時はちゃんと結んでるよぉ」

母に髪をいじられるのは心地よかった。つい甘えた声を出してしまう。

「ねえ、思いきって短くしない？」

「えええ!?」

キリは開《あ》いた口がふさがらない。

「そうしましょ。わたしに任せて」

巻子はキリをさっささと椅子に座らせると、クロスを掛けてきた。キリのほうも、やはり理容室では、面と向かっているより、こうした配置でいるほうが自然なのだというつの間にか思っている。

巻子のハサミは軽快で迷いがなかった。キリの長い髪をシュッとクシでといては毛先をカットしていく。リズムなのだ。ハサミの音が耳もとで心地よいリズムを刻んでいる。それは少女時代の記憶と同じリズム。本当はずっと母に切ってほしかったことに気がついた。それがかなわないから、自分の髪には無頓着になっていた。

「あたしさ、シャンプーを繰り返しても手荒れしないんだ。この肌の強さは、きっとママ譲りだよね」同業者となった今、本当はそうしたことも声に出して伝えたい。

カットが終わると、鏡の中にまったく違う自分がいた。襟足が長めのショートカット。髪の面も艶やかだ。前髪がブローだけでくるりとカールしている。でも、切りたての髪ではない。あくまで自然なのだ。

「キリちゃん、『ローマの休日』観た？」

「ママが好きな映画だよね。ＤＶＤで観た」

それは、母が生まれる遥か以前のモノクロ映画だった。さる大国の王女がローマを訪問中、滞在していた城を抜け出す。伝統主義でがんじがらめの生活を送るアン王女は、「カフェのテラスに座ったり、ショーウインドーを覗いたり、雨の中を歩いたり」といった、彼女にしてみればちょっぴりわくわくすることをして過ごそうとする。

「王女はまず自分の姿を変えるため、長い髪を切りに街角のお店に入るんだよね」

キリの言葉に巻子が頷く。

「〝どれだけ切るって？　そんなにですかい!?〟って口ひげの店主が驚くのよね。〝本気ですかい、お嬢さん？〟って。〝ええ、そうよ。お願いします〟〝これだけ全部？〟〝それだけ全部〟」

母が場面を口真似で再現して楽しそうに笑った。さらに続ける。

「カットが終わると、切ったほうも、切られたほうも驚いてしまう。すっかり別人になった女性がそこにいたから」

そこで、巻子はキリの前髪を斜めに分けた。

「キリちゃん、分け目替えたほうがいいわよ」

「そうかなあ」

自分の髪形が一番分からない。

巻子が確信したように目で応えた。

「観客が鏡の中のアン王女を見て感動するのはね、眼鏡をとったら彼女はとてもきれいでした、といったありがちな醜いアヒルの子の変身物語じゃないから。本来の自分へと変身する物語だからなの」

「本来の自分に変身するの？」

巻子が再び頷いた。

「まだ、気づいていない自分自身にね。その手助けをするのが、わたしたちの仕事だと思う」

織部も似たようなことを言っていたな——「理容店がすることはといえば、お客さまを別人に変身させるのではなく、その方が本来持っている輝きに磨きをかけることでございます」

その時、ドアが開いて男がひとり入ってきた。

「あら」

巻子の表情が華やいだ。

「うん」

雨宮が不愛想に頷くと、鏡の中のキリに目を向け、軽く驚いたようだった。キリは、そっと目礼を返す。

しかし、次の瞬間には、「おい、ちゃんとカネをとるんだぞ」と巻子に言い放った。キリは衝動が抑えられず、クロスを脱いで椅子に叩きつけた。

「キリちゃん！」

母が呼ぶ声を無視し、脱いだクロスの上に一万円札を置くと店を飛び出した。

カネぐらい払ってやるさ。当然だ。それを、それを……なんだっていうんだ。ちくしょう！　ちくしょう！

キリは走っていた。走りながら悔し涙が出そうになる。だが、よかった。あいつらが敵だっていうことを思い出させてくれた。危うく巻子に丸め込まれてしまうところだった。涙なんか流してたまるか。『ヒミツのふく習ノート』で誓ったのは、悔しさを忘れないためだった。床屋に行きたてのおかっぱ頭をみんなに笑われた時の屈辱を――。

そこではっとして立ち止まる。床屋に行きたてのおかっぱ頭……キリはその言葉を何度も心の中で繰り返していた。

「店にも背広を着て出勤します」

織部はスーツ姿だった。

「家からの通勤時間は電車に乗るのも含めて片道三十分ほど。途中、誰に会うわけでもありませんし、店に入ればすぐに白衣に着替えるので、別にそんな必要などないのかもしれません。しかし、わたくしは毎日ネクタイを結び、背広を着て通います。これはまあ、わたくしにとって仕事に向かう儀式のようなものなのでございます」

織部が脱いだ上着を千恵子が受け取ってハンガーに掛けた。

「オリベさんみたいな名店のご主人に、うちみたいなむさ苦しい床屋までわざわざお運びいただいて申し訳ありませんね」

「いや、なにをおっしゃいますか」

織部が恐縮したように言うと、千恵子に向けて慇懃《いんぎん》に挨拶を返した。

「ご主人とは留置場で一緒でした」

キリは思わず、「りゅ、留置場ですか!? もしかして、警察の!?」声を上げてしまった。

すると、織部が静かに頷いた。

「ずいぶん以前になりますが、県警からの依頼で、未決勾留者の散髪に行っていたのですよ。警察署に行くと、腕時計や持ち物を預けて留置場に入ります。勾留者はクロスを掛けず、上半身裸で、電バリだけで髪を刈ります。ハサミやレザーは危険なので持ち込めません。裁判前には印象をよくするためか、声がかかったものです」

　そういうことだったのか、とキリは納得した。そして、ベテラン理容師の織部がクリッパーを電バリ（電気バリカン）と呼んでいるのがらしいなと思う。

「留置場内で会話は厳禁なのですが、わたくしなどは勾留中の方から〝あんた、オリべさんとこの人だよね〟と声をかけられれば〝これはこれは〟などとつい返してしまったものでした。その点、こちらのご主人は、寡黙《かもく》に仕事に集中していらした」

「うちの亭主は、耳が遠かったんですよ」

　千恵子がそんなことを口にした。彼女から夫について聞くことはあまりない。

「そうでしたか」

　織部が納得したように小さく頷いていた。

　キリがブロースにカットする。そのために今日、織部はバーバーチーに来店していた。店の外で、北マーケットの店主らが、固唾《かたず》を呑んでこちらを見守っている。ガラス窓に張り付くようにして角刈り頭を並べていた。

「お願いします」

　キリは思わず織部に向かって頭を下げていた。国家試験の時にこの言葉を発する意味が、ここに至って本当に理解できたような気がした。それは、お客さまと自分の仕事に対する敬意を素直に表しているのだ。いつかの千恵子の「自分が誇りを持っている仕事、頑張っている仕事に頭を下げるって考えるのさ。そうすれば、自然とお辞儀ができる」という言葉が蘇《よみがえ》る。

「こちらこそ」

織部に厳《おごそ》かな口調でそう返されると、涙ぐみそうになった。それは、巻子の店をあとにした時の涙とはまったく別の種類のものだ。あたしは今、理容師としての岐路に立っている。

カットクロスを付けた織部がそっと目を閉じた。キリはハサミを動かす。これまでになかった確信を持って。ハサミが髪を切る音も、以前とはまったく違っていた。シャンプーとシェービングを終え、クロスを外して毛払いすると、織部が満足そうに頷く。

「まったくもって清々《すがすが》しいブロースですよ、神野さん」

織部が感想を口にした途端、どっと拍手が沸き起こった。いつの間にか商店主《しょうてんしゅ》らが店の中に入り込んでいたのだ。

「ありがとうございます。ありがとうございます。皆さまのおかげです」

キリは周りを見渡し、順番に礼を言う。

「神野さんはよいお客さまに恵まれたようですね。同じ理容師としてうらやましく思います」

キリは最後に織部に向けて、「ありがとうございました」と、お辞儀した。

「ところで、お訊きしたいんでやんすが」

と魚屋が織部に向かって言う。

「これまでキリちゃんがおいらたちにしてた角刈りと、たった今、あんたさんにした角刈りとはどこがどう違うんでやんしょうね？　いや、そりゃあ、こう目の前にして、なんとなく違うなあってえのは分かるんすよ。しかし、おいらたち素人にも分かりやすく言葉にして教えてくれやせんかねえ」

「承知しました」

織部が理容椅子から立ち上がった。そうして、魚屋に訊き返す。

「床屋に行ったばかりの頭を、気恥ずかしく感じたことはございませんか？」

その質問に、いささかまごついていた魚屋だが、「うーん、ありやすね。子どもの時なんか特に」ふと思い当たったように顎をかく。

すると、周りの商店主らも、「確かに」「あ、あるなあ」といった言葉を交わし合っていた。織部は皆に見えるように自分の左手を顔の前に差し上げ、人差し指と中指を目の高さで水平にして突き出した。

「指間《しかん》刈りといいますが、こうして人差し指と中指の間に髪を挟み、真横からハサミを入れて一直線にカットします」

　左の人差し指と中指で挟んだ目に見えない髪を、織部の右手の人差し指と中指のハサミが横一直線で切る動作をしてみせた。商店主らが一心にそれを眺めている。

　織部が今度は千恵子に向かって、「失礼、拝借いたします」とひと言ことわり、ワゴンのトレーからクシを取り上げた。

「クシで毛髪をすくい出してカットする技法をすくい刈りと申します。こちらも、クシに平行に横一直線でぱっつりと一回で切ります」

　真横にしたクシの上で、右人差し指と中指のハサミが真横に断ち切る。

「これらは理容における基本のカットでございます。ところが――」

　と織部が視線を移してきた。

「こちらにいらっしゃる神野さんは、この基本カットができなかったのです」

　キリは下を向く。

「いや、できなかったと言うのは、いささか語弊《ごへい》があるかもしれません。ブラントカット――いわゆる毛先を横一直線にぱっつんと切ることをそう呼びます。このブラントカットを行うことに抵抗があった。それで、ハサミの入り方が横一直線ではなく、曖昧になっていた。それがわたくしの推察なのです」

　織部がそこまで言ってから、千恵子のほうに顔を向けるのがうつむいているキリの目の端にも映った。

「いかがでしょう？」

「織部さんのおっしゃるとおりだと思いますね」

千恵子の声がした。

「けど、ブラントカットに抵抗がある理由がなんなのか？　それはキリちゃんにしか分からない。いや、キリちゃん本人にも分かっていないようだった。だから、ひたすら自分自身に向き合うことで、自分に欠けているものを探すしかなかった」

――「今のキリちゃんに必要なのはね、自分を知るってことなんだよ」千恵子の言っていた意味はそれだったんだ。

「ここにいる大勢のお客さまや織部さんのお力をお借りして、自分探しができた。そういう意味じゃ、確かに恵まれてるよこの子は」

あたしの中には、床屋に行きたてのおかっぱ頭に対する抵抗が強くあった。あたしにとって髪をカットしてくれるのはママだけで、それは切ったばかりでもナチュラルな仕上がりのヘアだった。この前、カットハウスマキでカットを受けたことで、改めてそれに気づかせられた。キリは顔を上げる。

なにか思案げな表情でいたうなぎ屋の旦那が、「するってえと、アータの今の角刈りは、えー、ブラントカットってえんですか？　その技法でキリちゃんが刈ったもんだと？」そう言ったあとで、また考えを巡らすような顔になる。

「しかし、アタシにゃあ、そうは見えないような。だって、ぱっつんカットって感じじゃありませんぜ」

「そのとおりです」

と応えたのは織部だった。

「わたくしのブロースは、自然な仕上がりになっています。きっと神野さんは、理容師のわたくしが、いかにも床屋に行きたてのブロースでお客さまの前に立つのはふさわしくないと判断されたのでしょう。それで、この仕上がりにしてくださったのだと思います」

「自然な仕上がりにするには、そういう切り方があるってことなんスか？」

と今度は蕎麦屋の亭主が織部に訊く。

「横一直線にぱっつりと切るブラントカットに対して、神野さんは縦にハサミを入れ、細かくカットしています。これによって自然な仕上がりを出しているんです」

キリの髪をカットする巻子のハサミがそうだった。カットハウスマキでそれに気がついた。いや、実際にはカットされている最中は無意識でいた。帰り道にようやく気づいたのだ。悔し涙に目をかすませながら。

なおも織部の解説が続いた。

「髪の伸び方は一本一本ばらばらです。横一直線に切っても、髪がまばらに伸びていくことで、だんだん違和感がなくなっていきます。もちろんわたくしも、できるだけ自然な状態に仕上がるようにいたします。二、三日経つうちに髪形が決まって、その状態が長く保持されるのがベストと考えております。ところが、神野さんの理想はもっと高い。できるだけ自然な状態ではなく、自然な仕上がりを目指しているようです」

受験校の校則に合わせた髪形にキリがカットした時、少年は泣きだしそうな顔をしていた。あれは、いかにも床屋に行きたての頭だった。教育熱心な母親の命じるままに、キリはその髪形に仕上げた。しかも、キリの曖昧なぱっつんカットによってだ。そこには、できるだけ自然な状態に、などという配慮も技術も欠如していた。

たいていの小学生は、地元の公立中学校に進学する。その中で私立中学を受験する少年は、あの床屋に行きたての頭で登校することで、さらに周囲との疎外感を味わっただろう。それなのに、自分は少年の心情も考えず、ただどこもかしこも真っ直ぐに切り揃えておいて、ヘンな髪形だと校則のほうを批判する気持ちになっていた。床屋に行きたての頭が嫌いなはずの自分があんなふうに切っておいて。巻子が自然な髪形に仕上げることで彼に寄り添っていたのとは大違いだ。ごめんね……少年にそう謝りたい。

「えーとね」

大木屋が織部に向かって、「〝二、三日経つうちに髪形が決まって、その状態が長く保持されるのがベスト〟って言いましたよね？」と訊いた。

織部が頷く。

「確かにそう申しました。あくまでわたくしの考えではありますが」

「と、なるとですよ、仕上がりがそのまま自然だっていうキリちゃんのやり方は、髪の形の持ち具合が短いんじゃないですかね？　現に俺自身、前にキリちゃんに切ってもらってそう感じたし」

織部が再度頷いた。

「髪は一日に約〇・三ミリ伸びます。お客さまによっては、きっちり二週間おきにみえる方もいらっしゃいますし、一ヵ月以上間をおかれる方もいらっしゃいます。その間、髪の形ができるだけ持つように髪を切ることを、わたくしは心がけております。残念ながら、以前の神野さんのカットの要領では、髪の形が長持ちすることはなかったでしょう」

今度は彼がキリを見る。

「しかし、今は違います。耳の周りをネックライン、髪の裾をネープと呼びます。神野さんはネックライン、ネープ、もみあげにも縦にハサミを細かく入れて自然な仕上がりにしています。電バリを使った裾からの刈り上げ部分と、ハサミを使って刈るやや長い部分との間は結合部と言ってはっきりとした線が出るのが床屋に行きたて頭です。神野さんは、ハサミによるまわし刈りでこの結合部を目立たなくしています。そして、なおかつわたくしが感心したのは、仕上がりを自然にしながら、その髪形が長く持つのを可能にしていることなのです」

渦中にいながらも、キリは不思議な気がしていた。みんなで自分のカットの話をしていることが。なおも大木屋が食い下がる。

「〝髪形が長く持つのを可能にしている〟って、織部さんにはどうしてそれが、今、自分の頭を刈られたばかりのこの時点で分かるんです？」

「バランスですよ」

織部が応える。

「全体のバランスです。しかし、このバランス感覚は天性のものといっていい」

それってて、やっぱりママの血を受け継いでるってこと？　でも、今日の織部のプロースは、巻子のカットをベースにしていることは確かだ。

「それならでやんすよ」

次は魚屋の番だった。

「今度キリちゃんがコンテストに出場したなら、優勝もあり得ると？」

「おい、魚屋、てめえなんて失礼なことほざくんだ！」

横から大木屋が嚙みつく。

「今回の優勝者は、誰あろうこちらにいらっしゃる織部さんなんだぞ！　キリちゃんが優勝するってことは、織部さんの上に立つってこった」

「あ、おいらはなにもそんなつもりで……」

途端に魚屋が困ったような顔になる。

「いや、それは無理でしょう」

と応えたのは織部当人だった。

「やっぱりお宅さんには勝てねえと、そういうこってすか？」

織部が大木屋に向けて首を振った。

「コンテストの評価基準が神野さんのカットを求めていないからです。逆に言えば、それだけ評価基準が旧態依然としていることになるのです。わたくしはコンテストに出る時、その評価に合わせてハサミを振るいます。それを自分の技術の微調整と割りきっているからです。しかし、それがお客さまのニーズと乖離《かいり》していることも重々承知しております」

織部の表情がいつの間にか厳しいものに変わっていた。

「カットだけではありません。シェービングについてもお客さまのニーズは変わってきているのです。かつての顔剃りは、ひげを毛穴から一本一本押し出して、つるつるになるまで剃り上げるのがよかった。多少ヒリヒリしても、床屋に行けばそのあと二、三日はひげ剃りをしないでよいというのをお客さまが求めていらしたのです。しかし、今はよい電動式シェーバーがありますし、T字型シェーバーも五枚刃式のものがございます。ただひげを剃るというだけであるなら、ご家庭で剃れるのです。理容師は顔剃りにも付加価値を提供することを迫られています」

織部は誰にでもなく今はキリに向かって語りかけていた。

「理容店といえば、男性がだいたいひと月に一度髪を切り、ひげを剃ってこざっぱりする場所。店主のオヤジさんと気さくなおカミさんが経営する赤白青の看板の床屋――そのイメージから脱却しない以上、理容という産業は衰退の一途をたどることになります。そして、この業界を変革するのは、神野さん、あなたのような若い理容師にほかならないのです」

「はい」

キリは緊張して返事する。

「それにしても、あなたのシェービングは素晴らしかった。これなら、お客さまはまたお店に通いたいと、髪が伸びるのを待ち遠しく感じることでしょう」

第六章　髪結いさん

1

いつの間にか秋も深まったある日、意外な客が訪れた。

「三浦さん――」

「いらっしゃいませ」ではなく、キリは思わずそう口にしていた。彼が客としてバーバーチーを訪れるのは初めてだった。

「テツのやつ、本当は謝りに来たい気持ちはあるみたいなんです。でも、申し訳なさ過ぎて顔向けできないって」

代わりに三浦が深々と頭を下げた。彼に理容椅子に掛けてもらうと、首にカットクロスをした。

「どのようにいたしましょう？」

「短くしてください」

キリは三浦のぼさぼさ頭に触れて、「これくらいですか？」と訊く。

「いや、もっと」

「では、これくらい？」

「いや、いや、もっと」

それは、巻子と話した『ローマの休日』の中のやり取りのようだった。鬱陶《うっとう》しい前髪を切ってみると、三浦は精悍《せいかん》で若々しかった。それに案外イケメンである。

「伯父の通夜で故郷《くに》に帰るんです。伯母というのが口うるさい人でね、床屋に行きたての頭なんかで顔を出したら、〝ずい分と準備がいいんだね〟なんて嫌味を言われかねない。かといって、これまでの伸ばしっぱなしの頭で行くわけにもいかないし……困ってたら、オヤジがキリさんにお願いしろって言うんで。〝あの子は腕が上がったぞ〟って」

キリが笑うと、「あ、いや、すみません。余計なことを言ったみたいです。でも、キリさんなら〝自然な感じに切ってくれるはずだ〟ってオヤジが」と慌てて弁解する。

「親分がそんなことを……」

長谷川は、拙《つたな》いキリのカットを承知で毎回施術を受けてくれていたのだ。オシャレな人だから、きっと出来映えに満足していなかったはずだ。それでも我慢して付き合ってくれた。

横ぱっつんのブラントカットに対して、ハサミを縦に入れていく自分のカットをキリカット（まあ、切り切りってことになるんだけど）と勝手に名づけた。

そして、相変わらず二週間に一度の割合で店に通ってきてくれる長谷川は、キリのニューカットを気に入ってくれたようだ。しかし、キリカットは万能ではない。大木屋ら床屋行きたての仕上がりを好む常連も根強い。そうした客にはブラントカットで仕上げる必要がある。千恵子が教えてくれた「いつも、誰に対しても変わらないのが一番」という言葉は、どの客も画一的な技法でカットすることではない。どの客にも同じように満足してもらうという意味なのだ。「こっちになにがあろうと、どんな思いをしていようと、そうしたことを全部隠して、常に笑顔」で接して、客の希望を引き出すカウンセリングの大切さだ。たとえば「この間と同じようにしてください」と言われたとしよう。そこで、前のカットの跡を追っていってもダメだ。カットは一回一回が創造なのだ。その時々で温度や湿度も違う。クライアントの体調によって髪の質も違っている。単に前と同じようなイメージを再現しようとするのは、創造性を捨てることであり、カッティングのスケールを小さくしてしまう。だいいちクライアントの抱く〝前と同じ〟というイメージとスタイリストのイメージには当然のごとく差がある。そこでカウンセリングを綿密にする。前と同じにしたいのは前髪のシャープさなのか、サイドのふんわり感なのか、ネープの刈り上げ位置か、クライアントの希望を細かく引きだして〝前と同じ〟を創造するのだ。

キリは鏡越しに長椅子で新聞を読んでいる千恵子の姿を見た。「いつも同じ気持ち、同じ仕事振りを心がける。いつもムラなく仕事していると、お客さまにも気持ちよく過ごしてもらえるんだから」――チーちゃんの言葉の意味がやっと理解できるようになった。

キリカットなどと名づけたけれど、自分だけが特別なカッティングを持っているわけではない。千恵子には千恵子の、巻子には巻子の独自のチーカットやマキカットがあるのだ。

組をたたんだ長谷川は、以前のように三浦をともなって店にやってくることはなくなっていた。妻と虎太郎と三人だけで来る。だから、三浦の姿を見るのは久し振りだった。先日、北マーケットの秋フェスタがあって、キリも大木屋が出した焼き鳥の露店を手伝ったのだけれど、長谷川は大きな酒樽を寄贈してくれた。きっと詫《わ》びのつもりだったのだろう。フェスタには淳平も取材に来ていたが、途中からは仕事もそこそこに、やはり顔を出していた誠とともに香りのよい樽酒を味わっていた。

ドライヤーで三浦の髪を整え終えると、「キリさんのおかげで、さっぱりした頭で帰れます」彼が晴れ晴れと口にした。そして、「もうこっちに戻ってくることはないと思います」と静かに微笑んだ。

「寂しくなります」

お客さまとの出会いは一期一会だ。三浦の髪をカットするのも、これが最後かもしれない。一生に一度の出会いかもしれない——だからこそ誠心誠意務めるのだ。

「俺も、テツも、ほかの連中も、家族とうまくいってないやつばかりで。そんな俺たちに、長谷川のオヤジはほんとの親みたいに接してくれたんです。そんなオヤジが最近になって齢とったな、って感じた時には、故郷の親父も齢とってたんですよね」

三浦がもう一度キリに向けて頭を下げた。

「テツを許してやってください。あいつ昨日、住み込みで働かせてもらえるってところに越していきました。オヤジの口利きです」

「よかったですね」

三浦は頭を上げると、今度は長椅子にいる千恵子に向けて深々とお辞儀した。最近では、千恵子は客のほぼすべてをキリに任せてくれていた。客を迎える時と送る時だけ立ち上がる。去っていく三浦の背中を千恵子と一緒にドアの外に立って見送った。

再び店に入ると、「キリちゃんに話したいことがあるんだけど」千恵子がこちらに顔を向ける。珍しく改まった口調だ。

「実は……」

その時だった、「た、大変なことになりました!!」血相変えた淳平が飛び込んできた。

「バーバーチーが立ち退きになるって!」

2

「それ、本当なんですか?」

キリもびっくりして千恵子を問いただす口調になってしまった。

「ああ、そうだよ」

けろっと応える。淳平が必死の面持ちで続ける。

「今日の午後、市民交流プラザで四方堂駅北口再開発の地元説明会があります。そこで、この北マーケットが撤去されて、駅直結のショッピングセンターに生まれ変わる、という発表があるはずです。うちのような地元マスコミには、先にプレスリリースが到着していて、それで知りました。チーちゃん、そんなにのんびりしてていいんですか!?」

「そうですよ、チーちゃん！」

キリも心配になってきた。

「ちょっと待っとくれよ、おふたりさん。のんびりしてるって言うけど、それじゃ、あたしにどうしろっていうんだい？」

「それは……それは……たとえば、反対運動を起こすとか」

おろおろ声の淳平に、キリも同調する。

「そう、反対しないと！　だって、北マーケットがなくなっちゃうんですよ！」

「誰も反対なんかしないよ」

そんなはずはない。商店街の秋フェスタの時だって「これからもみんなで力合わせていこうな」って、商店主たちは口々に言っていた。そしてみんなで、長谷川から贈られた酒樽のふたを盛大に割り開き、賑わうアーケードで客たちに振る舞っていた。

「ここにショッピングセンターができれば、北マーケットの各店舗はテナントとして入れる権利を得る。さびれたシャッター商店街にしがみつこうって者はいないさ」

なるほど、そういうことか。でも——。

「いつ頃か、か、い、いからチーちゃんはこ、い、の件を知、い、ってたんです、い、か？」

異口同音《いくどうおん》にそう訊いて、淳平とキリは思わず顔を見合わせた。

「相変わらず気が合ってるね、あんたたちは」

千恵子に茶化され、思わず頬が赤くなる。淳平を見やると、照れて頭を掻いていた。

「キリちゃんにさ、〝ちょっと市役所に行ってくるから〟って言って出かけたろ、覚えてるかい？」

「ええ」

その直後、虎太郎と店でふたりきりになったところにテツがやってきたのだ。忘れるはずがない。

「そういえばあの時、チーちゃんは〝今日、呼ばれてる用件は、ジュンペー君にとって大特ダネになるよ〟って」

すると淳平が不満げな声で訴える。

「あー、そんな前から知ってたんだ！　黙ってるなんてひどいじゃないですかぁ～」

「だけどね、しかるべき時にこちらから発表しますって役所から箝口令《かんこうれい》が敷かれてたんだよ。北マーケットの商店主が個別に呼ばれてね。これは官民合同の大型プロジェクトだからって、念を押されてさ。口の軽い連中揃いなのに、今度の件ばっかりは他言無用を貫いたようだね」

北マーケットのフェスタも、みんなこれが最後だって知ってたんだ。そういう目で思い出すと、誰の顔もなんとなく寂しげだったように思えてくる。

「でね、ここからが、さっきの〝キリちゃんに話したいことがあるんだけど〟につながるんだけどさ」

千恵子はすたすたと店の奥に向かうと、なにやら分厚い封筒を手にまたすたすたと戻ってきた。そして、それをキリに寄越す。

なんだろう？　渡されたずしりと持ち重りのする封筒の中を覗き、はっとした。そして、恐る恐る手を差し入れて取り出す。

それを見た淳平が、「ぎぇっ」奇妙な声を発した。キリも自分が手にしている札束を茫然と眺める。

「同じもんがあとふた束その封筒に入ってる」

千恵子の言葉に、再び封筒の中を覗く。確かに帯封された札束がもう二束入っていた。

「じゃ、三百万！」

再び淳平が声を上げた。

「移転準備金の一部だよ。それでね、どっかに仮店舗を見つけてきてほしいんだよ」

「あたしにですか!?」

千恵子が大きく頷く。

「キリちゃんの思いどおりの店に改装していいから。おカネが足りないようだったら、また言っとくれ」

「どうしてあたしに……」

　キリは足ががくがく震えていた。

「知ってのとおり、この店は数えるほどの常連さんだけに来てもらってる。あんたが店に立つようになって新しいお客さまも増えたけれど、あたしが一番気になってるのは、昔からのお客さまをどうやって引き継ぐかってことだった」

「引き継ぐって、チーちゃん……」

「大事なお客さまを、誰か信頼できる理容師に、あたしの目が黒いうちに引き継ぐ手はずをきっちりと整えておきたかったんだよ。それが、大事なお客さまを夫から引き継いだあたしの務めだと思うから」

　そして千恵子は語り始める。

　彼女と広瀬清造《せいぞう》は理容師同士で見合い結婚した。ふたりの見合いと結婚を取り持った仲人も理容師だった。

　清造は、結婚を機に店を持つ。店の名はバーバーチー。武骨な夫は、新妻のことを〝チーちゃん〟と呼んでいた。

「開店したのは北マーケットのこの場所じゃない。桜通りの――」

「今のカットハウスマキがそうですよね。あたし、幼い頃に母の勤めていた元のバーバーチーに遊びに行った思い出があります」

その頃、理容店は四方堂駅の北口になくて、北マーケットの人々や当時あった工場に勤務する人々も桜通りのバーバーチーを訪れた。清造は腕がよく、店も繁盛して夫婦は幸せだった。

「うちの人ったらハサミのヒットポイントを鉄に替えてカチンカチン音をさせてね。無口な分、技術で勝負だって意思表示だったのかね」

ヒットポイントというのは、ハサミの薬指を入れる薬指環《やくしかん》と親指を入れる母指環《ぼしかん》の接点で、通常はゴムになっている。

「それがね、ある日、夫が耳が聞こえにくいって言い出して……医者に行くようにあたしはさんざん言ったんだけどね」

医者嫌いの清造は頑として聞き入れなかった。この件を千恵子が持ち出すと、よけいに聞こえない振りをしたものだ。

「そのうちにこじらせちゃってね、ほとんど聞こえなくなっちまったんだよ。それでも、今度は嫌がって補聴器を付けたがらない」

もともと無口だった清造は、ますます不愛想に人の目に映るようになった。店には、ただヒットポイントのカチンカチンという音だけが威圧するように鳴り響く。客足も遠のいた。そんなある日、夜道で後ろから来たトラックに撥《は》ねられ清造は亡くなった。

「補聴器さえ付けてればよかったんだけどね」

清造にも非があると、大した補償もされなかった。

千恵子は、夫が自分の名前を冠してくれた理容店を引き継ぐ決心をする。それは、彼女が生きていく手立てでもあった。

「夫がいる間、あたしはシャンプーや顔剃りをするくらいで、ハサミを持つことはほとんどなかった。そんなあたしを一人前にしてくれるために、常連さんたちは辛抱強く付き合ってくださったんだよ」

あたしと一緒だ、とキリは思った。一方でこんなことも思った。鏡の上の収納棚に毎朝千恵子が置くコップ酒。あれは、亡き夫に供えているのではないか、と。

理容師として腕を磨く一方で、千恵子は昔から興味を持っていた株取引を始めた。最初はあくまで息抜きのための楽しみだった。しかし、自分に意外な才能があることを発見するに至る。

「前に大木屋さんに向かって、株で儲けられるのは百人にひとりだけだってあたしが言ったのを覚えてるかい？」

キリは頷いた。

「そのひとりがあたしさ」

ひょえー！

すると、それまで黙って話を聞いていた淳平が口を開く。

「チーちゃん、もしかしたら、株だけで充分生活ができるんじゃ？」

「そうだね」

あっさりそう認めた。

「じゃあ、なぜ――」

「この店を続けてるのかって、ジュンペー君はそう言いたいんだろ？」

彼が頷く。

「でもね、株は単なる投資だよ。仕事じゃない。人はね、誰かの役に立つために生まれてきたんだよ。そのつもりで、あたしはこの店で働いてきたし、今は恩のあるお客さまを引き継ぐことが重大問題なのさ」

そこでこちらを真っ直ぐに見つめる。

「やってくれるね、キリちゃん」

もちろん自分に断る理由などない。

「けど、あたしでいいんでしょうか？」

千恵子が頷いた。

「あんたこそがふさわしいと思ってるよ」

3

北マーケットと駅を挟んで反対側、サチ不動産のサチ社長は千恵子から紹介された。大柄で太ったサチはギャングの女ボスみたいだった。髪を、高々としたまげのようにシニョンにしている。サチが名字なのか名前なのか分からないまま毎週月曜日、店の定休日になるとキリは彼女と一緒にあちこち物件を見て回っていた。

「今日のはなかなか期待できるわよ」

サチは会うたびに自信たっぷりにそう言ったが、いずれも今ひとつ納得がいかない。

季節はいつしか秋から冬へと移り、年を越していた。サチが運転する旧式の大型セダンは洗車が行き届いていなくて、ボンネットには薄く埃《ほこり》が積もり、フロントガラスは汚れてくもっていた。一応、客ということで、キリを後部座席に座らせてくれた。いかにも燃費の悪そうなこの車は、けれどゆったりとした革張りのシートがやたらと座り心地がよかった。

「さあ、着いたわよ」

サチが車を停めた。

「え？」

そこは一軒の家も建っていない住宅造成地だった。いや、一軒だけ家があった。

「ここね、下が夫婦で経営するパン屋さんで上が住居だったの。あんパンがおいしいって評判の店だったけど、客が来なくて潰れちゃったわけ」

「でしょうね」

キリはなにもない一面の造成地を見渡した。寒さが厳しさを増すとともにサチはクロヒョウの毛皮をまとうようになっていた。その横にネイビーのダッフルコートを着て立つキリは学生みたいに見えるかもしれない。強く冷たい北風が砂埃を舞い上げる。

「で、今日サチさんが紹介したい物件が、このパン屋さんっていうことなんですか？」

自分の声のトーンは、あきらかに落ちていただろう。

「そういうこと」

サチがにやりとする。

「パン屋さんが潰れちゃったのは、ここがまだ山の中だった時。それを切り拓いて、こうして宅地になったわけ。ここには、間もなく三千人の人が暮らすようになるのよ」

なるほど――一転して、目の前の風景が希望に満ちたものに変わる。

「三千人を相手にするわけか」

いいかも。

「それにね、車の通りも少ないでしょ。路駐し放題じゃない。ここまでは駐車監視員もこないし、当分、駐車場借りる必要もないわよ」

「ますますいいかもですね。少し、後ろ髪引かれる感はありますが」

そこでふと気がついた。

「ところでサチさん、その三千人が暮らすようになるのって何年後なんですか？」

「まあ、こういうとこって若い夫婦が主に住人になるんでしょうから、その子どもたちも含めた想定人口ってことだわよね。でも、第一次分譲は二年後には完了するってことだし……」

そこで、サチもはたと気づいたようだ。

二年後の春には、四方堂駅と直結するショッピングセンターがオープンする。そうなれば、バーバーチーはテナントとして新規オープンすることが決まっていた。仮店舗はその間の二年営業するのに必要なのだ。

「ドンマイ、ドンマイ、次に行きましょ」

サチが毛皮を着たまま運転席に乗り込む。キリは後部座席ではなく助手席のドアを引いた。

「あら？」

と不思議そうにサチがこちらを見る。

「隣に座らせてもらったほうが話しやすいので」

助手席に腰を下ろす。サチがあちこち当たってくれているのは分かっていたが、自分の希望にかなう物件が見つからず焦りが募っていた。この春には北マーケットの取り壊しが始まる。それまでに仮店舗を決めて移転準備に入らなければならないのだ。

ハンドルを握りながらサチが、「それにしても、四方堂駅前はバーバーチーのある北口と、あたしんとこの南口とじゃ大違いだわね。チーちゃんは株の相場だけじゃなく、不動産にも鼻が利くんだわあ」のんびりと言った。

「もともとバーバーチーの店舗って事故物件でね、誰も手を出そうとなんてしなかった」

「事故物件、ですか？」

キリは驚いて運転席に目をやる。

「そう」

彼女が大きく頷いていた。

「あそこね、寿司屋だったのよ。だけど、十年前にボヤ出してね」

なるほど。ボヤの話を以前、大木屋から聞きかじったのを思い出した。言われてみれば、裏口へと続く土間の廊下と小上がりの座敷という店の構造は、かつての寿司屋の名残なのだろう。

「そのボヤでね、煙に巻かれて主の男性が亡くなったの」

「ええっ、あの店でですか!?」

また運転席のサチが頷いた。

「住居にしてる二階でね」

「ええええっ、それって、チーちゃんが今住んでる、店の二階ってことですよね!?」

「そうなのよ」

チーちゃん、平気なのかしら？　と思っていると、なおもサチが話を続ける。

「そんないわく付きの物件だから分譲価格も相場の半値以下。しかも、シャッター商店街ときてるからね、チーちゃんはタダ同然であそこを手に入れたわけ。それが、今度の駅前再開発で、補償金がドーンと入ったことでしょうよ」

もはやキリは言葉がなかった。

「だからってチーちゃんの目的は、おカネだともいえないのよね。なにしろ、お弟子さんに、それまでの立地のいい店舗を明け渡すのが目的だったんだから」

「それって、桜通りにある——」

「そう、カットハウスマキ。あなた、巻子さんの娘さんなんだってね」

「サチ社長から聞きました。チーちゃんが、母に店舗を譲るため北マーケットに越したんだって」

「一概にそうとばかりは言えないんだけどね。確かに、ここ」と千恵子が今立っている店の床を指さす。「この物件が買いだと思ったことは否定できないね。絶対に大化けすると踏んでたから」

そこでキリは怖々、「でも、事故物件なんですよね？」と言ってみた。

「だからこそ、買ってみようと思える価格だったんじゃないか」

千恵子は平気な顔でいる。

「気味が悪くないんですか？」

「なにがさ？」

「だって、人が死んだんでしょ、ここで？」

「あんたはどうなんだい？」

「あたしはこれまで知らなかったし」

「ほうらそんなもんよ。知らなきゃなんてことないの」

「でも、今は知っちゃったんで、ちょっと……」

「恐ろしくなった？」

「そうまでは言いませんが、気にはなります。だとしても、あたしはお店が開いてる時間にいるだけだし、チーちゃんもお客さまも一緒なので。でも、チーちゃん、夜に二階でひとりになるんですよね？」

千恵子がふふっと笑った。

「そりゃあ最初、あたしも買っていいものかどうか迷いはしたよ。そしたらね、寿司屋の旦那が夢に出てきたんだよ。あ、旦那もうちの常連さんだったからね。それで〝俺は毎朝、魚河岸の仕込みから帰ってくると、コップ酒をきゅっと一杯飲《や》るのが楽しみだった〟って言うんだよ。だから、あたしはここに移って以来、店の収納棚に、亡くなった旦那の朝酒をお供えすることにしたんだ」

「えっ、あのお酒はご主人にお供えしてたんじゃなかったんですか？」

千恵子はきょとんとしていた。

「うちの亭主は下戸《げこ》だもの。お供えしたコップ酒は、毎晩、お下がりであたしが頂いてる」

そういうことだったのか――。

「あたしがここに移るって言ったら、北マーケットの人たちはみんな喜んでくれてね。ボヤの消火作業で水を浴びちゃった両側の店舗も、それを折に閉めるのを決めちやったりで、マーケットは存亡の危機にあったからね。あれから十年、みんなで頑張ってきたおかげで、今度はショッピングセンターの中で店を存続できるわけだから」

キリは少し考えてから、「それでも、立地のよかった店舗を、あえて母に譲ろうと考えた理由がチーちゃんにはあるはずですよね？」と訊く。

すると、千恵子が不思議そうな顔をした。

「うん？　それ、どういうこと？」

「サチさんから聞いたんです。チーちゃんが北マーケットに移ったのは、母に立地のいい店舗を明け渡すのが目的だったって」

彼女が腕組みする。

「そりゃちょっと違うね。今も言ったけど、あたしが北マーケットに移転したのは、危機的状況にあった商店街を応援するため。いわば恩返しだった。すると、マキちゃんが言ってきたんだ。自分が桜通りの店を借りたいって。そこで、あたしは訊いたのさ」

千恵子がキリを見る。かつて、同じように巻子の顔を見返したのだろう。

「〝あんた、店を持つおカネあんのかい？〟って。そしたら〝出資してくれる人がいる〟と。それが雨宮オーナーだった」

彼女が小さく息をついた。キリは視線をそっと落とす。

「北マーケットに移る時点で、常連のお客さまの半分をマキちゃんに引き継ぐことができた。まあ、言ってみりゃあ、それがあたしの終活《しゅうかつ》の始まりよね」

「シュウカツ、ですか？」

「あたしはあの頃、還暦《かんれき》を目前にしてた。これ以上、新しいお客さまを増やすんじゃなくて、常連のお客さまとだけお付き合いしたい、そう考えるようになってた。事故物件のお店に通おうなんて物好きはあまりいないじゃないか。いつか数少ない常連さんも、誰かに引き継ぐ。なるべくいい条件でね。そのためにここを買った」

「チーちゃん……」

「まあ、十年も経てばボヤの件も口の端《は》に上らなくなるし、あんたが店に立つようになって新規のお客さまもだいぶ増えたわけだけどね」

千恵子が珍しくすまなそうにこちらを見る。

「ごめんよ。そんなわけでキリちゃんをうちの店に招いたことも、あたしの終活の一環に過ぎなかったんだよ」

そういう意味でなら自分も、巻子が客を奪ったばかりに千恵子が腹いせしてると勝手にひがんで申しわけなく思う。

「ただ予想はずれもあった。マキちゃんの娘ならと当て込んでたから、あたしが切るとこを見させて、ぼちぼち実際にカットさせていく中で〝あとは頼んだよ〟と任せるつもりでいたんだ。そりゃあ〝カットがあまり上手じゃない〟って植木君からは聞いてたよ。〝でも、あんたほどじゃないでしょ〟なんて軽口叩いてたら、彼も困ったような顔してね。で、実際キリちゃんのカット見たら、植木君の表情の意味が分かったよ。想像以上に、あんたのカットはどうにもならないもんだった」

うげ、またそれか……。

「あたしは、後継者を育てなければいけないが、大事なお馴染みさんを、あんたのカットの実験台にしたくないというジレンマに陥《おちい》った。するとあんたのほうは、切らせてくれるとおっしゃったお客さまについてはカットさせてほしいと言い出し、こっちも新規のお客さまならあんたに無条件で任せるという急ごしらえの奇妙なルールが成立した」

キリは黙ったまま耳を傾けている。

「どうなることかと思ったよ。けど、結局あんたは明るい図々しさと愛されるキャラクターで、みんなを味方につけちまった。理容師はお客さまが育ててくれるんだと改めて思い直したよ。まあ、お馴染みさんに育てられたってことでは、あたしも同じだったわけだし」

そこでキリは前から知りたかったことを、思いきって訊いてみた。

「母のほうはなぜ、自分のお店を持とうと考えたんでしょうか？」

あたしたち家族を捨ててまで、という言葉は呑み込んだ。

「マキちゃんに直接訊いたらどうだい？」

と千恵子が言ってから、キリの表情を覗き込む。

「それができないっていうのは、また母娘《おやこ》ゲンカでもしたのかね？」

キリはカットハウスマキを訪ねた日のことを思い出していた。理容椅子に一万円札を投げるように置いて帰ったことを。すると、胸の奥が疼《うず》いた。

「マキちゃんが、彼女のおばあさんに育てられたことは知ってるかい？」

巻子の両親は離婚して、母親が幼い巻子を連れて祖母のいる実家に戻った。間もなく母親には恋人ができて、巻子を残して家を出て行ってしまった。巻子の祖母は、髪結いの仕事をして巻子を育てたという。

「そんな話を、少しだけ母から聞いた覚えがあります」

「あんたのひいおばあさんはね、まだ小さかったマキちゃんを連れて、鎌倉から江の島辺りの家々を回っていたんだよ」

「それって、理容師か美容師の免許を持ってしていた仕事なんでしょうか？」

「さあ、どうだろうね」

そこで、千恵子がなにかを思い出したらしい。

「マキちゃんが十八でうちに勤める時、身元保証人になった人が鎌倉に住んでいてね、確かその人もひいおばあちゃんの髪結いのご贔屓さんだったはずだよ。そうだ、正月に年賀状をもらっていたんだ」

千恵子はトントン階段を二階に上がっていき、再び降りて来た。

「これが連絡先。一度訪ねてみたらどうだい？」

とメモを渡された。


サチが運転するセダンは大渋滞に巻き込まれていた。

「ここね、いっつもこんな感じなの。慢性的な渋滞」

サチがゆったりと言う。

助手席でキリはいらいらしていた。春はもうそこまで来ているのに、仮店舗が決まっていない。今日は「面白い物件がある」というサチの誘いを受け、バーバーチーの営業日ではあったが、出かけてきていた。なにしろ移転先の決定はもはや可及的速やかに行われるべき事項なのだ。

「キリちゃん、左前方見て」

サチに言われ、面倒臭そうにそちらを見やる。シャッターが下りている店舗があった。

「あそこね、つい最近まで写真館だったの。後継者がいなくてついに閉店の憂き目にあったわけ。だけどね、デジカメやスマホに押されっぱなしなわりにここまで踏ん張れたのは立地がよかったからよ」

「どういうことです？」

〝立地がよい〟という言葉に、キリはぐっと身体を前に出した。

「この状況を見てよ。車がちっとも動かないんだもの、周りを眺めるしかないでしょう。嫌でも店の看板は目に飛び込んでくる。なにかあったら、あの店を利用するかって、頭の片隅に残るわけ。それが理容店だったらどう？」

「こう動かないんじゃしょうがない。ちょっと髪でも切ってくるか――そんなところでしょうか？」

「ピンポーン。もちろん駐車場完備よ」

「いいじゃないですか！」

キリは打って変わって乗り気になった。

「オーケー。物件はいいわね。じゃあ、周辺を偵察しましょ」

サチはハンドルを切って渋滞を脱出すると、元写真館の駐車場に車を置いた。幹線道路を一歩脇に入ると、そこはぎっしりと家が建ち並んだ住宅地だった。

「ますますいい感じ」

キリはさらにその気になってきた。

「ちょっと待って。あそこ——」

サチが指さす先にヤなものを見つけた。サインポール。商売敵《がたき》だ。

キリは緊張した。だが、なにかおかしい。そのサインポールが回っていなかった。

今日は月曜ではないのだが……。

「中を覗いてみようと思うんですが」

キリの提案に、「この際だもの、突撃しましょ」サチも同意した。

ドアを引くと、「いらっしゃい」と声がかかる。

ふたりの女性理容師が客の髪をカットしていた。理容師はふたりとも五十代といったところ。化粧の濃い顔立ちがよく似ているので姉妹だろう。

「あのう、外のサインポールが回っていないようですけど」

キリは遠慮がちに言ってみた。

「いいのよ。サインポール回すと、どんどんお客さまが入ってきちゃって、お待たせしちゃうことになるから。はは」

少し年配のほうがそう応える。自信に満ちた言葉ではないか。聞き捨てならない。

しかしなるほど、順番待ちする客がふたりいるのを見やってから、「あたし、駆け出しの理容師なんですけど、少しお店を見学させていただいていいですか？」と訊いてみた。

「あら、学生さんかと思ったら、あなたも同業なの」

今度は妹のほうがキリを見る。それから、ワシントン条約以前に取り引きされたらしいクロヒョウの毛皮を着たサチに目をやった。

「そちらの方もご同業？」

「いえ。あたしは、付き人」

サチのわけの分からない返答に取り合うでもなく、ふたりは客の頭を刈り続けた。

「でね、俺、アケミってその女の息子とも仲良くなってさ、グローブ買ってやったのよ。そしたら、シンノスケのやつ喜んでさ。あ、アケミの息子の名前シンノスケっていうの」

客が自分の髪を切っている姉理容師に向けてさかんにぼやいている。

「できる限りのことはしてるつもりなんだけどなあ……でも〝結婚しよう〟って言うと、アケミのやつ話を逸《そ》らすんだよなあ」

すると、姉理容師が、「それってさ、結局できる限りのことしかしてないわけじゃない」と思いきり客を叱《しか》り飛ばした。

「できる限りのことなら、誰だってするよ。そのアケミさんって人に本気で惚れてるんなら、自分ができる以上のことをしなけりゃ」

「なるほど」

客は納得の表情を浮かべた。さらに姉理容師の言葉が続く。

「頭さっぱりしてこの店出たら、その足でふたりのところに行くんだよ。それで、シンノスケ君と買ってやったグローブでキャッチボールしてやりな」

今度は妹理容師のほうが自分の客にはっぱをかける。

「〝頑張ってる、頑張ってる〟ってあんた言うけどね、いったい誰に向けて頑張ってるんだい？　会社の上司に向けてかい？　それとも同僚を出し抜こうって頑張ってるのかい？　そうじゃないだろ。家族のために頑張ってるんだろ？　それなのに、大事なその家族を顧《かえり》みないでなにを頑張る意味があるのさ」

強い言葉をぶつけられながらも客は嬉しそうにしていた。

店から街路の冬木立の下に出ると、「あの姉妹理容師の腕前は？」とサチが訊いてきた。

「キリちゃんのその顔だと、まあ並《なみ》ってとこだわね」

黙っている自分に向けてサチがさらに言って寄越す。

「だけど最強の店って感じ。あなたもそう思ってるんでしょ？」

図星だった。あそこにはかなわないかもしれない。

「あのふたりはね、言ってみればスナックのママと小《チー》ママなのよね。男たちは、ふたりに愚痴をこぼしたり、相談ごとを持ちかけたりする。それは、ふたりから返ってくる答えの意味に期待をかけてじゃないの。きっと叱られたいんだわあ。男たちは、そうやって甘えたいわけ」

キリは黙ったままでいた。

「あたしなんかが余計なこと言うようだけどね、ほかを探そうよ」


帰ると千恵子に今日の報告をした。

「で、サチ社長はなんだって？」

「ほかを探すべきだと」

千恵子が頷いた。

「あんたはどう思うんだい？」

「競いたいです。自分のカットや顔剃りで競い合いたいです」

千恵子がまた頷く。

「今のキリちゃんの技術はあたしも認める。けどね、その店のお客さまは動かないよ。それを承知で出店するのはどうだろう」

「でも……」

「地元のお客さまを諦め、流しのお客さまばかりつかまえにいってもね」

キリは応えに困ってしまった。

「経験だけは補えないよ。それはこののちどんどん積んでいくことで、あんたの武器になるもんでもある。いつかキリちゃんが、ママや小ママの役割をこなせるようになるかもしれないね」

「ママや小ママ、ですか」

「別にそうなれってことじゃないさ。経験を積み、技術と心を備えた時、あんたは無敵の理容師になる」

千恵子が寛いだ笑みを浮かべてみせた。

「そも、お客さまが理容店に来る理由はさまざまなんだ。もちろん髪を切り、お顔を剃りにくるのが目的。でも、プラスアルファの目的もある。あたしの知ってるお店の話なんだけどね」

ゆっくりと語り始めた。

「そこは予約制なんだよ。けれど、かならず予約時間よりも三十分ほど早く来るお客さまがいらっしゃるそうだ。で、なにをしているかっていうと、本を読んでる。待合所にある全何巻っていうマンガの本にハマッたらしくて、それを楽しみに来てるのさ。待たせちゃ悪いと思って、手が空いたその店の主が〝どうぞ〟って案内したらひどくがっかりした表情をしたそうだよ」

その話を聞いてキリもついおかしくなった。

「いいかい、日曜日の混雑店で、携えてきた文庫本を読んでいる男性はただ順番待ちをしてるんじゃなくて、休日に家族から逃れひとりだけのわずかな時間を楽しんでいるのかもしれない。理容店で過ごす時間は、自由な癒しの時間でもあるのさ。文字通り男性が素顔になれる場所なのかもしれないね」

千恵子がキリを真っ直ぐに見る。

「焦っちゃいけないよ。そして、キリちゃんが今持ってるものを最大限に発揮できる舞台を選ぶんだ」

「でも、移転のリミットが……」

千恵子に立地のいい店舗を空けてもらった巻子はラッキーだった。ついそんなことを考え、妬《ねた》んでしまう。その巻子は、雨宮に店を持たせてやると言われ、家族を捨てて出ていったのだ。そして再び思う、そうまでして自分の店を手に入れたかった理由はなんだったのか？——と。

するとひとり言のように千恵子が、「あたしは、潮の目を見てる。必ず大きく潮目が変わる。だけどね、その潮の流れは、よくないことも一緒に運んでくるような気がして、それが不安で仕方ないのさ」ぽつりともらした。

店探しに鎌倉まで足を延ばしていたが、それも空振りに終わった。

キリはふと思い立って、「すみません、行きたいところがあるので、ここで降ろしてください」そう運転席のサチに言う。

「どこに行きたいの？」

千恵子にもらったメモを渡した。それは、バーバーチーに巻子が勤める際、身元保証人になった人の住所だった。

「なによ、この近くじゃない」

カーナビもないのに、サチは迷いなく車を進める。

「商売柄、住居地図が頭の中に入ってるの」

閑静な屋敷町の、ひと際大きな邸宅の前にセダンは停まった。

「ありがとうございました。先にお帰りになってください」

サチに礼を言うと、時代劇に出てくるような瓦屋根の門に向かう。淡い日向《ひなた》の中で、表札は大きな墨字だった。それとは不釣り合いな、太い木の柱にあるカメラ付きインターホンのボタンを押す。

「バーバーチーの広瀬千恵子の紹介できました」

と言ったが、相手は分からないようだった。

「矢吹《やぶき》巻子の娘です」

そう言ってみたが、やはり分からないようだ。〝矢吹〟は母の旧姓である。

「昔、こちらに伺っていた髪結いの……」

仕方なくそう伝えると、「ああ、髪結いさん！」すぐさま反応があった。

通された座敷で、「では、あなたは髪結いのトメさんの曾孫《ひまご》さんになるんですわね？」和服姿の品のよい老婦人に言われ、「はい、そうです。神野キリです」と名乗る。

彼女は自分の名前を藤原芳江《ふじわらよしえ》と告げた。

「トメさんにはこちらに出向いてもらい、わたくしの髪結いをしていただいてました。今でこそ、美容院に通っておりますが、あの当時、トメさんに通ってもらっていたお宅は、このご近所でも多いんじゃないかしら。年配の方たちは、まだ着物で過ごしていらしたから。髪を染めてもらったり、襟足を剃ってもらったり。そういう通いの髪結いさんがいたんですよ」

「髪結いさん……」

「キリさんっておっしゃったわね。三《み》つ襟《えり》をつける、なんて、あなたお若いから分からないでしょう？」

「分かります。和装に合わせて、襟足をW字のような形に剃ることですよね」

「あら、よくご存じだこと」

ほほほと口に手を当てて上品に笑った。

「美容院では、三つ襟に剃ってと言ってもしてもらえませんものね。ほら、カミソリを使わないでしょう」

芳江がお団子に結った白髪の襟足を見せた。シェーバーで丸状にされている。

巻子の祖母、自分の曾祖母のトメは、きっと日本カミソリで三つ襟をつけていたのだろう。カミソリを使うのが許される業種は理容業のみだ。トメは無認可で髪結いという仕事をしていたのではないか、と想像した。

「あたし、理容師なんです」

「あら、それじゃ、巻子ちゃんの跡を継いだのかしら？」

「母が就職する際に、身元保証人になっていただいたそうですね」

芳江が頷く。

「いつもトメさんについて、小さな女の子が来てたの。とってもかわいらしい子」

芳江が笑みをたたえた感慨深い表情をした。その表情から笑みが消えた。

「それがね、大きくなった巻子ちゃんが突然訪ねてきたのよ」

「こちらにですか？」

芳江が頷く。

「就職先が決まったから、身元保証人になってほしいって言うんですのよ。トメさんの残した住所録を見てきたみたい。わたくしも、びっくりしました。だってよ、昔、おばあちゃまが髪結いさんでいらしてたっていうそれだけの縁で、しかも十二、三年振りに突然現れての頼みごとでしょ、どうしたものかと思いました」

確かにその通りだ。巻子の申し出はあまりに無茶だった。まったく巻子はこういうとこがKYで、図々しくて、子どもっぽい。……うん、待てよ、そういえば自分も、明るい図々しさで周りを味方につけたって千恵子に言われたな。これも遺伝？

「トメさんは亡くなっているし、ほかでもだいぶ断られてきたみたい。もう頼むところがないって言うの。わたくしもほだされたっていうか、トメさんと一緒にきてたあの女の子が、理容師さんになったっていうことがけなげに感じられたのね」

そこまで話したあとで、芳江が再び静かな微笑みをたたえた。

「いいえ、それだけではないの。トメさんにはね、いろいろと愚痴を聞いてもらっていたんですよ。姑《しゅうとめ》のこと、子育てに協力しない夫のこと――それこそ、包み隠さずなにもかも話していました。トメさんはわたくしにとって一番の相談相手だったんです。そのトメさんのお孫さんだもの、わたくしも信じて引き受けちゃった。するとね、勤め先の、ええと……」

「バーバーチーの広瀬さん、でしょうか？」

「ええ、そう、その広瀬さんが巻子ちゃんから事情を聞いたんでしょうね。わたくしのところにわざわざお電話をくださって〝このたびはありがとうございました。矢吹巻子さんは確かにうちでお預かりして、お宅さまにもけっしてご迷惑をおかけするようなことはありませんから〞って、ご丁寧に」

チーちゃんらしいな、とキリは思う。

「ああ、巻子ちゃんはよいところにお勤めできたなってほっともしたし、広瀬さんの感じがとてもよかったので、年賀状のやり取りを続けていましたのよ。その年賀状も、以前は印刷屋さんに出してたんで宛名書きだけはしてたんですけど、近頃は息子がパソコンで全部してくれるものですから、お名前をうっかりしちゃって」

それから芳江は、トメが髪結いに通っていたという江の島の店を教えてくれた。

藤原家を辞して外に出ると、サチのセダンがまだ停まっていた。

「さあ、帰るかい？　それとも、どこかほかに行くところがあるのかい？」

キリは自分がまったく知らなかった巻子の一面を聞いたばかりで、軽いショックを受けていた。だから、サチの厚意がひどく嬉しかった。

「江の島に行きたいんです」

「じゃ、乗りなさいな」

サチが顎で助手席を示す。

「なにか事情がありそうね。あたしも、あなたひとり残していくのは気がかりだもの」

「すみません」

キリは助手席のドアを開けた。

「さあ、海沿いを走って行きましょ」

サチがカーラジオをつけると、少しもの悲しいけれど心地よいクラシックの調べが車内に満ちた。

「モーツァルトよ」

そのクラリネットの旋律は、冬の終わりの晴れた太平洋によく似合った。

芳江に紹介されたのは、海臨亭《かいりんてい》というしらす丼の店だった。湘南の海で水揚げされるしらすは江の島、鎌倉エリアのご当地グルメだ。

「今、お店を切り盛りしてる敦子《あつこ》さんという人が、巻子ちゃんと同い齢のはずですわよ」

そう芳江が教えてくれた。

「先週もお友だちと江の島に遊びに行った時、しらす丼を頂きましたの。〝あそこのしらす丼はおいしいですよ、奥さま〃って、教えてくれたのはトメさんなんですもの。そう、もう遠い昔のこと」

芳江がふっと笑った。

「けれど、しらす丼のお味は今もそのまま」

飲食店や土産物屋が軒を連ねる江の島の坂の石段を、観光客に混じって上がる。すると息切れしたサチが、「ダメ。あたしもうダメ。キリちゃん、この先はひとりで行って」とギブアップしてしまった。

「ごめんなさい。じゃあ」

キリは彼女を残してさらに坂の上にある海臨亭に到着した。

「うちは家族経営で、忙しくて祖母や母が店を抜けられなくて、髪結いさんを呼んでたみたいです」

敦子が店の二階の住居に案内してくれた。ざっくばらんな明るい人だった。

「お忙しいのに、すみません」

「平日ですし、高校生の娘も手伝ってくれるようになったので」

そう言って敦子が座布団を勧めてくれる。居間からも海を望むことができた。狭い住居はさまざまな生活用品で満ちていた。そして潮と、階下から流れてくる釜揚げしらすのにおいと、長年積み重ねられたこの家の人々の暮らしのにおいがした。

「わたしは島にお友だちがたくさんいましたし、髪結いさんについてきたマキちゃんと一緒に遊んだ記憶はあまりないんです。ただ」

と言って、茶だんすの上を眺めた。そこにも日常生活に必要だったり必要でなかったりする細々とした物がたくさん置かれている。その中のひとつにキリの目は捉えられた。なぜなら、それだけが動いていたし、カットハウスマキにもあった物だからだ。敦子も同様にそれに目を向けていた。

「ハッピーバードっていうんですよ。キリさんはご覧になったことありますか？」

「ええ、あります」

母の店にも置かれているとまでは言わなかった。だいたい敦子は、なんで巻子と曾祖母について聞きにきたのだろうと思っているはずだ。そんなこと、自分の母の口から聞けばいいではないかと。ヘンに話をこじらせたくなかった。

くちばしの先をコップの水につけては顔を上げるガラスの鳥を眺めていた敦子が、

「化学的な本当のところの仕組みはよく分からないんです。それでも母に〝みんなで仲良くしてなかったり、言うことを聞かないと止まっちゃうんだよ〟と言われたものです。昭和のオモチャですね」そう言って笑う。

キリは頷くしかなかった。

「あのオモチャをうちにきたマキちゃんが壊したんです」

壊した？

敦子がキリを見て微かに首を振った。

「壊したというのは正確ではないかもしれません。〝かわいい〟と言って、抱きしめたら壊れてしまったんです。割れたガラスでケガこそしなかったみたいですが、中の液体を浴びて、着ていたマキちゃんのセーターが青く染まったのを覚えています」

まだ四歳か五歳だったとはいえ、ガラスが割れるとは思わなかったのだろうか？ キリには理解できなかった。それに水飲み鳥は滑稽ではあったが、少しもかわいいとは感じられなかった。

「マキちゃんは、髪結いのおばあちゃんにひどく叱られていました。このハッピーバードは、次に髪結いにきた時に、おばあちゃんが買って持ってきてくれたものなんです」


さっき上がってきた石段を下りながらぼんやり思う。巻子はトメについてあちこちの家に出向く中で、いつか自分は正規の理容師になって店を持つと決心したのではないか、と。

「キリちゃーん」

声をかけられた。見ると、サチが和菓子屋の店先の長椅子に座りアイス最中《もなか》を食べていた。抹茶アイスと一緒につぶあんが最中の皮に挟まれている。

「あなたも食べない？」

沈んでいた気持ちがほんの少し軽くなった。サチの隣でアイス最中にぱくつく。

「冷《ちめ》たいけど、うんま」

自然に笑みが湧いてくる。

「ふふ、キリちゃんはやっぱり笑顔が似合うわよ」

かつてむすっとばかりしていた自分に、理容師という仕事が笑顔をくれた。「人はよく泣いて、よく笑うことで心が柔《や》らかくなるんじゃないかな」長谷川が言っていた。これからも泣いて笑って心を育てよう。そして、たとえ気の利いた言葉はかけられなくても、相手の話を聞いてあげられる理容師になろう。もしかしたら、ひいおばあちゃんがそうであったように。

「キリちゃん、お店なんだけど、そのうちちゃんと見つかるから」

「チーちゃんが言ってました〝必ず大きく潮目が変わる〟って」

「なるほど、勝負師のあの人らしいわね」

「でも、〝その潮の流れは、よくないことも一緒に運んでくるような気がして、不安だ〟って」

「なんだろう？」

一瞬怪訝《けげん》そうな顔をしたサチだったが、「さあ、行こっか」と傾き始めた陽の中で立ち上がった。

第七章　永訣《えいけつ》

1

キリをゲームキャラのサーシャに似ていると評して通うようになった小西が、いつものように、「似合うようにして」と言ってきた。

そも（って、チーちゃんの口癖が移ってしまった）、似合うとはなにか？　それは感じよく見えることである。服について考えた場合、黄色い肌の日本男子は、白人や黒人に似合うような派手な色合いを着ても残念な感じになる。でも、ネイビーを身に着けると、誰でもなんとなくいい感じになる。これが似合っているということなのだ。黒髪で色素の強い日本人は、きれいな白髪にならず黄色っぽくなる。そこで、補色である紫で染めてオシャレな白髪にする。それが強すぎて紫がかった白髪になることがあったが、これが年配女性の間で意外に流行った。頰から血色のよいピンクが失われてくると、紫がその顔色に似合うのだ。律令時代、高貴な色とされた紫は、年配者を映えさせるゆえに取り立てられたのかも。では、髪型の似合うとはなにか——持ってきたヘアカタログを見せて「この髪形にしてほしい」と言われれば、もちろんリクエストに応える。しかし、その髪形は、あくまでヘアモデルに似合った髪形なのである。キリは客の後ろに立ち、髪に触れることで特徴を確認してから自分なりの提案をする。

小太りで丸い輪郭の小西は、今のままの海苔巻きみたいな、ぺったりした髪形もそれなりに合っている。しかし「似合うようにして」という言葉を受け、今日は、「思いきってイメージ変えてみます?」と言ってみた。

「うん。似合うようにしてくれるんなら、なんでもいいよ」

そこで、サイドを短く刈り込んでトップを残しブラシのように仕上げた。ソフトモヒカンである。感じよく見えるとは、もうひとつ意味するところは清潔感なのだ。トップをワックスで立てると、思った以上に精悍な雰囲気になる。

小西は鏡の中の自分をしばし眺めていたが、掛けている黒縁眼鏡を外すと、「ゴリノスだ」惚れ惚れとつぶやいた。

「え、なんでしょう?」

「ラスボスだよ」

「ラスボスって、ゲームの最後に登場する敵ですよね？　じゃ、もしかしたら、えーと……」

「『夢幻大戦』のラスボスさ」

恍惚《こうこつ》とした表情で出ていく小西と入れ替わるように、今度はサチが飛び込んできた。

「キリちゃん！　掘り出しものの物件があったわよ！　それもとびっきりのが！」

血相を変えて叫ぶ。これまで何度も当てが外れた思いを味わってきたキリは、やれやれという表情で、いなすように立っていた。

ところが、「来た！」のひと言とともに千恵子が新聞の向こうからぬっと顔を覗かせた。

「キリちゃん、サチさんと一緒に行っといで」

「は、はい」

千恵子の迫力に気圧されていた。

――もしかして、これがチーちゃんの待ってた〝潮の流れ〟ってこと？

そのままサチに案内されたのはバーバーチーから徒歩にして十分ほどのところ。

「ここって……」

キリにはわけが分からなかった。

物件とは桜通りにあるカットハウスマキ。いや、もはや看板が外されていたのだけれど。

驚いているキリに構わず、サチがドアを押す。店内は、以前キリが訪れた時のままだった。そして、当たり前のように店の真ん中には巻子が立っている。

「キリちゃん、お店を探してるそうね」

戸惑う自分に向けて、「あなたにカットしてもらって、わたしが納得できたら、この店を明け渡してもいいわ」と巻子が言う。

「あたしがママの髪をカットするってこと？」

キリの問いに母が頷いた。

「そのために、サチさんにあなたを呼び出してもらったの」

「ここの大家さんが貸店舗の募集を出したいって、わたしに言ってきた」

サチが珍しく厳しい表情で説明する。

「急いで巻子さんに会いにきたら、店を閉めるって言う。で、伝えたのよ、キリちゃんがお店を探してること。ここなら願ってもないでしょ。ほかに借り手が出ないうちにキリちゃんにって思ったら、条件つきで許すと巻子さんが」

「その条件っていうのが、あたしがママをカットして、腕を認められるってことなんだ？」

キリが確認する。

「そうよ」

と巻子が応える。

「ここはもともとバーバーチーの店舗だった。立地がいいのはあなたも知ってるわね。チーちゃんにすんなり返すのが筋なのかもしれない。けど、そこであなたも働くんだとしたら、話はべつ。わたしが愛したお店で、上手じゃない人がハサミを使うなんて我慢ならないの」

なんでそんなこと言うんだろう、と思う。なぜ、あたしのカットを〝上手じゃない〟って決めつけるんだ？　巻子のほうはさっさと自分でカットクロスを付け、「さあ、やってみて」と理容椅子に掛ける。

キリの中に広がりつつあった寂しさが、子ども時代の復讐心を呼び覚ました。そうだ、ついに来たんじゃないか——巻子を見返すこの時が。鏡の向こうの巻子の傲慢な表情に、暗い笑みを投げかける。

「どんなふうにしたい？」

キリが訊くと、「このスタイルが気に入ってるの」と素っ気ない応えが返ってきた。

確かにアシンメトリーの今の髪形は、少しミステリアスで母によく似合っている。

「これから暖かくなるから、首もとをすっきりさせたいわね」

全体を短く整えることにして、キリはワゴンからハサミとクシを取り上げた。カットが分かってくると、クシの使い方の重要さを再認識した。クシがどれくらいの髪をつかみとるか、クシを入れる角度でもスタイルが変わる。

クシで髪をといては、引き出して、ハサミを縦に入れるキリカットで切り進める。スライス《スライス》幅《はば》は短く、小刻みにカットしていく。巻子が鏡の中から鋭い視線を送ってくるのが最初は気になっていたが、途中からは忘れてしまった。ベースカットは左右対称《シンメトリー》に丸い輪郭を描くように切る。

子どもの頃、母のこの店に来るのが大好きだった。ずっと店にいたくて、掃除や洗濯の手伝いをした。タオルを陽と風によくさらせるように、ピンチハンガーにジグザグに干すことを母に教えられた。それは今も実行している。蒸しタオルは濡れたままのものをロールケーキのように巻いてつくる。手前にくるりと回してタオルを巻くのだが、子どものキリは上手にできなくて濡れたタオルがペタリと顔にあたってしまう。すると、ふたりで笑い合うのだった。時々、巻子は近所の洋食屋からオムライスの出前を取ってくれた。それは世界で一番おいしい料理だった。

キリは最後に左側をシャッと短く切って、巻子のアシンメトリーを仕上げた。すると彼女がカットクロスを付けたままですっと立ち上がる。肩から切った髪の毛が滑り落ちた。

何事？　とキリは警戒した。

巻子が無言のまま歩いて行って壁際に立つ。そして、左右に顔を振った。彼女は自分の頭の影を壁に映して見ているのだ。後頭部《クラウン》の上から盆《ぼん》の窪《くぼ》にかけてのシルエットを確認している。

女性の印象は髪で決まる。横顔や後ろ姿で目に入るのは、顔のつくりではなく髪だからだ。髪に無頓着で損をしている女性は多い。整った目鼻立ちや上手なメイクも、髪の手入れが不足していては魅力が半減する。特に髪の張りが失われてくる四十代からは、ヘアで差がつきやすい。大人世代はどんな髪形でも、意識するポイントは艶とボリューム感だ。

キリは緊張して待った。

唇を引き結び、難しい顔をしていた巻子の表情が、「うん」と言って、ほころぶ。

「頭の後ろがきれいなアーチを描いてる。そう、虹の架け橋みたいに。ドライヤーを使わずに、こんなラインが出せるなんてね」

感心したように頷いていた。

「切りっぱなしで、ね。私の髪の癖を全部つかんでる」

もう一度確認するようにつぶやく。

それまで傍で黙って見ていたサチが、「巻子さん、それじゃあ」急《せ》かすように促す。

「キリちゃんの勝ち」

思えば、それはずっと聞きたかった言葉だった。母の口から「あなたの勝ち」だと。自分は巻子にそう言わせたくて、理容師になったのだから。だが、本当に勝利した感じはない。まだまだこれからなのだ。

「ここを使ってちょうだい」

キリに向け巻子が微笑みかけてきた。

「ママはどうするの？　お店をやめてどうするつもり？」

「自分のお店を持ったあとに、してみたかったことをする」

2

「で？」

と千恵子に訊かれ、「さっそくサチさんに大家さんとの契約の手配をお願いしました」とキリは応える。

「よろしい」

そう言ったあとで千恵子が思案気な表情になった。

「だけど、大変なことになるよ」

「なにがですか？」

物件としては申し分ないはずだ。

「うちのお客さまのほかに、閉店したカットハウスマキのお客さまも少なからず流れてくるだろうね。こうなると、誰か人を雇わないと」

「え？　チーちゃんとあたしだけでは足りないんですか？」

「あんたひとりじゃ手に負えないって言ってるんだよ」

「あたしひとりって、チーちゃんは……」

千恵子がにかっと笑う。

「あたしゃ、管理理容師として、店舗の経営責任のいっさいを負う。だけど、現場には口出ししない」

「それは店に出ないってことなんでしょうか？」

大きく頷いた。

「前にも言ったけど、お客さまはキリちゃんの手に引き継いだんだよ」

千恵子は〝潮の流れは、よくないことも一緒に運んでくる〟と言っていた。これがそうなのだろうか？　いや、そんなはずはない。開店してすぐに集客が望めるのが悪いはずないではないか。

次の月曜日、キリはさっそく仮店舗のウインドーに〔スタイリスト募集〕の貼り紙をした。これからは理容師をスタイリスト、理容店をサロンと呼ぶことにしよう。「赤白青の看板の床屋──そのイメージから脱却しない以上、理容という産業は衰退の一途をたどることになります。そして、この業界を変革するのは、神野さん、あなたのような若い理容師にほかならないのです」そう織部が言っていた。ほんの小さなことだけれど、自分が行う変革の第一歩だと思っている。

巻子の店の内装は自然木を多く使ってスタイリッシュだった。彼女らしいインテリアをそのまま引き継ぐのは、抵抗がまったくないわけではない。しかしそれ以前に、この場所を受け継ぐこと自体がどうなのだという話になる。なにしろここは、雨宮が巻子に持たせた店なのだから。

カットチェアだけが残され、がらんとした店内を見回すキリの中には、不安とともに希望が満ちていた。

「こんちは」

ドアが開いて誰かが入ってきた。

「すみません、まだオープン前なんですよ」

そう口にしながら振り返ったら、「よお」アタルが立っていた。

3

「どうしてここに？」

というキリの問いかけに、「そりゃあねえだろ」と、アタルが応える。

「おまえがバーバーチーの仮店舗を任されたって、メールしてきたんじゃねえか」

「そうだけど、まさか来るなんて……」

アタルは、Tシャツの上に黒革のライダースジャケットを羽織っている。彼はオートバイ好きだ。帰郷したら真っ先に大型バイクを買うと言い、今は時々レンタルして走っている。アタルが、あの口の端を斜めにする笑みを見せた。

「バーバーチーに寄って、ここ教えてもらったんだ」

そうして、背中に添わせるように掛けたボディバッグを前に回すと、封筒を取り出す。

「これ――」

「なに？」

と訊いたら、鼻の下を指でこすっていた。これもアタルの癖だ。

「履歴書」

突っけんどんにそれだけ言う。

「じゃ、アタルがここ手伝ってくれるの？」

「おまえが、俺でいいって言うんならの話だけど」

自分の顔がぱっと明るくなるのが分かる。

「いいよ！　当たり前でしょ！　アタルが来てくれるなんて、願ってもない話だよ！　余《よ》は百万の軍勢を得た思いじゃぞ」

「なんだそれ？」

キリはあふれる笑顔を抑えきれない。

「だけど、どうしてうちなんか？」

「いろんなとこを見たいんだって言ったろ。それに、おまえのシェービングを盗みたいんだ。あの誰でもうとうとさせちまうシェービングを」

「盗む——なんかコワイな」

ほんとにそれだけなんだろうか？　なら、あとほかになにがあるっていうの？　まだどこか半信半疑な顔をしている自分に向けて、「じゃあよろしく、店長」アタルが一礼した。

「〝店長〟はよして」

「よろしくな、キリ」

そう言われて見つめられたら、なんだかドキドキした。アタルのほうは、すでに店内をゆっくりと見回している。

「ここ、おまえのお母さんのサロンだったたって、さっきチーちゃんから聞いた」

「うん」

それにしても、巻子はなぜ急に店を閉めたのだろうという疑問が改めて浮かぶ。

「趣味がいいな、キリのお母さん」

悔しいけどそれは認めざるを得ない。

「インテリアはこのままでいいとして、設備をどうするかだよね」

母のセンスを評価してくれたアタルに向かって、わざと冷淡に言った。

「キリは、前シャンってどう思う？」

いきなりそんな問いが返ってくる。アタルが言っているのは、洗面ユニットからシャンプーボールを引き出し、クライアントに前かがみになってもらってシャンプーを洗い流すスタイルについてだ。

「うーん、正直言って、よさが見つけられないのが前シャンだよね。前かがみって窮《きゅう》屈《くつ》だし」

唯一の長所は頭皮の鈍感なU字パートと後頭部をごしごしダイナミックに洗われることで、クライアントがシャンプーされている醍醐味を感じられることくらいだろう。両耳をUの字で結ぶ頭の上のラインと後頭部は皮膚の感覚が鈍いのだ。この部分が洗いやすいのが前シャンになる。そういう意味で、前シャンは男性的なシャンプーを具現化しているともいえる。

反面、頭皮が繊細な前頭は、前シャンでは手厚いフォローが難しい。メイクが落ちたり、長い髪に対応できないというだけでなく、シャンプーの心地よさを充分に味わってもらうためにも美容院はバックシャンプーを採用しているのだ。

「俺が客として前シャンの床屋に通ってた時に感じたのは、髪を洗い流す時に顔に湯がかかるだろ、そうすっとなんとなく顔を洗ったような気分になるんだよな。それくらいかな、いいとこは」

「でも、実際は顔を洗ってなんかいないし」

「つーかさ、洟《はな》が出たりすんだよな、あれ」

「あたし、お子さまのシャンプーで、顔に水がかかるのが嫌で、口呼吸を我慢してる子に何人もあった。呼吸してる鼻から水が入っちゃって咳き込んだり」

家ではシャンプーハットを被るくらい、子どもはただでさえ目が痛くなるシャンプーが嫌いなのだ。

カットハウスマキは前シャン式の設備だ。キリはカットチェアを一八〇度回転させた。

「こうやって、バックシャンプーにすることもできるんだよね」

「それをしないのは、理容師側が楽だからだよ。つまり前シャンなら、クライアントが前かがみになり、起きれば済むことだから」

キリがこだわるシャンプー後のシェービングではなく、顔剃りのあとにシャンプーするほうが手間がはぶけるのと同じように。理容師にはどこかに職人的な尊大さがある。それをひとつずつ変えていかなくては。

「じゃ、カットチェアを回転させてバックシャンプーにするか？」

「でも、引き出し式のシャンプーボールに頭を載せるのって、イマイチ安定感がない？　だって、手で引き出せるってことは、それだけシャンプー台が軽くできてるってことでしょ」

キリはバックルームを覗きにいく。

「よし、フロアをちょっと拡張して、シャンプー台をふたつ設置しましょ」

改装は父の内装会社に依頼しよう。閉店する巻子の店を、バーバーチーの仮店舗にすることを伝えたら、「そうか」とだけ応えた誠に。

「あとさ、総合調髪ってやめたいんだ」

アタルとこうして話していると、アイデアが次々に湧いてくる。

「そうだな」

「もっとメニューにバリエーションがあっていいと思うの」

「クライアントに選択肢があっていいよな」

キリは頷いた。

「アタルは自分のシェービングってどうしてる？」

「毎晩、風呂入った時に、T字シェーバーで剃ってる。五枚刃のな。鏡を見なくても感触で確認しながら剃れる。自分の満足がいくまできっちり剃る。そうすれば、翌日いっぱい持つ。朝は慌ただしくて、ゆったりした気持ちで剃れないんだよな」

「アタルにとってシェービングはひとつの儀式なんだね」

「ま、そんな大げさなもんじゃないかもしれねえけどさ。俺にとってっていうより、男にとって毎日欠かせないわな」

そうなのだ、と改めて思う。

「男性にとって欠かせないシェービングのアイテムは発達して、今や剃るだけなら自分で充分に剃れるわけだよね」

「反面、中高生なんかは、床屋の一枚刃の顔剃りはチクチクするイメージがあるらしくて、嫌いだって言う子もたくさんいる」

「そうなのよね。あたしも〝顔剃りはいいです〟って中学生に断られたことある」

アタルが信じられないといった表情をした。

「おまえのシェービングをパスするなんて、バカなガキだ」

ふふ、とキリは笑う。

「まだ大人の階段を上がってる途中なんじゃない」

アタルもにやりとした。

「そういえばさ、俺もシェービングを断られたことあるよ。大人のクライアントだ。ひげがむちゃくちゃ濃いんだな。丹念にスチーミングするからって提案したんだけど、前にどこかのサロンで剃って肌が真っ赤になったみたいで、以来、懲《こ》りたらしい。その人も、風呂に入った時に蒸しタオルをしながら自分で剃るって言ってた。〝あんたの腕が信用できないわけじゃないんだ〟って本当に申し訳なさそうな口振りだった」

「それでも総合調髪だとシェービング込みの料金を頂くことになるわけじゃない」

「そうなんだよな」

「カットブロー、カットシャンプーブロー、シェービングを分けたメニューにしましょ」

だからといって、シェービングが売りにならないとは思わない。ひげを剃ることは、欠かすことのできない男性の身だしなみである。メニューで独立させたからには、プロのシェービングのよさを、これからはいっそうアピールしていかなければ。

「それと、顔剃りは嫌だけど、眉毛は整えたいっていう希望をよく聞くの。眉カットも加えない？」

「賛成だ」

「じゃ、メニューは決定ね」

「よし」

気分が高揚してきて思わずふたりでハイタッチしていた。そのまま合わせた手を、アタルが握ってくる。

「頑張ろうぜ」

なんかぐっときた。

「うん。協力してね」

少し震える声で応え、手を握り返す。ふたりでしばらく見つめ合っていた。理容学校時代、実習でお互いに顔剃りし合った。あの時も顔が近かったけれど、こんなに間近でアタルの目を見るのは初めてだ。彼の目は、真っ直ぐで澄んでいる。別のドキドキが胸に湧き起こってきた。あたしは、スタイリストとしてアタルをリスペクトしてる。ただそれだけ。それだけのはず……。

「キリちゃん、陣中見舞いにタコせん買ってきたよ」

そこに現れたのが、淳平だった。唐辛子の風味がピリッときいた湘南名物タコせんべいの袋を突き出した彼は、キリと見慣れない男が宙で両手を握り合わせているのを見て、動きが止まってしまう。

「ああ、彼、今度うちで一緒に働いてくれることになった――」

ぱっと手を放し、キリが急いで紹介しようとすると、「ひ、氷見です」アタルが引き継いで自己紹介した。彼もあたふたと慌てているようだった。クールなアタルには珍しく顔を紅潮させせている。

「アタル、この人ね、幼馴染のジュンペー君」

「佐伯です。よろしくお願いします」

「どうも、よろしくです」

お互いぎこちなく挨拶を交わしていた。

「じゃ、俺、帰るワ」

アタルがそそくさと言う。

「え、なんで？　まだいいじゃない」

「いや、今日は履歴書渡すだけのつもりで来たから。じゃ、また今度ゆっくりな」

忙《せわ》しなく出ていった。キリは茫然と彼の後ろ姿を見送る。

「キリちゃん、今の人を〝アタル〟って呼び捨てにしてるんだね」

淳平がそんなことをぽつりと口にした。

「うん。友だちだし、フツーでしょ。あ、ジュンペー君は齢上だし、やっぱなんとなくジュンペー君なんだけど」

そう言ったら、淳平は、「なんとなく……か」とつぶやき、黙ってしまった。

4

閉じている力を緩めて花は咲く。満開の桜並木のもと、リニューアル版バーバーチーはオープンした。

「いよいよだな」

「よろしくね」

準備万端整えて、クライアントを待ち構える。アタルもキリも胸に〈NEWバーバーチー〉と赤い刺繍糸でネームの入った真新しい白いユニフォームに身を包んでいた。しかし、ふたりして腕組みしながら待つも、一向に客が現れない。

「オープンの告知はしたよな？」

「うん。ジュンペー君に頼んで、格安料金で『よもよも四方堂』にも広告打ったし、ネットでホームページも立ち上げたし……」

すると、「待てよ」アタルがふとなにかに気がついたように外に出ていった。

「あっちゃー！」

外で彼の声がした。慌ててキリも出ていく。

「サインポールが回ってなかったよ」

やれやれ。顔を見交わして笑い合った。

スイッチを入れ、赤白青が渦巻き始めると、「よお、キリちゃん」「きたよ～」「新装開店おめでとう」大木屋や魚屋、うなぎ屋ら旧北マーケットのお馴染みの面々が顔を出してくれた。みんなも仮店舗で頑張っているのだ。そのほか新規のクライアントも来店してくれて、ウエイティングスペースはいっぱいになった。

駅より海側とあって、陽に焼けたロン毛のサーファーなど、日を追って若い客もどんどん増えていく。壁の一角にあった作り付けのライブラリーには、アタルチョイスの男心をくすぐるコミックのタイトルがずらりと並び、ウッディで洗練された空間とのギャップで親近感もアップ。待ち時間も飽きさせない心配りをした。

数日一緒に仕事をしてみて感じたのは、アタルの客あしらいのうまさだった。丁寧で、カウンセリングも親身である。コンテストで二位になったのは、技術面だけではないのだということを改めてキリは知る思いだった。

ある日、意外な客が現れた。会社帰りでスーツ姿の誠である。

「スタイリストのご指名はありますか？」

アタルと初対面の挨拶を交わしている父に、わざと敬語でそう訊く。

「せっかくだ、我が娘に切ってもらうか」

「では、こちらの受付表にお名前をお書きください」

スタイリストは指名制で、来店したクライアントに入り口横にある小さなカウンターで名前を書いてもらう。順番待ちの時間はどちらを指名しても同じくらいだ。ということは、アタルとキリ、だいたい同じペースで指名されているということになる。

名前を書いてもらったあとは、ウエイティングスペースで待ってもらっても、外出するのも自由。予約制にする考えはなかった。男性がふらりと訪れるのがサロンであるとの考えがキリにはあったから。そして、できたらウエイティングスペースは社交の場であってほしい。采女亮の床の間のように。

「なんだか照れちゃうな」

クロスを掛けながらキリは言った。誠の髪をカットするのは、理容専門学校の来客実習以来である。父は加齢とともに少なくなった髪を目立たなくするため短めに刈り込んでいた。そういえば、これまで誠はどこでカットを受けていたのだろう？

「店の使い勝手はどうだ？」と訊かれ、「ばっちり」そう応えたあとで、「どうしてママ、急にサロン閉めちゃったのかな？」疑問を口にする。

千恵子は自分の得意客を引き継ぐために周到な準備をしていた。それに比べて、ある日突然カットハウスマキを閉店してしまった巻子は、あまりに気まぐれで身勝手に感じられる。まあ、もともとそういうところがある人なんだけど。

「高齢者福祉施設に訪問理容に行ってる」

誠の口から聞かされた、それは意外な情報だった。

「ほんとに!?」

キリは驚いていた。

「だけど、どうしてパパ、知ってるの？」

「あ、いや、知らないよ。ただ、その……昔な、いつか店を持てたら、その次は、高齢者福祉施設を回るようなことをしてみたいって……そんなこと言ってたような気がしてな。まあ、そんなだ」

どぎまぎと言い訳するように言葉を並べる。

「ところで、おまえ、最近ママに会ったか？」

「ううん」

彼女の髪をカットして以来会っていなかった。

「きっと会いたがってるんじゃないかな」

そんなことを誠が口にする。

「なんで？」

「そりゃ、我が娘が自分の店を引き継いだんだ。どんな具合か話もしたかろうさ」

父の目が落ち着かなく泳ぐのを、キリは見逃さなかった。

「そんなふうにパパは思うんだ」

「まあな」

ハサミを動かしながら不審が募る。

「ママに会えばって言うのは、ほんとにそれだけ？」

「もちろんだよ」

誠はそれきり黙り込んでしまった。


「そういうことみたいだね」

千恵子はゆったりと籐椅子《とういす》に身を預けていた。北マーケットのバーバーチーとその二階住居を引き払ったあと、彼女は茅ヶ崎のタワーマンションに越していた。「最上階の角部屋を勧められたんだけど、夏は暑いし、冬は寒いだけだからね、上と横に一部屋ずつ挟んでおいたよ」つまり最上階のひとつ下の階、角部屋からひとつ横の部屋を選んだということらしい。千恵子の視線の先には相模湾の水平線が広がっている。

「この間ね、商業施設の計画の件で、また市役所に呼ばれたんだ。その時、福祉課の人から聞いたよ。マキちゃんが訪問理容をしてるって」

本当だったんだ、とキリは思う。

「マキちゃんはあたしにもそう言ってた。いつか自分の店を持って、もっと齢をとったら、老人ホームを車で散髪して回るんだって」

「でも、ママはまだそんな齢じゃないですよね」

するとと、開け放ったベランダのほうを向いていた千恵子が、応接ソファに座っているキリを振り返った。

「人がなにかをしてみたいって思い立つ理由は、年齢ばかりじゃないからね」

まあ、そうかもしれないけど……。

「とにかく、マキちゃんは今それがしたくなった。そんなとこなんだろうよ」

キリには、やはり巻子のわがままにしか思えない。

「いくら自分がしたいことがあったとしても、そして、それがたとえ誰かの役に立てることであったとしても、サロンに通ってくださるお客さまをあまりに考えていないんじゃあ――」

「いや、違うね」

千恵子がきっぱりと否定した。

「あんたの存在がマキちゃんの背中を押したのさ。店を閉めても、自分のお客さまをキリちゃんが引き受けてくれるって思ったんだ。だから安心して、彼女は次のしたいことに進めたのさ」

そこで、千恵子がゆっくりと首を左右に振る。

「――と、ここまで言っておいてなんだけど、そうであればいいよね」

「え？」

「ほかになにもなけりゃあいいんだけどってこと」

なに？　どういう意味？


今年も梅雨の季節になった。

「いらっしゃいませ。順番待ちになりますので、こちらの受付表にお名前をお願いできますか？」

アタルがそう声をかけた相手からは、「いや、客ではない」という応えが返ってきた。聞き覚えがある声に目を向けると、鏡の向こうに金髪の雨宮の浅黒い顔があった。

キリはクライアントにドライヤーをかけているところだった。雨宮が自分になにか用事があってきたのは分かっている。母にかかわることかもしれなかった。気にはなったが、最優先するのは目の前の仕事だった。

毛払いし、クライアントを送り出してから雨宮に歩み寄る。彼は店の隅で焦《じ》れたように立っていた。

「マキが入院した」

唐突に切り出す。

「どういうことです？」

キリははっとして訊き返した。

「本人から聞けばいい。俺はただ入院先を伝えにきただけだ」

「母は、なぜ入院なんて……」

「だから、本人から聞けよ！」

怒ったように撥ねつけると、メモを寄越す。そして店内を一瞥し、「ここはマキのために俺が用意した店だ。それなのに……」苦々しい表情を浮かべると、出て行った。

午後の客が一段落すると、先ほどの金髪男とのやり取りを見ていただろうアタルが、「行きたいところがあんだろ？　ここはいいから」そう言ってくれた。

「でも……」

「行ってこいよ」

優しくそう諭す彼に頷き返した。

「ごめん」

アタルがいてくれてよかった。

巻子が入院しているのは、桜通りを真っ直ぐ海に向かった先の松林にある総合病院だった。エレベーターで三階に上がり、メモの部屋番号を訪ねていくと、〔雨宮巻子〕という患者名が表示されていた。おそらくストレッチャーが通れるようにだと思うが、扉は広い引き戸式で、ノックをしても返事がない。ドアを開けると誰もいなかった。

急に不安が胸に募ってくる。いったい巻子の身になにがあったんだろう？　ナースステーションに行って訊いてみようか、そう思った時だ。

「キリちゃん」

パジャマの肩にふわりとカーディガンを掛けた巻子が歩いてきた。自分とチューブでつながっている点滴のスタンドカートを押している。

「来てくれたんだ」

「どうしたのママ？」

「退屈だからデイルームで海を見てたの」

そう言いながら病室のドアを開ける。

「まあ、海ならここからも見えるんだけど、デイルームだと新聞も読めるし」

巻子の言葉通り、レースのカーテン越しに梅雨の晴れ間の明るい海が望めた。

「なにか飲む？　廊下の突き当りに自動販売機があるの。好きなもの買ってきて」

そう言って財布を差し出す。

「いいよ、そんなの。ねえ、どうしたの？」

「ここ、雨宮から教えられた？」

「そうだよ。ねえ、なんで入院なんて——」

「過労よ。ちょっと疲れが溜まったみたい」

「ほんとに？」

「本当よ」

ゆっくりと微笑む。当たり前だけどメイクはしていない。そのせいか少し疲れているようでもある。巻子はすらりとしている。小柄な自分はそれを受け継げなかったわけだが、なんだか身体が薄べったく見えた。痩せたかもしれない。だが、ともかくその笑顔を見てひとまずほっとした。

「なにかあったのかと思って心配したんだから」

「ごめんね」

安心したせいか、波の音が耳に届いてきた。部屋の中を改めて見回す。

「個室なんて優雅だね」

「ずっと働いてきたんだから、ひとりでのんびりしてもいいでしょ。雨宮もいいって言ってくれたし」

あのカネの亡者がね。「おい、ちゃんとカネをとるんだぞ」——母にカットしてもらった時の雨宮のひと言が耳に響く。するとまた、胃のあたりをぎゅっと摑《つか》まれた思いがした。

「キリちゃんに渡したいものがあったの。それで、彼にここにいることを伝えてもらったわけ。心配かけちゃったね」

母が雨宮を〝彼〟と呼んだのが嫌だった。その巻子が、キリの気持ちを知ってか知らずか棚に置いてあった小振りな革製のケースを取り上げると、こちらに寄越す。

「なあに？」

「開けてみて」

ふたを開くとレザーが収められていた。

「キリちゃんに使ってほしいの」

キリはレザーを手にすると、柄《ハンドル》から刃を引き出した。

「これって、本レザー」

巻子が頷く。

現在のサロンのほとんどが替え刃式のレザーを使っている。一体型のものを本刃レザーあるいは本レザーと呼ぶ。本レザーは刃を替えないので、使えば消毒し、研ぐという手間がかかる。合理性から替え刃式を使うのが普通になり、理容学校のテキストにも本レザーの項目はなかった。授業で研ぎ方も習っていない。

手にした本レザーの柄はステンレス製で、重さがしっくりと手に馴染んだ。

「その本レザーは、日本刀と同じく玉鋼《たまはがね》という純度の高い鉄を鍛《きた》えてつくったものなの。替え刃よりも厚みのある本刃を使うほうがいい機会が、きっとあなたにも来ると思う」

「ママは使わないの？」

「あなたに使ってほしいのよ」

キリは再び手の中の本レザーに目を落とす。息苦しくなるような希望の塊《かたまり》が大きくふくらんだ。

「あたし、このレザーを使うのにふさわしいスタイリストになるから」

巻子がベッドに腰を下ろすと、すぐ隣を手でポンポン叩く。

「いらっしゃい。研ぎ方を教えてあげる」

キリもベッドの巻子の隣に座る。

「いい、8の字を描くように研いでいくの。途中で刃をもう一方の側に返して。そう、両刃を、表、裏、表、裏で研いでいく。そうよ、その調子」

キリは夢中で本レザーを研ぐ仕種《しぐさ》をする。

「キリちゃん、勘がいいわ」

「ほんとに?」

「さすが、わたしの娘よね」

「もう」

母に褒められると嬉しかった。やっぱり嬉しい。誰に褒められるより嬉しかった。

ドアがノックされ、看護師が入ってくる。

「雨宮さん、検温……」

中年の女性看護師が、ベッドで刃物を動かしているふたりを見てぎょっとしていた。

「この子が、いつも話してる娘なの」

巻子が看護師に向かってなんとも自慢げに言う。

ふっくらとした、頼りがいのありそうな看護師が微笑んだ。

「じゃあ、理容師さんになったっていう」

「そうよ、そう。わたしと同じ仕事に就いたのよ。わたしもカットしてもらったけど、とっても腕のいい理容師なんだから」

母が無邪気に言葉を並べるのが気恥ずかしくて、キリは背を向けて窓辺に立った。

海浜の光景が涙でかすんでしまった。

「キリちゃん。ねえ、キリちゃん」

母にそう呼びかけられ、気づかれないように素早くまなじりを拭い、振り返った。

「こちら、福山《ふくやま》さん。仲良しなの」

看護師を紹介する。

「お世話になっております」

キリは挨拶した。

「お母さん、いつもあなたのことばかり話してるんですよ」

福山が大らかな笑みをたたえて言う。反面、彼女にあれこれ世話を焼かれている母が、急に面《おも》やつれして見えた。なんだか、いたたまれなくなってしまう。

「ねえママ、お顔剃りしてあげる」

そう言ったら、最初は戸惑っていた巻子も、「洗面台にスキンケアクリームがあるから」とほんのり笑った。

レディースシェービングは男性の場合と異なる。男性の場合はひげを剃ることが目的だが、女性は耳や鼻を含めた顔全体のうぶ毛を剃り、眉毛や生え際の形を整えて美しくすることが目的だ。シェービングのプロセスも男性と異なり、頸部《けいぶ》から始める。ネックラインを剃ると、巻子に横になってもらう。キリは湯に浸したタオルで蒸し、クリームを塗り込んで顔剃りした。厚みのある本刃は優しく、女性の弾力に富み、傷つきやすい肌に向いている。

側で覗き込んでいた福山が、「わたしも手術前の処置で、患者さんのお腹周りの毛を剃ったりすることがあるんですけど、レベルが違うわね」感心したように言う。

顔の産毛を剃っては、キリはレザーの背を自分の腕に当てて拭き取っていく。ダスターと呼んでいるスポンジ製の皿がないので急場しのぎだ。

ベッドは右側が壁に寄せて置かれている。回り込むにはいささか狭かった。キャスターが付いているので動かすこともできたけれど、キリはレザーを左手に持ち替えた。すると、それまで閉じていた巻子の目が開く。キリが右手で顔の皮膚を張るようにし、左手でレザーを扱うのを確認すると巻子の瞳が面白そうに輝いた。そして再び安心したようにまぶたを閉じる。彼女はいつの間にか眠りに落ちてしまったらしく、レース越しの白い陽に包まれたその表情は、このまま永遠に目覚めないかのようだった。

そんな錯覚に恐怖しながら、「ママ――」と声をかける。

虚ろに目を開けた巻子に、「とてもお顔が明るくなりましたよ」福山が言葉を投げかける。

「あんなの初めて見た」

そうささやく巻子に、「なあに?」と訊いてみる。

「キリちゃん、レザーを左右両方の手で扱えるんだ」

黙ったままキリは笑顔だけを返す。

巻子が、自分の小鼻の横、耳、目もとに触れ、指先で確認していた。いずれもレザーを当てにくい場所である。

「あなたは、もうわたしのずっと上を行っているわね」

静かな笑みを向けてきた。

「ずっとずっと上を」

キリは至福の中にいたが、一方で巻子の肌に張りがないのがひどく気になった。

5

隣から、淳平の髪を切っているアタルのハサミの音が聞こえる。一定の間隔で指が髪をとらえるので、まるでハサミが音楽のようなリズムを刻んでいた。母のカットがそうだったように。

髪を挟む指も、人差し指と中指だったり薬指と小指だったりする。そうやって毛量を調節しているのだ。アタルがカットすると、髪が顔に付くことがない。とても細かいことだけれど、彼の技術の高さゆえだった。

「氷見君に切ってもらうと、一週間くらい経っても寝癖がつかないんだよね」

不思議そうに淳平が感想を述べる。そして、セットする時も簡単に決まるはずだ、とキリは思う。カットの間、淳平は眼鏡を外していた。近眼の目が潤んだようで美しい。彼の朴訥《ぼくとつ》な人柄そのままの目だ。

すべての施術を終え、店先まで淳平を送ってきたアタルが困ったような表情で戻ってくる。

「どうしたの？」

客足が途絶えたタイミングでキリは訊いた。

「え、ああ、まあな」

アタルがうやむやな反応をする。

「ジュンペー君になにか言われた？」

「なんでもねえよ」

「だから、なに？」

なおも食い下がった。

「よろしく頼むってさ」

仕方なさそうにアタルが応える。キリには意味が分からなかった。

「おまえだよ」

ますます分からない。

「〝キリちゃんをよろしく頼みます〟って言ったんだよ、佐伯さんは」

「どういうこと？」

「知らねえよ！」

アタルが怒ったように言葉を投げつけてきた。


まあそんなことはあったけれど、ＮＥＷバーバーチーは日々盛況。アタルとの息もぴったり合っていた。そして思う、一生こうして一緒に働けたらいいのに、と。しかし、いつか彼は富山に帰るのだ。いつ、どのタイミングで彼がそれを口にするのか……想像すると寂しさを通り越して怖い。なんだろう、この怖さは？　頼れる相棒がいなくなるから？　目標としてリスペクトするスタイリストが遠く離れていってしまうせい？　それとも……。

秋も深まったある日、閉店時間の七時近くになって最後の客を送り出した。

「ねえ、たまにはビールでも飲みに行く？」

キリが声をかけると、「いいな」アタルが応じた。

その時だ、髪の長い若い女性がふらりと入ってきた。女性客は珍しいので、どきりとした。雨の夜で彼女の赤いレインコートの肩が濡れている。悪いが、なにか怪談めいたものをふと連想してしまったのだ。アタルも、目をぱちくりさせていたが、「すみません、今日は閉店なんですよ」申しわけなさそうに対応する。

「そうですか……」

女性はとても残念そうだった。なにかを決心してきた、そんな気配を感じてキリは、「カットですか？」と訊いてみる。

「あの、三つ襟に剃ってもらうことってできますか？」

曾祖母のトメが、片刃の日本カミソリで三つ襟をつける髪結いをしていたのを思い出した。キリの気持ちがぐっと彼女に近づく。

「一週間後に結婚式を挙げるんです。衣装合わせをした時に〝お襟を剃っておいてください〟と言われました。いつも行ってる美容院にそう伝えたら、〝うちではできない〟と」

「そうでしょうね」

レザーを使えない美容院では無理だ。

「ネットで検索するとブライダルエステなどを受け付けるサロンがヒットするんですけど、とても高くて。田舎の親に費用で迷惑をかけたくなくて、わたしたち式代だけでいっぱいいっぱいなんです。それで、昔、祖母が理容室に顔剃りに行っていたのを思い出して」

キリは頷いた。

「あと――」

女性がアタルのほうを気にしながら、「顔と背中の産毛も剃ってほしいんです」と続けた。そうするにはメイクを落とし、上半身裸になってもらう必要がある。

「アタル、今日はこれで上がって」

「え、なんだよ？　どうした？」

さっきまでビールでもという話をしていたアタルは不満そうな表情を見せたが、すぐに察したらしい。

「了解。じゃ、お先な」

バックルームに向かおうとするアタルに、「すみません」と客が頭を下げた。そして今度はキリに、「女性の理容師さんのお店を探したんですけど、男性のお客さんがいたりして、なかなか入りづらくて」と言う。

「ええ」

「今日はやっと仕事が抜けられて、あちこち歩いているうちに、こちらを見つけて」

「分かりました。安心していただいていいですよ」

キリは彼女をバックルームに連れていった。アタルは裏口から帰ったらしい。

「上を脱いで、これで胸元を覆ってください」

大きめのタオルを渡すと、店に戻ってドアに鍵をした。シャッターも下ろす。

タオルで胸元を押さえた女性客が戻ってきた。カットチェアに座らせ、少し前かがみになってもらう。キリの手には、巻子から譲り受けた本レザーが握られていた。それは、あらかじめ蒸し器で温められている。一本の鋼からなる本レザーは、そのまま肌にあてると冷たいからだ。

髪をアップにした襟足をW字に剃っていく。替え刃レザーならチャッチャッと音がするのに、本レザーはポリンポリンと鉄琴のような澄んだ音が反響した。

「ドレスラインもきれいにしていきますね」

和装で式を挙げ、披露宴の途中で洋装にお色直しするらしい。

「贅沢《ぜいたく》なんですけど、どうしても親に両方の姿を見せたくて」

ラザーリングで背中の産毛を起こしていく。巻子のせいで結婚という言葉が嫌いになった自分が、巻子にもらったレザーでブライダルシェービングしている。皮肉な話だ。

「わたしの背中、汚くありませんか？　あまり汚いと、ドレスを着るのが恥ずかしい」

若い女子に背中ニキビが多いのは、ドラッグストアなどで売ってる得用大型ボトルの安物シャンプーのせいだ。それと髪の洗い方のせい。その昔は、前に髪を下ろして洗っていたのに、今は上からシャワーを浴びる。それで、洗い流したシャンプーやトリートメントが皮脂腺《ひしせん》を埋めてしまうことになる。要は、髪を洗ったあとで身体を洗うようにすればいいのだ。

だが、この彼女については問題なかった。

「大丈夫、とってもおきれいですよ」

チェアを倒してクレンジングし、顔剃りをする。

「気持ちよくて、ついうとうとしちゃいました」

虚ろにそうつぶやいたあと、女性は鏡の中の自分の顔に目を奪われていた。

顔には二十万個の毛穴があるといわれている。毛穴があるということは、そこから毛がはえているのだ。黒い髪の日本人女性は、当然、産毛や体毛も黒。目には見えない肌の産毛も、剃り集めれば驚くほど真っ黒だ。

顔剃りを一度もしたことのない女性がいる。自分の顔を剃ったとしても、それはメイクの合間に産毛剃り用のガード刃でさささっと程度だ。しかし、サロンの一枚刃によるシェービングは、眉の周辺や口のまわりなど毛が濃い部分だけでなく、自分では処理しきれないまぶたや目の周りの細かなところの仕上がりに遥かな差をつける。今、彼女が鏡越しに見ているのは本来の肌色なのだ。

「なんだか、顔でもしっかりと皮膚呼吸できてるみたいです」

ラザーリングには、皮膚や毛穴の汚れを取って清潔にする役割もある。もちろん、シェービングで産毛や中間毛《ちゅうかんもう》（産毛と硬毛の中間の太さや長さの毛）をきれいに取り除いた肌は、透明感が出るだけでなくファンデーションのノリや伸びが格段によくなる。

「ステキな結婚式になることをお祈りしています」

女性を送り出したあと、本レザーをこんなふうに使ったことを、すぐにでも巻子に伝えたくなった。その瞬間、店の電話が鳴った。

「フクヤマと申します」

そう名乗った相手が誰なのか、すぐには分からなかった。

「店長の神野キリさんはいらっしゃいますか？」

「あたしです」

すると電話の相手が、自分はお母さんの病室で会った看護師だと言った。

「突然のお電話でこうしたことをお伝えするのを心苦しく思います。実は――」

受話器を置くとキリは店を閉めるのももどかしく、ビニール傘を持って走り出した。クライアントにも貸すことがあるサロンの置き傘だ。

病院の時間外出入り口から数ヵ月前に巻子と会った個室に行くと、扉が開いたままだった。中を覗いてみると、ベッドの上には枕もシーツもない。がらんとしたもぬけの殻《から》だった。

「キリさん」

振り返ると、福山が立っていた。

「お母さんに頼まれたんです〝夫は連絡しないかもしれないから、あなたから娘に知らせてほしい〟って。〝でも、弱っていく姿は見せたくないから、自分が死んだら、そのことを伝えてやってくれないか〟と。師長に言えば——」

「シチョウ？」

「ええ、師長——看護師長に言えば、家族のことに介入するなと反対されます。ですから、わたしの独断でキリさんに連絡しました。巻子さんには〝お友だちとして頼まれてほしい〟と言われていましたので」

キリは教えられた病院の地下に行く。まず明るい職員食堂があった。そこでは、この病院で働く人々が談笑しながら食事をしていた。さらに廊下を進むと急に音が消えた。廊下の突き当りの重い鉄の扉を引くと、コンクリートむき出しの部屋で巻子は白い布にくるまれて寝かされていた。線香のにおいが鼻先を漂う。

「焼香したらすぐに帰ってくれ」

巻子を前にぐったりと座っていた雨宮が言う。

「どうして……」

「どうしてだとか、なんでだとか、そんなことにいちいち応えたくない気分なんだよ、今の俺は！」

息を白くさせてののしる。霊安室は寒かった。雨宮の金髪が、この場にはふさわしくない、ひどく不謹慎なものに目に映った。

「頼むからマキとふたりにさせてくれないか」

今度は懇願するように言う。

改めて巻子の顔に目をやる。静かにまぶたを閉じて、化粧を施されたその表情は穏やかだった。

キリは出ていった。それ以外なにもできなかった。


ずぶ濡れになって家まで辿《たど》り着いた。ビニール傘はささずに、自分を支えるつっかえ棒のように、ただひたすら握りしめていた。千恵子の言っていた〝潮の流れは、よくないことも一緒に運んでくる〟がなんだったかを知った思いがした。

娘の異様な姿に玄関口で誠は息を呑んでいた。

「ママが……」

それだけやっと伝えると、誠がぴくりと身体を震わせた。

「風呂が沸いてるから入ってこい」

「ねえパパ、今日、ママが……」

誠は一瞬、悲痛な表情を見せた。だが、それを抑え込むようにして、「分かった」とだけ言った。

分かった？　分かったってどういうこと？　なにが分かったの？

「いいから身体を温めてこい。そのままじゃ、風邪をひく」

熱い湯に浸かり、濡れた髪を拭きながらリビングに入ると、誠がウイスキーのお湯割りをつくって目の前のテーブルに置いてくれる。

「飲むといい、落ち着くから」

誠が自分のオンザロックにしたウイスキーのグラスを持って、テーブルの向かいに座った。

キリが、「ねえ」と口を開きかけたところで、「ママは自分の病気のことを知っていた」と誠が言った。

「悪性腫瘍が見つかったんだ」

「どこに？」

夢中で訊く。

「進行の速い乳がんだった」

キリはため息をついた。

「病巣が深くて手術も放射線治療も行えない状態だった。すでに転移も確認された。ママは動けるうちにと、店を閉めて高齢者福祉施設の訪問理容を始めたんだ。それをするのが最終目標だったから、とね。〝少し、予定が早まっちゃったけど〟と言ってたよ」

「それ、パパはママから直接聞いたってこと？　いつ？」

「ずっとカットハウスマキで髪を切ってもらってたんだ、ママに」

キリにはなにがなんだか分からなかった。

「ずっとって、いつから!?」

「だからずっとだよ。あの店の内装も、ママに頼まれて俺が設計したんだ」

「なにも言わなかったじゃない。今度、改装を頼んだ時だって、なんにも言わなかったじゃない！　どうして!?」

そこでキリは、はっとなった。

「パパはママの病気のことを知ってて、だから〝最近ママに会ったか？〟とか〝きっと会いたがってるんじゃないかな〟なんて遠回しに言ってたんだね!?　あたしだけが知らなかったんだ！」

「………」

誠がうつむく。

「おかしいよ……そんなのおかしいよ……」

「そうだな」

父はすっかり黙りこくってしまった。誠とキリはケンカをしなかった。時には、もっとぶつかり合ってもよかったのかもしれない。

「ヘンだよ、そんなのって。だって、ママはほかに好きな人ができてこの家を出ていったんだよ！　それなのに……それなのに……」

『ヒミツのふく習ノート』はなんだったたんだ!?　自分のあの決意はなんだったたんだ!?

キリは立ち上がると、二階の自分の部屋に駆け上がった。そして、机の引き出しを開けると、ノートを引き裂いた。

第八章　レディースシェービング

1

　四方堂駅前のチェーンの居酒屋でアタルと飲んでいた。この前の「ビールでも飲みに行く？」の埋め合わせに声をかけた形だが、その実、アタルに話を聞いてほしかったのだ。

　東海道線の快速電車が止まらない住宅地の四方堂には、気のきいた飲食店がない。今度できる商業施設にはレストラン街があるそうだから、もうちょっと雰囲気のいい飲む場所も提供してくれるかもしれなかった。

「ごめん、愚痴ばっか言っちゃって」

　日曜日の閉店後だった。ハイパフォーマンスのためにはリフレッシュや休養が必要だ。お互い定休日以外に週一日の休みを確保している。けれど混雑時を乗り切って明日は店が休みという、スタイリストである自分たちにしてみれば一番ほっとできるひと時だった。それなのに……。

「愚痴じゃないだろ、お母さんが亡くなったたんだもんな」

「パパは裏切ってた」

「それも裏切りっていうのかなあ」

「だって、離婚したママと会ってたんだよ。そんなのっておかしいよ。自分でもおかしいと思ってるから、十年以上もあたしに黙ってたんだ。ママだって汚いよ。再婚して、新しい夫がいるのに、パパに会ってるなんて――」

するとアタルがビールのジョッキを置く。

「あのさ、人間って、そうなんでも割り切れるもんと違うんじゃないかな」

キリはアタルを見た。アタルが鼻の下を人差し指でこする。

「ずるずる引きずっちゃうもんなんじゃねえの。よく分かんないけどさ」

キリはふっと息を吐いてぼやく。

「あんたはさ、フツーに浮気とかしちゃう男だから、そうやって寛大なんだよ」

八つ当たりしてるのが自分でも分かった。

「フツーってなんだよ？」

「カノジョさんと別れて、今はその浮気相手と付き合ってるわけ？　それとも別の

「──」

「あのさ、言っとくけど、ほんとに浮気したわけじゃねえんだよ。〝ほかに好きな子がいるやつとは暮らせない〟って、そう言われて追い出されたんだ」

「ほかに好きな子か……」

そうだったんだ──それはまたそれで、ショックな話ではあるが。って、なんで？

「まあ、連れにそう言われた時には、俺自身まだ自覚してなかったんだけどな」

「で、伝えたの？　アタルの気持ちをその〝好きな子〟に──」

アタルが首を振った。

「どうして？」

「伝えらんない事情があんだよ」

彼がいらいらした感じで吐き捨てる。

「なにそれ？　いったいどんな事情？　今のこの時代で、そんなもんある？」

「いつの時代だろうと、あるもんはあんだ」

強い視線をぶつけてきた。

「じゃ、ずっと好きだって言わないわけ？」

「そうだな」

「ヘンなの」

アタルも、パパも、ママも、周りにいるやつはヘンなのばっかだ。そう思った時、巻子がすでにこの世にいないのだということに改めて気がついた。込み上げてきた涙をぐっと我慢する。

「大丈夫か？」

うつむいている自分に、アタルが心配げに声をかけてきた。

「アタル……行かないで」

ぼそりと言った。

「富山に帰らないで。もうしばらく一緒にいて……お願い……」

ダメだ。これ以上アタルに頼ったら、戦えなくなる。でも、戦うって、ママがいなくなって、これから誰と……？　こぶしを握りしめて嗚咽《おえつ》をこらえていた。

いや、もうひとりいるじゃないか、あいつが！

「分かった」

とアタルの声がした。そうして、うなだれている自分の首筋をそっと揉《も》んでくれた。やっぱ、アタルはマッサージが上手だ。

「専門学校以来だね、マッサージしてもらうの」

「実習の時な」

「いい気持ち……」

「なあ、俺の好きな子もさ、頑張ってんだよな。一生懸命にさ」

アタルが手を休めずに言う。

「ほんとはさ、郷里《くに》に連れて帰りたいんだ。だけど、無理だろうな。きっとこっちで自分の店を持つつもりなんだろうから」

「それって――」

アタルはもうなにも言わなかった。


翌朝、家を出ると、海岸のほうに歩いていった。松林を抜けて、浜から巻子が入院していた病院を虚ろに眺める。ただ突っ立って、ぼんやり見ていた。母の病状についてなにも知らなかった自分の愚かさを責めたくなる。病室で母に褒められ、無邪気に喜んだりしていた。

やがて踵《きびす》を返し、再び松林を抜けて海岸通りに架かる歩道橋を渡った。家に帰るつもりはない。紅葉した桜並木の下をただ真っ直ぐに歩いていく。時々、強い悲しみと喪失感で胸がふさがり、しゃがみ込みそうになる。なにより……なにより、ママがこの世を去るその時に、そばにいてあげたかった。

歩き続けるうちに、木々が風に揺れる気配が感じられるようになった。葉が落とす影が動くのが目に入り、足の裏が地面に着いて小さな音を立てていた。それに気がつくと、自分の足を踏みしめて、しっかりと歩を進められるようになっていた。あたしは、あたしの歩幅で歩く。

歩いているうちにNEWバーバーチーの前まできていた。ジーンズのポケットからキーケースを取り出すと、定休日で閉まっているサロンのドアを開けた。そして、今度は自分を鼓舞《こぶ》するように、本レザーを砥石の上で8の字に研ぐ。母に教えられたとおりに表、裏、表、裏と交互に研いでいく。いつまでも悲しみ嘆いているのは、巻子も喜ばないはずだ。それより、このレザーを使ってなにか新しいことを始めるのだ。

前に向かう気持ちが整うと、相模湾理容専門学校の植木に電話する。

「なに、エステのリラクゼーションと顔剃りをミックスしたレディースシェービングとな？」

「はい」

キリは応えた。

「あたし、エステの研修が受けたいんです」

「神野君、きみ、卒業してからのほうが勉強熱心になったんじゃないかね」

「いいえ」とキリは言う。「在学中も勉強熱心でした。でも、空回りしてたんです」

すると、植木が面白そうに声を上げて笑った。

「ふぉっふぉっふぉっ。分かった。我が校の姉妹校である烏帽子《えぼし》岩《いわ》美容《び》専門学校《ようせんもんがっこう》の特任講師に話をつけておこう。これから訪ねるといい」

胸の中の悲しみが消えることはけっしてないだろう、電話を切ると改めてそう感じた。朝からなにも食べていないのを思い出し、子どもの頃、出前を取ってもらった洋食屋でオムライスを食べた。母のいろんな姿が浮かび、涙があふれてくる。それでもキリは全部平らげた。前に進むと決めたんだ。


マダム寿美須《すみす》は髪をこんもりとアップスタイルにし、赤いとがったフレームの眼鏡を掛けた四十代半ばの女性だった。ぱりっと糊のきいた白衣を身に着け、顔の美白肌がぴかぴかと輝いている。

「十代から二十代前半は肌が瑞々《みずみず》しく、それだけで美しいのです。だからこの年代の女性は、目の大きさや鼻の高さなど、顔の造形ばかりを気にしています。しかし、加齢とともに造形は確実に崩れていきます。顔にしわやたるみが生じるからです。地上で最も短命な哺乳類とは人間の若い女である——これがあたくしの持論なのです」

空き教室で、彼女が滔々《とうとう》と唱えた。

「は、はい、寿美須先生」

迫力に押され、とりあえずキリは同調した。

「マダム寿美須と呼んでちょうだい。あたくしのエステティックサロンでも、スタッフにはそう呼ばせています」

「はい、マダム寿美須」

「よろしい」

彼女が満足そうに頷いた。

「二十五歳のいわゆる〝お肌の曲がり角〟を過ぎたあたりから、目の大きさや鼻の高さなんて美しさの最重要ポイントではなくなっていくのです。神野さん、あなたもそう。若い素顔で勝負できるのもあと二、三年よ」

皮肉な笑みを向けてくる相手に、やはり「はい、マダム寿美須」と返事しようかどうか迷っていた。そのうちに、あちらのほうが再び高らかに宣言した。

「若い女の寿命は短く、しかし、女の一生は長い。二十五歳を過ぎたら、美しさの価値を決めるのはなんといっても肌です。肌の美しさこそが女性の美を決定づけます！」

マダム寿美須は腰に両手を当てている。

「にもかかわらず、女性たちは自身の肌について真に理解していません。たとえば自分を乾燥肌だと思っている女性の多くは、実はオイリー肌だとあたくしは睨んでいます。ニキビのできやすい人、毛穴の開きが気になる人は、ほぼ間違いなくオイリー肌です。これは、肌が男性化しているということなのです」

それを聞いてキリは震え上がった。

「肌が男性化、ですか!?」

マダム寿美須が素早い視線を走らせる。

「男性の顔はテカテカしたオイリー肌がほとんど。あれと同じ状態が女性にも起こっているのです。原因としては、ストレスと不摂生《ふせっせい》が挙げられます。ストレスによる暴飲暴食や睡眠不足が男性ホルモンを過剰に分泌《ぶんぴつ》させ、顔の水分や皮脂を多くさせているわけ。ただし水分は蒸発しやすいため、皮脂だけが肌に残り、顔がすぐにテカる。脂浮きやメイク崩れなどは、オイリー肌を象徴する現象です。また、過剰な皮脂は、空気中の汚れや雑菌を吸着し、ニキビや毛穴の黒ずみを生じやすくさせるのです」

おずおずとキリは、「肌の美しさのために、シェービングは一助となるでしょうか？」と訊いてみた。

「応えはずばりイエスです。それどころか――」

マダム寿美須の眼鏡がきらりと光った。

「顔を剃ることでこそすべすべ肌になれるというのが、あたくしの主張なのです」

キリは拍手したくなった。ブラボー！

「ニキビのできやすい人は、顔剃りするだけでニキビができにくくなります。ニキビは毛に刺激されてできることが多いからです。言い換えれば、毛があることでニキビは確実に悪化するのです。また、顔剃りはくすみの改善にも役立ちます。顔の毛は細いとはいえ、黒いため、肌をくすんで見せます。したがって、顔の毛を取り除けば、それだけで肌は確実に白く見えます」

キリは頷いた。そして思う。顔を剃ると「毛が濃くなりそうでコワイ」と考えている女性が大勢いる。剃っても毛は濃くならない。顔を剃って毛が濃く見えるのは、毛並みと逆に剃るなど、剃り方を間違えているからだ。逆剃りをすると、毛のカット面が広くなり濃くなったように見えるのだ。セルフシェービングの主流である手脚の毛剃りにも、「毛が濃くなる」の心配事は一向になくならない。腕や脚、腋《わき》などの体毛は頭髪の毛質に近い硬毛だ。硬い体毛を剃ると、やはり毛の断面が大きくなり角ができやすくなる。その分、伸びると太く黒々と見えてチクチクもする。剃った毛の根元部分の太さが毛先となるため、剃る前の毛よりも太く濃くなったように感じるのだ。

なおもマダム寿美須の講義は続く。

「〝剃る〟だけなら、適切な道具さえあれば自分でも容易にできるのです。ならば、その顔剃りを、どうすれば女性ユーザーがプロの技術にゆだねたいと思うか――」

彼女が挑むようにキリを見る。

「よくよく考えると本来人間にはムダな毛などはないのかもしれません。しかし、文明の発達が美しさの尺度を押し上げ、毛は邪魔者扱いされるようになりました。成熟した社会で美を追求すれば、どうしてもアンナチュラルへと流れます。ムダ毛とはこっそり処理するものであり、さらには、自分にはムダ毛なんてもともとない、つるんつるんなの、にしたいのです」

今や〝毛〟は女性の禁忌である、ということか。

「女性のムダ毛処理には、毛を〝抜く〟脱毛、〝溶かす・ちぎる〟除毛、毛の色素を〝消す〟脱色などがあります。いずれもワックスやクリームなどの薬剤、専用器具を使い、肌に負担をかけます。つまり、どれがよりダメージが少ないかしかなく、プロセス上の心地よさとも無縁、結果最優先なわけです」

そうなのだ、女性のムダ毛処理は気持ちよさとは対極なのだ。

「電動式シェーバーで行うドライシェービングもそう。肌と毛ともに乾いた状態で、刃と肌の間にはなにも塗布せず、ペンシル型のシェーバーでジーッと体毛を〝刈って〟いるのです。これ、けっして肌に優しくないばかりでなく、根元から剃っているんじゃないから刈り残しがあるわけ。ガード刃もそう。ガード部分が肌に密着する部分は毛が剃れていません。こうした剃り残しや剃りムラは、毛の上にファンデーションを塗っているのと同じなのです」

まさにそのとおりだ、とキリは再確認する。ペンシル型シェーバーやガード刃が、「シェービングってこの程度」「わざわざプロに頼まなくてもいい」という評価を生んでいるのかもしれない。

「先生のお話を伺っていて、確信したことがあります」

「先生でなくマダム寿美須、ね」

「あ、マダム寿美須のお話を伺って、あたし、ますます進むべき方向性がはっきりしました。レディースシェービングはスキンケアとして有効であるばかりでなく、心地よさをともなうものでなければならないと。ラザーリングやスチーミングによる湿りと温め、レザーの摩擦と速度、肌を指で張る力、潤いの浸透性、それらが渾然一体となり、快感として放出されるべきものなんだと」

するとマダム寿美須が再び冷やかな笑みを浮かべた。

「あなたが求めるエステのリラクゼーションと顔剃りをミックスしたレディースシェービングが、その程度だというならイマイチね」

「え!?」

「女性はね、もっともっと貪欲で贅沢なの。肌がつるつるになって、気持ちいい、それだけじゃやサロンと永続的なかかわりを持たせられないわ」

貪欲で贅沢、か。そんな女性が求めるシェービングのプラスアルファってなに?たとえば、指の引っ張る力によるリフティング効果とか……。そうだ!

「地上で最も短命な哺乳類とは人間の若い女である――そうマダム寿美須はおっしゃ

いました」

「いかにもですわね」

「いつまでも若くありたい、これはあらゆる女性の願望です。アンチエイジングとシエービングを結び付けられないでしょうか？」

マダム寿美須が浮かべたのは、蔑《さげす》んだような笑みではなかった。興味深げなそれである。

「それなら、リンパマッサージがうってつけかもしれないわね。リンパはアンチエイジングの要《かなめ》ですから」

なんだそれ？　という顔をしているキリのもとに、マダム寿美須がヒールの音を響かせ、つかつかと近づいてきた。そして、いきなり右手で左の腋の下をつかまれる。

「痛《い》た！　痛たたたたた……」

ふん、と今度は鼻の先で笑う。

「あなた、昨日ずいぶんアルコールを摂取《せっしゅ》したみたいね」

そのとおりだった。昨夜はアタル相手に絡み酒をしたのだ。そういえば彼が言ってたあれって――「ほんとはさ、郷里《くに》に連れて帰りたいんだ。だけど、無理だろうな。きっとこっちで自分の店を持つつもりなんだろうから」

しかし、そんな回想に浸っている余裕などマダム寿美須は与えてくれなかった。容《よう》赦《しゃ》なくつかみ続ける。

「リンパというのはね、リンパ網、リンパ管、あるいはリンパ液のこと。簡単に言ってしまうと、細胞から排泄《はいせつ》された汚れた成分を運ぶ排水溝のようなものなの。まあ、ゴミを運ぶ網目や管や液体ね。リンパの流れが滞っているところは、圧迫すると痛みがある。こんなふうに」

今度は鎖骨の上をつかまれた。

「痛《い》ったーい」

これこそまさに痛飲《つういん》というやつだ、とキリは思っている。

「もちろん顔にもリンパ網は張り巡らされています。このリンパに働きかけることで、老廃物を流す力がアップし、むくみがとれ、肌の循環不良によって起こるシミ、しわ、たるみも解消できるのです」

「じゃ、シェービングのプロセスでそれができれば――」

「リンパ液の循環がよくなれば、肌は元気を取り戻し、しわは目立たなくなり、張りと艶も蘇ります」

「まさにアンチエイジングですね」

「それだけではありません。左右のバランスが整いますし、輪郭がシャープになり、小顔にもなります」

「小顔シェービング！」

マダム寿美須がしっかりと頷く。

「それこそが女性の〝行ってみたいスイッチ〟をオンにさせ、サロン来店のサイクルをつくりだすかもしれません」

すると、彼女がふと気がついたように言った。

「神野さん、あなた、お顔小さいのね。あなたなんて、リンパマッサージをプラスしたシェービングを繰り返したら、レザーを走らせるごとにさらに小顔になって、顔がなくなっちゃうかもしれないわ。ほほほ」

この人もジョークとか口にするんだ……寒いけど。

「さ、それではさっそくマッサージの実習に入りましょうか。はい、あなたがモデルになる。まずは先ほどの鎖骨《デコルテ》周辺を丁寧にほぐしていきます」

「えーっ、顔のマッサージじゃないんですか？」

「顔のリンパを流す際には、鎖骨《さこつ》リンパ本幹や、腋下《えきか》リンパ節などをしっかりほぐすことがポイントです。リンパ管は排水管のようなものだとお話ししましたが、その排水管にゴミがたまった状態のままだと、詰まってしまってうまく流れませんよね。まずは排水管の掃除をしてからのほうが、顔のリンパが滞ることなく流れるのです。特に深酒をしたあなたには必須」

なるほど――って、「痛《い》つつつ……痛いですから」たまらず呻《うめ》いていた。

2

月日は過ぎて仮店舗のオープンから一年以上が経っていた。北口の複合商業施設はその名もワオ！モール四方堂と決定し、横長の四階建てビルが全貌を現しつつあった。半年後のゴールデンウィークにはグランドオープンする。

そんな十一月のある日、千恵子が朝の開店前のＮＥＷバーバーチーにやってきた。

「お客さまがいらっしゃる前に話がしたいと思ってさ」

そう言う千恵子に向かって、キリはしみじみと返した。

「珍しいですね、チーちゃんがサロンに顔を出されるなんて」

するとアタルも言葉を続ける。

「てゆーか、初めてじゃないっスか？」

「もしかしたら、そうかもしれないね。すっかりあんたたちに任せっぱなしにしてるうちに、あと半年でここも閉めることになるんだものね」

あくまでここはワオ！モールがオープンするまでの仮店舗なのだ。

「で、今日来たのはその件でなんだけどね。ワオ！モールへの出店規模を拡大しようと思うんだよ」

千恵子が言うにはこうだ。本来、ワオ！モールにテナントとして出店できる権利は、もともと北マーケット時代に持っていたバーバーチーの店の規模と同じ四五坪分である。ところが、四方堂駅北口と歩行者デッキで直結する二階部分に九〇坪の空き店舗が出た。都市銀行が出店予定だったが、業績不振から他の都市銀に吸収合併され、南口に吸収先の支店があることから、ワオ！モールへの出店が取りやめになったのだった。

「ここにきての撤退はワオ！モールの事業主側には痛いやね」

という言葉のわりに千恵子はにやにやしている。

「サチさんのところにもなんとかならないかと相談があった。で、あたしのとこにお鉢《はち》が回ってきたと」

「もしかしてチーちゃんは借りることにしたんですか、そこを？」

急いでキリは訊いてみる。四五坪から九〇坪へ、一気に倍の大きさの店舗を展開しようというのか？

すると千恵子が首を振った。

「借りるもんかね」

キリは少しほっとした。

「買ったんだよ」

千恵子のその応えに、「ええっ！」思わず声を上げてしまう。

「あの場所はね、駅と直結する、ワオ！モールの中でも一等地だよ。ほっとく手はないだろ」

買ったって、どれだけおカネを持ってるんだこの人は!?

「でね、キリちゃん、その場所でやってみるかい？」

もとより移転後もNEWバーバーチーで働くつもりでいた。

「もちろんです。これまでどおりやらせていただきます」

「いや、そうでないの。うちの雇われ店長じゃなくて、自分の店としてやってみないかってこと」

「あたしの……店……？」

すぐには理解できない。

「来年の四月で、あんたは理容師としての実務経験が三年になる。そしたら管理理容師の資格が取れる」

「それはそうですけど……」

資格は取るつもりでいた。だが、即、自分の店を持つなんて考えてもみなかった。

「あんたもこの店で実地で勉強してきたろ。今度は本当の経営者として切り盛りするつもりはあるかってこと。準備金は貸したげる。店の家賃と一緒に毎月少しずつ返してくれりゃあいい。あ、もちろん利子はもらうよ。なあに、あの場所とあんたの腕ならお客さまはたんと集まるから大丈夫」

アタルが面白そうにこちらを見ていた。キリは、「しばらく考えさせてください」と応えるしかない。

千恵子が頷いてから、「じゃあね、この情報も参考にするといいよ。隣の店舗は ね、ビューティーサロンレインボーだよ」そう告げた。はっとしてキリは千恵子を見返した。

「雨宮オーナーも、ワオ!モールに九〇坪の店を出すのさ」

そう聞いた途端、「あたし、やります!」即決していた。

「おい、キリ!」

今度はアタルが慌てて声をかけてくる。

「そうこなくちゃ」

千恵子がウインクした。

広いサロンを展開するということは当然経費がかかる。さらに収益を挙げなければならなかった。

「カットチェア六つ、シャンプー台ふたつで行こうと思うの」

「人手がいるな。まずはシャンプー担当がひとり」

とアタル。キリは頷いた。

「植木先生に相談したら、今度の新卒から成績優秀者を送り込むから育ててやってくれって、逆に頼まれちゃった」

アタルが頷き返す。

「あとはスタイリストがひとりだな。こっちは新卒ってわけにはいかんぞ。俺らと同等か、それ以上に腕が立つのが欲しい」

〝俺ら〟ってことは、アタルはこのまま続けてあたしのサロンに来てくれるつもりなんだね！　嬉しいというより、ほっとしたけど、口には出さなかった。その代わりにキリは言った。

「行ってみたいとこがあるんだ」

「なんだ、当てがあんのか？」

次の定休日、アタルとキリは複数の私鉄と地下鉄が乗り入れる東京都内のターミナル駅で電車を降りた。改札から外に出ようとするアタルを、「ねえ、こっち」と呼び止める。キリが向かったのは駅構内にある千円カットだった。

「どういうこった？」

アタルは呆れ顔だ。

「都内の千円カットで一番売り上げがあるの、ここ」

クライアントひとりに割く時間は十分間。カット専門で、シェービングとシャンプーはなしだ。切った髪は吸引機のノズルを持って吸い取っていく。

アタルとキリは遠巻きに店を眺めていた。ガラス越しに見える四脚が一列に並んだカットチェアは満杯。店内のウエイティングスペースもいっぱいで、順番待ちの列が外にまで伸びている。

「しかしね……」

とアタルは不満げだ。こんなのが理容だって？　と言いたいのだろうが、サロン経営者となる自分には千円カットの存在は脅威だ。

「まるで回転寿司だな」

「本格派の寿司職人を目指すアタルとしては許せない？」

そう言ったら、怒ったような表情で睨みつけてくる。やっぱ熱いヤツなのだ、アタルは。

その彼の表情が変わった。

「キリ、右端の女のスタイリスト――」

と顎で示す。

「うん」

ボーイッシュなショートの茶髪。薄いブルーのユニフォームを着た横顔はきりりとしている。実はこれまでも時々、この店を覗きにきていた。千円カットがどういうところか興味があったのだ。そして、彼女を見つけた。さすが売上ナンバーワンの店舗だけあって、精鋭揃いだが、彼女はカットの早さ、正確さともに際立っていた。

「ひとり当たり十分といっても、クロスを付けたり、切った髪の吸引なんかの時間もあるから、実質的にはカットは七分くらいで終える必要があるよね」

キリはつぶやく。

アタルが目をじっと動かさずに言う。

「俺もカットは早いほうだが、ベースカットで十分を切ることはないな」

自分たちの視線の先でカットを終えた彼女が、指環に通した薬指を軸にハサミをくるりと回転させ持ち手を変えると、腰から下げた革製のシザーケースにすっと戻した。

次のクライアントにクロスを掛けると、ふた言三言話し合う。カウンセリングは「耳を出しますか？」「刈り上げますか？」程度だろう。そして、腰のシザーケースからハサミを抜くと、薬指でくるりと回して持ち手を変え、がっと切り始める。

「まるで早撃ちガンマンだな」

アタルがつぶやく。しかし、茶化したような響きはなかった。どうやら彼女の腕前を認めたようだ。

「彼女と話したい」

キリが言うと、アタルが急いでこちらを見る。

「――って、引き抜くつもりか？　ヘッドハントかよ！」

夜になっても店は営業を続けていたが、勤務を終えたらしい彼女が出てきた。ジーンズにキャメルのピーコート姿だった。コートの色が茶色がかった髪の色と合っている。チョコレート色の革の小さなリュックを右肩に掛けていた。

「あの、すみません」

キリが声をかけると、いぶかしそうな視線を返す。

「来春、ヘアサロンを新規オープンする予定です。ぜひ、スタッフになっていただきたいんです」

単刀直入にそう申し入れる。そして、驚きで目を見開いている彼女を駅構内のカフェに誘った。

彼女は熊代《くましろ》瑛美《えみ》と名乗った。アラサーといったところか。

「疲れてるの。手短に済ませてくれる？」

瑛美がコーヒーカップに薄い唇を付けた。キリの隣に座ったアタルが訊く。

「一日何人くらいカットするんです？」

「まあ、五十人以上は。残業すればもっと」

その応えに、アタルが驚嘆の口笛を吹いた。すると、瑛美が冷やかな表情で彼を見返した。

「クライアントとのコミュニケーションがうまくとれないとか、腕がイマイチな人が勤めるとこじゃないのよ、千円カットは」

そして唇をゆがめる。

「もっとも、わたしが人付き合いがいいなんて絶対に言えないけど」

今度はキリが質問した。

「熊代さんは毎日毎日五十人以上、カットだけをするんですよね？」

「そうね」

「カラーリングやパーマもしてみたいと思いませんか？　シェービングやシャンプーも」

「サロンをオープンするって言ったわね」

瑛美が挑むような目で言う。

「わたしも昔、店を持ってたの」

「そうなんですか？」

今の自分にとって、ひどく興味をそそられる話題だった。しかし、瑛美のほうはさっさと席を立ってしまった。


翌週の月曜、キリはひとりで再び千円カットを訪ねた。千円カットは年中無休だ。開店前から店の前に立ち、出勤してきたピーコートの瑛美を捕まえた。

「先輩スタイリストに対して失礼ですが、条件面でもできる限り希望にお応えしたいと考えています」

「ずいぶんと見込んでくれたのね」

「何日か通って、外からお仕事を見させてもらいました」

キリは必死で訴える。

「あなた、この間、わたしがカットだけじゃなく、カラーやパーマやシェービングもしたくないかって、訊いたね。どうして？」

「カットでは、お客さまの目的に応えていると思います。でも、それだけじゃなく、ひとりひとりのお客さまとちゃんと向き合いたいんじゃないかって思ったんです」

瑛美がキリの目を覗き込んでくる。

「なんであなたにそれが分かるの？」

キリも彼女を見つめ返した。

「熊代さん、ブラシでお客さまを丁寧に毛払いしてますよね。ほかのスタイリストの方たちは吸引機を使うだけなのに。それに、お店の出口まで行って頭を下げてお客さまを見送っている」

「癖なのよ、昔からの」

瑛美が鼻で笑い、キリは首を振った。

「それがおもてなしの精神だと思うんです。熊代さんはカットが早い。そして、残りの持ち時間を精いっぱいのおもてなしにあてているんです」

「おもてなしの精神……か」

キリはここぞとばかりに説き伏せようとする。

「千円カットに求められるのは、髪を切るという目的。しかし熊代さんは、過程も大事にしたいスタイリストです。熊代さんにぜひうちのサロンにきてほしいと考えたのは、カットの技術じゃない。お客さまに向き合う姿勢です」

瑛美はしばらくなにか考えているようだった。そして、「誘ってくれた件、考えとく」素っ気なく言うと、店に入っていった。

3

「ぶほっ……こら！　おまえ、これじゃ、ブラシが鼻の穴に入るだろうが！」

アタルがタオルを引ったくると、自分の顔を拭いた。

閉店後のNEWバーバーチーで、為永直人《ためながなおと》のシェービングモデルをアタルが務めていた。ラザーリングの際、ブラシは外から内側に向けて描くようにする。左右とも小鼻の上を撫でるように回転させればいいが、逆回転を描けば石鹸をたっぷりと含んだブラシの毛が鼻に入ってしまう。

「す、すみません」

為永が申し訳なさそうに謝る。

「タメ、おまえ、ほんとに成績優秀者なの？」

それを横から見ていたキリは、思わず吹き出してしまった。彼が、植木の紹介でやってきたシャンプー担当だ。国家試験に合格するまではクライアントに触れることができない。理容学校の放課後に、掃除やタオル洗いのアルバイトをしてもらっている。キリのサロンの開店まであと三ヵ月を切っていた。

「タメちゃん、試験頑張ってよね。当てにしてるんだから」

とキリは言う。

「はい！　頑張ります！」

返事はいいのだ。

「そうだぞ」アタルが口を合わせて叱咤《しった》する。「スタイリストが決まっていないうえにシャンプーのおまえが落第したら、店が回らなくなる」

「大丈夫です」と為永が胸を張る。「ラザーリングのブラシを回す方向とか、小鼻の上を撫でるようにとか、そんな大して重要でないこと、学校で習わなかったものですから。シェービングの基本はきちんと勉強してますんで、試験のほうはばっちりです」

「大して重要でないって、おまえ、そういうこと言うか？」

アタルは呆れ顔だ。

学校で習っていない、か……とキリは考える。その、学校では習えない素養を持ったスタイリストが必要なのだ。あれ以来、熊代瑛美から連絡はなかった。

「キリは、どうしても茶髪の早撃ちガンウーマンを採用したいのか？　技術や経験のあるスタイリストならほかにもいたのに」

これまで求人募集を見た応募者何人かを面接していた。

「確かに技術面だけはね」

そう応えたキリに、なにか言おうとしていたアタルが急に口をつぐんでしまった。そして、キリの背後をじっと見ている。

「どうやら、お待ちかねの人物が来たようだぞ」

振り返ると、外に瑛美が立っていた。急いでドアまで行って鍵を開ける。

「今も熊代さんの噂をしてたとこなんですよ」

「彼が、わたしのカットが粗いとでも言ってた？」

とアタルを見る。どういうことだろうと思いながらキリも彼に目をやった。アタルが真っ直ぐに瑛美を見返していた。

「この前ね、彼がうちの店にカットにきたの。その時ね〝確かに早い。だけど、ガバッでバサッだな〟って」

〝ガバッでバサッ〟とは、クシで引き出すスライス幅をガバッと大きく取って、バサッと切っていくという意味だろう。そうやってカットの時間を短縮する。

「〝ガバッでバサッ〟」と再び瑛美が繰り返す。「くやしかった。だけど、ほんとだった。いつの間にかわたし、切り急ぐようになってたんだなって」

瑛美の言葉にアタルが、「それだけじゃないだろ」と言った。

「あんた、出口までクライアントを見送る時、必ず専用ブラシで靴の上に落ちた毛を払ってるよな。俺もそうしてもらって、なんでキリがあんたに執着するかが分かった。だから、言ったんだ。〝うちのサロンに来てくれたら、きっとあんたに会いたくて来るお客さまができるぞ〟って。千円カットは待っている順にカットするだけで、スタイリストの指名はできないもんな。まあ、俺が訪ねた時は、自分が担当するように微妙にカットの時間調整をしたみたいで、それにも驚いたけどな」

——アタル、なにも言わずに訪ねてくれていたんだね。〝うちのサロン〟という彼の言葉に、キリの中に熱いものが広がった。

瑛美が今度はこちらに視線を向けてくる。

「わたしはあのサロンの稼ぎ頭なの。辞めたくてもすぐには無理だった」

「なら、来てくれるんですね、熊代さん」

思わずキリは笑顔になる。

「瑛美がいいわ。自分の苗字《みょうじ》が嫌いなの。それに、敬語もよして」

相変わらず不愛想に言った。

「賛成。じゃ、瑛美さん、さっそく新しいサロンを見に行かない？」

すると為永が、「あのう、僕のシェービングの研修はどうなるんでしょう？」情けない表情をする。

「あのな、おまえ、その前にウィッグでラザーリングの練習をしておけ」

アタルの言葉に、どんな状況だったかを察したらしい瑛美が冷やかな視線を為永に向けた。キリは急いで、瑛美に彼を紹介する。

「うちでシャンプー担当をしてもらう予定のタメちゃん。まだ専門学校に通ってるんだけど、とっても成績がいいって」

「学校の成績ね」

と見下したように瑛美が言う。

今度は為永に向け、「こちら――」と瑛美を紹介しようとしたら、「あ、千円カットで働いてるっていう人でしょ」そう軽んじたような口振りで返す。

早くも前途多難なものを感じたキリだったが、「さあ、みんなで行きましょ」スタッフ三人を連れて駅の反対側にあるワオ！モールへと向かうことにする。

オープンに間に合わせるため追い込みの夜間工事をしている駅舎の向こうの建物が、ライトに照らしだされて桜通りからも見渡せた。

橋上の四方堂駅構内を抜け、北口から歩行者デッキと直結するワオ！モールは、工事用バリケードに囲まれていた。警備所でキリがＩＤカードを見せると、入場者の名前を受付表に記してヘルメットを受け取る。自動ドアは工事中の今、開きっぱなしだ。建物内に入ると、すぐに〔Ｈａｉｒ Ｓａｌｏｎ ＫＡＭＩＮＯ〕という看板が見えた。

「よお」

と父が迎えてくれる。内装は誠の会社に依頼したのだ。

ある時、誠は巻子について語った。「娘のおまえにこんなことを言うのはなんだが――いや、おまえだからこそ言うのだが、ママは齢の離れたパパのもとを巣立っていった。だがパパは心配で、時々ママの様子を見に行っていたんだ。自分を安心させるためにね」

今この時間も、多くの工事スタッフが忙しく動き回っている。

「あたしの父なの」

そう紹介すると、瑛美も為永も面喰らった表情をした。

「アタルには会ってるよね？　こちらスタイリストの瑛美さんとシャンプーのタメちゃん」

「いらっしゃい」

誠が言って、みんなを店の奥へと案内する。

「インテリアは黒と白のモノトーンで統一している。これはキリからの要望なんだ。壁は白。天井は黒く塗る代わりにうんと高くして、テーマパークのような開放感を演出した。シンプルな中にも非日常を味わえる異空間ってとこかな」

「カッコいい」為永が憧れるような声をもらした。「こんなサロンで働けるなんて、夢みたいです」

「だから、夢んならねえように、試験受かれや、タメ」

アタルが言うと、再び瑛美が冷たい視線を為永に向ける。それに気づいた為永も反発するような目で瑛美を見返していた。

「そこにある個室の用途はなんですか？」

アタルが誠に尋ねる。

「それは、施主のキリから説明してもらうのがいいだろうな」

そう促されてキリが説明する。

「レディースシェービングの専用個室なんだ。フルリクライニングのチェアを入れて、ブライダルシェービングでドレスラインにも対応できるように個室にしたの。それにほら、女性のお客さまはメイクを落とさなきゃならないでしょ」

レディースシェービングには、巻子から受け継いだ本レザーを使うつもりだ。

「じゃ、担当はキリさんとわたしってことね。しばらく顔剃りはしてないけど、得意なのよ、わたし」

瑛美に向けてキリは頷く。自分は、あれからリンパマッサージの研修をマダム寿美須から定期的に受けていた。彼女にも受講してもらい、小顔シェービングをヘアサロンKAMINOの売りにするのだ。

「シェービングから離れていた瑛美さんには研修を受けてもらうので」

キリが言うと瑛美が頷いた。すると、為永が再び不満そうな目で瑛美を見る。自分とあまり立場は変わらないじゃないか、とでもいった表情だった。

「レディースシェービングだけは予約制にしようと思ってる」

キリの言葉に為永の表情が変わった。

「〝だけは〟ってことは、カットの予約は受け付けないんですか？」

「理容店は、男性がふらりと訪れるものっていうのが、あくまでキリの考えなんだ」

アタルが「そうだよな」といった感じでこちらを見る。それにキリは頷いて応えた。

ふらりと訪れ、髪を切ったり、顔剃りするだけでなく自由に寛げる場所。そして、できたら人々にとって語らいの場所であってほしい。

「ウエイティングスペースはゆったり寛げるように広くしてる。それに、たとえ待ち時間があっても、ワオ！モールのお店を見て回ってれば、退屈することはないと思う」

再びみんなでサロンの外に出た。

「看板は出てるのに、サインポールはまだなんですね」

為永がふと気がついたようにそうもらす。

「サインポールを出すつもりはないの」

キリの言葉に三人が驚いた顔をする。

「タメちゃん、サインポールの由来って知ってる？」

「確か、瀉血《しゃけつ》治療所の看板ですよね」

瀉血とは身体の悪い部分に悪い血が集まるという考えから、その血を抜き取る治療法だ。七、八世紀のヨーロッパでは、一般的な治療法だった。患部を切って、患者に棒を握らせ、その棒を伝って血が受け皿に流れるようにした。棒は赤い色が使われていて、術後には棒と傷口に巻いた包帯を洗って外に干す習慣があった。

「風が吹くと、白い包帯が赤い棒にくるくると巻き付いて、それがサインポールのもとになったって――」

国家試験には関係ないと思いスルーしていた自分と違って、為永は理容文化論の講義をよく聴いていたようだ。さすが植木が成績優秀者というだけある。

「外国ではバーバーポールとも呼ばれてるみたいですね。かつて理容の仕事は外科医が行っていた。それが一八世紀になって、理容師と外科医が区別された時に、イギリスでは理容店の看板には青を入れることが決まったんだって。ほかにもフランス国旗のトリコロールが棒に巻きついたところから、なんて説もあるらしいですね。赤は動脈、青は静脈、白は包帯の意味、なんていう説もあります」

キリは頷いた。

「由来には諸説あるみたいだけど、サインポールを掲げてることが意味するのはただひとつ、男性が訪れる理容店だってこと。あたしはその概念をなくしたいの」

キリは隣の店舗に目をやった。そこには〔Beauty Salon RAINBOW〕という看板があった。

キリの視線の先を追っていたアタルが、今度はこちらを見る。

「おまえ、隣の美容院の女性クライアントも取り込むつもりなんだな」

キリは彼を見返した。そして答えの代わりに、「開店に向けて、みんなにはレディースカットの研修を受けてもらう」と告げた。

「レディースカットですか!?」

為永が驚いていた。

「面白そう」

瑛美が鼻にしわを寄せて笑う。アタルは黙ってなにか考えているようだった。

ふと為永が、「予約もなし、サインポールもなしってことですよね……」もの問いたげにそう口にする。

「どうした、タメ?」

「いえ、なんでもありません」

警備所にそれぞれがヘルメットを返却する。

キリは皆をゆっくりと順番に見つめた。

「これからよろしく」

そう伝えると、解散した。

歩行者デッキに出ると、駅舎の上に、触れたら手が切れそうに細い真冬の三日月が浮かんでいた。為永が瑛美との距離を開けて改札へと向かう。再びアタルがキリに顔を向けてきた。

「親父さんもおまえも、結局、亡くなったお母さんの葬式に呼ばれなかった。墓もどこにあるか知らないんだってな。それで――」

雨宮は、持たせてやった店を巻子がキリに譲ったことが許せないのだ。カットハウスマキの内装をデザインしたのが誠だったことも。

「赤白青の理容店の古いイメージを打ち壊す。あたしがしたいのはそれだけ」

キリもその場をあとにした。

第九章　対決

1

ヘアサロンKAMINOの店頭は開店祝いの花で満たされた。店内の受付カウンターにも、その向かい側のウエイティングスペースにも胡蝶蘭《こちょうらん》の鉢が並んでいる。それらは、旧北マーケットの商店主一同、長谷川、相模湾理容専門学校、烏帽子岩美容専門学校、理容オリベ、サチ不動産、千恵子、父の内装会社など、これまでキリが世話になった多くの関係者たちが贈ってくれたものだ。

キリを含むスタッフ四人は、サロン中央のホールに立っていた。床のタイルは黒と白の市松模様。サロンの奥が扇状に湾曲していて、そこに六つのカットチェアが並んでいる。チェアの向かいの全身鏡は、お客さまの姿を美しく映し出すために一点の曇りもない。

「身だしなみをお互いにチェックしましょう」

キリはスタッフに声をかけた。為永は黒いポロシャツに黒のパンツ。瑛美は白いブラウスに白のロングスカート。アタルは白いTシャツにホワイトジーンズ。キリは黒いブラウスに細身の黒のパンツという巻子を再現したようなマニッシュスタイルだった。揃いのユニフォームを用意する経費の余裕がなかった。私服で施術することになるが、特に服装の指定はしていない。しかし誰もが、モノトーンのインテリアを意識して、こうした装いになったようだ。その偶然がおかしくて、皆で笑った。

「タメちゃん、蒸しタオルのスイッチ入ってる？」瑛美が棘《とげ》のある調子で訊く。「ぬるいタオルじゃ、お客さまが気持ち悪いから」

蒸しタオルは仕上がるのに時間がかかるのだ。

「朝イチで入れました」と為永がふてくされたように応える。「そんなこと、ちゃんと学校で習ってますんで」

国家試験に合格し、為永は晴れて理容師となっていた。キリも資格を取得し、正真正銘このサロンの管理理容師となった。そして今、オープン前の緊張の中にいる。

ふとアタルが、四人が円陣のように向かい合っている真ん中に右手を差し出した。すると、自然とその上に為永が右手を重ねた。その上に瑛美がすっと白い手を載せる。一番上に手を置いた瞬間、キリの中でぐっと込み上げるものがあった。ここまできたんだ――。

そうして、すぐに思う。あたしってばバカみたい、これからオープンだっていうのに。

四人で互いに顔を見交わす。きっと自分の目が潤んでいるのに気がついたのだろう、

「キリ」

「キリさん」

「キリさん」

三人から声をかけられてしまった。それに頷いて応える。みんな、優しくしないで。涙がこぼれちゃうから……。

キリは自分のセンチメンタルな感情を吹き飛ばすためにわざと威勢よく声を出す。

「さあ、行くよ！」

いっせいに右手を撥ね上げると、四人で入口へと走って向かった。

ワオ！モールの店内アナウンスが十時の全館グランドオープンを伝える。ファンファーレが鳴り響き、開店とともにたくさんのクライアントが詰めかけてくれた。

「いらっしゃいませ」

一同でそれを迎え入れる。

「乾杯！」

スパークリングワインのグラスを合わせた。

キリはスタッフ三人を自宅に招いて、開店祝いと連日の盛況を祝うパーティーを催した。とはいえ、料理担当は淳平と誠なのだが。そこに、意外にも瑛美が料理上手で応援に加わっていた。

「わたし、結婚してたことがあるのよね」

「ええっ！」

サロンを持っていたとか、少しずつ明かされる瑛美の素性に皆は興味津々だったが、相変わらず多くが語られることはなかった。

「隣のレインボーのスタイリストはキレエなおネエさまばっかりですけど、みんな不愛想なんですよね」

為永の言葉に、「キレエじゃなく、おまけに若くもなく、不愛想なだけで悪かったわね」瑛美が噛みつく。

「敵意剝き出しになるのも無理ねえだろうな。うちの今のクライアントの男女比は、ほぼ半々。完全にあちらさんの女性客を食っちまってるからな。おまけにキリと瑛美さんのレディースシェービングは予約でいっぱいときてる」

アタルの言うとおりだった。そういう意味で、キリの狙いは的中した。そして千恵子の狙いも。高級ブランドのブティック街があるかと思えば、食品スーパーや家電量販店、シネコンを併設するワオ！モールは、湘南というオシャレなカラーも上手にまとい大盛況である。東海道線の人の流れが変わり、快速通過駅として長らく一日平均乗車人員四万人台で推移していた四方堂が、ついに五万八千人を突破。今や快速停車駅である隣の茅ヶ崎よりも多い。駅からの人の奔流《ほんりゅう》が、歩行者デッキでつながるヘアサロンKAMINOの前を通る。

「この間、レインボーのオーナーが、うちのサロンの中を覗き込むようにしてましたっけ。その顔がもうくやしそうで」

為永がおかしそうに笑う。いつか雨宮を見返してやる……か。キリは為永の言葉に快さを禁じ得ない。

「ほい、おめで鯛《たい》のアクアパッツアですよ」

こういうベタなことを臆面《おくめん》もなく口にしちゃうのがジュンペー君なんだよな、とキリは思う。それはともかく、彼が運んできた大皿料理に皆から歓声が上がった。誠に仕込まれ、淳平はすっかり料理の腕を上げたし、楽しんでもいるようだ。

ひとしきり皆で食べて飲んで、ここまでの戦果を讃《たた》え合ったと思う頃、「あれ、氷見君はどうした？」父のひと言で、キリはあちこち見回す。父はアタルを〝氷見君〟

となんとなく思う。淳平は〝ジュンペー君〟なのに、アタルに対してはなんとなくよそよそしい。

庭に目をやるとアタルが夜空を仰いでいた。キリも出て行って彼の隣に立つ。ふたりでしばらく黙って星を眺めていた。なんだか、しんといい気持ちがする。そしたら、アタルが気分を壊すようなことを言ってきた。

「前にも訊いたことだが、おまえ、レインボーから客を奪うためにサロンのコンセプトをユニセックスにしたわけじゃないよな？」

キリはアタルを見る。

「その顔は図星って感じだな」

キリは再び夜空に目をやった。

「俺たちはおまえの復讐劇に加担するつもりはない」

『ヒミツのふく習ノート』は破り捨ててしまった。だが、自分の中に雨宮に対する敵意があるのは確かだ。

「俺たちがサロンに立つのは、それが仕事だからだ。俺たちが全力で仕事をすることが、クライアントのためになる。俺たちはクライアントのために誠実に行動するが、こっちだってクライアントは選んでる。〝カネを払ってるんだからなんでもやれ〟なんていうのはお断りだ。選び選ばれている関係にあるクライアントが俺たちにとって第一で、そこには復讐とか恨みなんてもんが介在する余地はないはずだ」

「……」

「プレーイングマネージャーのおまえの意思は否応なく俺たちにも反映されるんだ。おまえがなにかを恨んでたり、復讐を考えたりすりゃあ染まっちまう。そうしたもんがつくるんじゃねえかな、サロンのカラーって。クライアントは技術だけじゃなく、雰囲気でもサロンを選ぶぞ。分かってるよな、そんなことおまえは」

「アタル……」

ずっとそばにいて——そんなこと言えるはずなかった。でも、抑え込んできた思いを口にしてしまいそう。この気持ちはなに？　アタルにそばにいてほしいと願うのは、彼がリスペクトするスタイリストで、あたしが間違った判断をした時、アドバイスしてくれる頼れる相棒だから？　それだけ？

「お、キリさんにアタルさん、いい雰囲気ですね」

為永だった。

「だって、ふたりは付き合ってるんでしょ？」

やはり庭に出てきた瑛美が言う。普段は仲良しでない彼らだったが、酔って気分がいいのか一緒に茶々を入れてくる。アタルとキリはお互いに顔を見合ってしまった。

「なんだ、違うの？　わたし、そうだとばっかり思ってたのに」

瑛美がなおも言ってくるので、キリは頬が熱くなる。

あとから出てきた淳平の、「皆さん、デザートの準備ができましたよ」という言葉に、瑛美と為永が歓声を上げつつ家に入る。

「キリちゃん、もっと自分の気持ちに素直になったらいいのにな」

淳平から兄が妹に向かって言うように諭された。淳平が今度はアタルのほうを見て、「氷見君も」と声をかける。

淳平の表情は男っぽい陰影に満ちていた。今と同じような表情を前にも見た。キリをかばってテツから殴られ、顔にあざができた時だ。そうやっていつもキリのためを思ってくれていた。ありがと、ジュンペー君。

「先に行ってるね」

そう言葉を残し、こちらに向けた淳平の背中はすっきりとして見えた。


「わあ〜、顔が白くなった！　すべすべだし、しっとりしてるー。メイクするのがもったいなぁい！　口紅だけで充分ね」

レディースシェービングの客が歓声を上げた。

「ファンデのノリがぜんぜん違うー。この前まで、目の下にくまができてるみたいだったのは、産毛のせいだったんだ」

そうした感想を聞くたびに、キリはレディースシェービングを始めてよかったと思う。それに瑛美の顔剃りの技術も、自分で得意だというとおり確かだった。その瑛美が言っていた。「女性にとって目は命。なら、まつ毛一本におカネを払うより、目尻の産毛を剃ったほうが、よほど目もとが映える」と。

「理容店ってカットが正確じゃない？」「床屋さんのシャンプーって、頭皮をしっかり洗ってくれてる感じがする」と、カットやシャンプーも女性クライアントの心をつかんだ。

「女の人のお客さんが増えて、華やかになったね」

今でもひと月に一度、浜松からやってきてキリの施術を受けてくれる水原がそんな感想をもらした。

「お店の雰囲気もシャレているし、なんだか前よりもいっそう、わざわざ足を運ぶ価値を感じるよ。特別感がある」

一方で、「なんかさ、気取ってんじゃないの？　待合所もファッション雑誌ばっかしでよ、スポーツ新聞置いてねえし」「若い女の子が多くなって、いづらいんだよな」といった声も耳にした。もっぱら、ワオ！モールの地下食料品売り場に出店している旧北マーケットの商店主らの声である。

そんなある日のことだ。

「瑛美さんって、言ってることがいつも違うじゃないですか！　この間は〝優しく〟って言っててましたよね!?」

「ねえ、よく聞いてタメちゃん。繊細なフェイスラインは優しく、肌の感度がやや鈍い後頭部は強めにシャンプーする。タメちゃんのシャンプーは一本調子なの」

「しっかり洗って、しっかりすすぐ、それがシャンプーでしょ!?　僕は学校でそう習いました！」

いつもよりひと際大きな声で瑛美と為永が言い合っていた。キリはふたりのいるシャンプーコーナーに小走りで行く。

「お客さまにご迷惑よ」

三人でバックルームに入った。キリが使うスチール製の事務机がひとつ、それを備品の段ボール箱が取り囲んでいる。いつか訪ねた理容オリベの執務室とは大きな隔たりがある。

「どういうこと？」

キリは瑛美の顔を見て、それから為永に目を移した。

「シャンプーは僕の担当です。責任持って一生懸命仕事してるのに、横からあれこれ言われたくないんですよ」

「ねえ、これだけは聞いて」瑛美がなおも食い下がる。「タメちゃんは、頭の後ろのすすぎが強すぎる。あれじゃ、ただシャンプーを流してるだけ」

「ほら、また矛盾してる！　頭の後ろは感覚が鈍いって言ったばかりじゃないですか！」

為永の言葉に、瑛美がため息をついた。

「ねえ、閉店後に、わたしがあんたにシャンプーする」

「え？」

きょとんとしている為永から、瑛美は視線をキリへと移す。

「いいでしょ、キリさん？」

「瑛美さんにお願いする」

キリは応えた。彼女が頷くと、再び為永を見る。

「あんたはただシャンプーしてるだけ」

そう言い置いて、瑛美はバックルームを出て行った。

「なんだ、あれ？」

と為永が小バカにしたようにもらす。

「瑛美さんはね、おもてなしの心を大切にするスタイリストなの」

キリは諭した。

「お客さまにきれいになっていただくのは目的で、その過程も瑛美さんは重要視している」

自分の言っていることが為永に伝わっているかどうか分からない。それで、キリはなおも言葉を重ねる。

「あたしたちの仕事って、お客さまの気持ちもきれいにして差し上げるものなんじゃない？」

その日の閉店後に、スタッフみんながシャンプーコーナーに集まった。瑛美が為永にシャンプーしている。アタルとキリは傍らに立ってそれを見つめていた。

瑛美は頭の後ろをすすぐ時、シャワーの湯を直接ザーッとかけるのではなく、シャワーヘッドを手で包み指の間から湯を優しくかけまわしていた。さらにシャワーヘッドをくるんだ手の小指側の側面で、ポンポンと頭を軽く叩く。あのように頭の後ろをタップされることで、音とリズムとシャワーのお湯が渾然一体となって心地よさが生まれるのだ。為永はうっとりと目を閉じている。キリがアタルを見ると、瑛美のシャンプーの手際に感心したといった視線を返してきた。

シャンプーを終え、カットチェアに座った為永は、瑛美のブローを受けていた。

「どうタメちゃん――」とキリは声をかける。「あたしたちがお客さまを心地よくすることで、気持ちもきれいにして差し上げられるんじゃないかしら？」

鏡の中の為永が居心地悪そうな表情で、「はい」ぼそりと応えた。

翌日の午後だ。

「きゃあ！」

シャンプーコーナーから悲鳴が聞こえた。キリが急ぎ駆けつけると、為永の持ったシャワーから湯が噴水のように吹き上がって、横になっている中年の女性客に降りそそいでいた。キリはすぐに湯を止める。タオルを持ってきた瑛美が、「申し訳ございません。申し訳ございませんでした」必死に客に謝りながら処置を始めた。

「まったくもう、どういうことよ！」

客のほうはかんかんだ。

「大変申し訳ございません」

キリは詫びながら、茫然とした表情で為永が握っているシャワーヘッドを手から外した。彼が虚ろにこちらを見る。キリは静かに頷いた。為永がはっとして、「申し訳ありませんでした！」客に向けて平身低頭した。

その客が帰ると、「簡単にできそうだったんだけどな……」為永がぽつりと言葉をもらした。さすがにショックを受けたようでしょんぼりと肩を落としている。

「学校で習わないことをさせたからだ、なんて言わないでよね」瑛美が笑いを含んだ表情で彼に声をかける。「さあ、今日から閉店後に特訓よ」

その言葉どおり、瑛美が実験台になって、為永のシャワータップの練習が始まった。瑛美はさんざん湯をかぶったが、ひとつも文句を言わなかった。やらないことには腹を立てるが、やることには協力するのが瑛美なのだ、とキリは思う。

徐々に特訓の成果が現れ始めた頃、為永に向けてキリは言った。

「顔の見えない不特定多数の誰かに向けてやっていたことが学校の授業なの。ここでは、わざわざ足を運んできてくれるひとりひとりのお客さまに向き合わないといけない」

彼は殊勝な面持ちで頷いていた。

為永のシャワー噴水事件がきっかけというわけではないだろうが、ちょうど境となるように女性客がだんだんと減り始めた。そして、一本のクレームの電話が入ったのである。

「俺も一緒に行くか？」

アタルが言ってくれたが、「ううん、瑛美さんとあたしだけで大丈夫。あんまり大勢で押しかけるのもなんだから」とキリは返事した。

「しかし、電話の声の調子があんまり威圧的だったからな」

アタルはなおも心配げな様子だ。

「こんなことになって、ごめんなさい」

いつもはポーカーフェイスの瑛美もしょげ返っていた。

その日の午後、中学二、三年生くらいの少年がひとり来店した。担当したのは瑛美で、長めだった髪を短く刈り上げてほしいと本人に言われた。KAMINOではスタイリストそれぞれに一脚ずつワゴンが傍らに置かれ、ハサミとクシが並んでいる。ハサミ、クシ、レザーは、ひとりのクライアントの施術が終わるごとに消毒する。瑛美は自分のワゴンからハサミを取ると、いつものように薬指を軸にくるりと回して持ち手を変え、少年の頭を刈り上げた。ところが、彼が帰宅して間もなく父親から電話が入った。

「娘の髪を切ったのはおまえか!?」

受話器を取ったのはアタルで、いきなりそう怒鳴り散らされた。

「お名前をお聞かせいただけませんか？　お嬢さまのお名前を教えてください」

まずはそう尋ねる。

「カオルだ！　ササキカオルだよ！」

「少々お待ちくださいませ」

電話をメロディー音の保留にすると、すぐさま入り口のカウンターに飛んでいって、受付表を確認した。来店したクライアントには、すべて名前をカタカナで記入してもらう。担当したスタイリストの欄を見ると、瑛美になっていた。

記憶をたどったアタルはすべてを理解した。彼は——さっき瑛美がカットした少年は、彼女だったのだ！

「すみませんでした」

アタルは電話の少女の父親に平謝りに謝った。

「こんな頭じゃ、娘は恥ずかしくて学校に行けないだろ！　かつら持ってこいよ！」

一方的に言い放つと電話を切った。

「わたしが、もっときちんとカウンセリングをしていればよかったの」

瑛美はすっかり気落ちしていた。

「いや、あれは男の子だと思うって」

と、少女の姿を見ていたアタルが慰める。

「服装はデニムシャツにジーンズ。身のこなしだって、どう見たって男子だった。うん」

「あ、僕がシャンプーした時も女の子だなんてまったく思いませんでしたね」

と為永が瑛美を擁護するように言う。例の事件以来、彼はずいぶんと謙虚になった。

「彼、じゃない、彼女は〝自分〟って自称してました。〝何年生？〟って訊いたら

〝自分は二年です〟って応えましたから」

みんなの話を聞いていたキリは、「ともかく、これから謝りに行ってくる」と告げた。個室で女性クライアントにシェービングしていたので、キリはその少女の姿を見ていない。しかし、この際、その少女がどう見えたかは関係ないのだ。クレームが入ったからには対処しなければならなかった。

出入り業者に急遽《きゅうきょ》ウィッグを届けてもらい、瑛美とともに相手宅を訪問したのは夜になってからだった。アタルが電話で聞いた住所は、佐々木《ささき》クリーニングという自宅兼店舗である。

「申し訳ございません」

店の奥の座敷で、瑛美とキリは手をついて謝る。座卓で、佐々木は仕事上がりのビールを飲んでいた。齢のわりには白髪が多く混じった髪を短く刈り込んだ風貌は、いかにも職人といった雰囲気だった。

「カオルの髪を切ったのはあんたのほうかい？」

そう訊かれ、隣にいる瑛美は頭を下げたままで、「はい」と返事する。

「あんた、カオルが女だって分かんなかったのか？」

瑛美は無言のままでいた。

「いいから、ふたりとも顔を上げろよ」

瑛美とキリは身を起こす。佐々木の隣に疲れたように座っている妻の姿があった。

「もう一度訊くが、カオルが女だって気づかなかったのか？　クリーニングに出された男ものと女ものじゃ、糊のかけ方が違う。男のワイシャツはぱりっと糊を利かせてかちっと仕上げる。女のブラウスはソフトに仕上げる。男ものか女ものかは、ひと目見れば分かる」

「申し訳ありません。わたしがお嬢さまのお話を正確に聞き取るべきだったんです」

佐々木が缶ビールをコップにつぎ、ぐいと呷《あお》った。そして、音を立ててコップを置くと、妻を怒鳴りつける。

「おまえが身だしなみをきちんと教えねえからだ！　だから、カオルはあんな男だか女だか分かんねえカッコしてるんじゃねえか！」

妻はやるせない表情で無言のままでいた。

階段を踏み鳴らすような音がしたかと思うと、カオルが姿を現した。髪を刈り上げ、すっくと立っている姿はやはり少年にしか見えない。

「母さんには関係ないことだから！」

その言葉を聞いても佐々木の妻は表情を変えず、諦めたようになにも言わなかった。佐々木が娘をきっと睨みつける。

「おまえがそんなふうだからこんなことになるんだ！　もっと女らしくしろ！」

カオルが唇を震わせながら父を見返した。

「自分は、自分らしくしてるよ」

静かに言い返した。

「訳の分からないことはいいかげんよせ！　明日からはこれを被るんだ！」

佐々木が、キリの持ってきた手提げからビニールに入ったウィッグを鷲掴みにして突きつけた。

「被らない！　そんなもん絶対に被るもんか！」


佐々木宅を辞し、瑛美とキリが暗い路地の街灯の下を歩いていると、「待ってください！」カオルが追いかけてきた。

「これ――」

瑛美に向かって封筒を突きつける。それは、キリがウィッグと一緒に渡したカオルのカット料の返金だった。

「自分が望むとおりに切ってもらったんですから、おカネを返してもらう必要なんてないんです」

どうしていいか分からないでいる瑛美に、カオルが無理やり封筒を握らせた。そうして、懸命な様子で伝える。

「やっと自分が入りやすいサロンを見つけたんです。また行きます」

それまで黙っていた瑛美がカオルに向けて口を開いた。

「わたしさ、この髪の色、地毛なんだ」

キリにも意外だった。瑛美の赤みがかった茶髪はヘアカラーによるものだとばかり思っていたから。実際よく似合っていたし。

「中学時代にね、男の担任教師から黒く染めろって言われたの。そんな理不尽な話、受け入れられるはずないでしょ？　だからね、丸刈りになって学校に行ってやった。以後、担任はいっさい髪の色のことは言わなくなったけどね」

瑛美がふふと笑うと、カオルも小さく笑った。ふたりは、なにかが通じ合っているのだとキリは感じた。いや違う。閉ざされていたカオルの心に、瑛美が心を通わせたのだ。

「高校はね、規則の厳しくないところを選んだ。わたしの髪の色について、なにも口出ししないところをね。その時には、どんな仕事に就くかも決めてた。規則でがんじがらめになってる堅物なオジサンに、オシャレとかカッコいいヘアスタイルってなにかを教えてあげるために理容師になろうって」

瑛美が真っ直ぐにカオルを見た。

「あと数年でよくなるから。こんな状況からもうすぐ出られる。大人になれば、自分で選択できる。そうして、自分自身の人生を送れるようになるから」

カオルは黙って瑛美を見つめ返していた。

「もう少しだけ我慢して。そしてね、思いっきり前を向くの」

瑛美がなおも言った。

カオルの頬を涙が伝い落ちた。薄暗い路地で、声を上げないように必死にこらえている。

「その先がバラ色だなんて言うつもりはないけど、少なくとも自分自身の人生がそこから本格始動するんだって思って。今はね、近い将来の自立に備えるの。自分の適性をしっかり見つめて、将来就きたい仕事はなにか、そのためにどんな勉強が必要か、それを探るの」

カオルが泣きやむのを待って、ふたりは別れを告げた。それ以上できることはなにもなかった。

「瑛美さんって、やっぱ大人だね」

並んで歩きながらキリはつくづく感心していた。

「オトナ？　わたし二十九だよ。キリさんとあんまり変わんないでしょ……って、やっぱ変わるか」

ふたりで笑い合う。

「あの子は、きっと他人の痛みが分かる大人になるわね。ま、痛みなんてないほうがいいんだけど」

「人の痛みが分かる瑛美さんにも、過去があるんでしょ？」

しばらく彼女は黙って歩いていたが、口を開いた。

「理容師だった夫とふたりでサロンを始めたの。駅前でいいロケーションだった。とても流行ったのよ」

ぽつりぽつり話を継いだ。

「あくまで最初のうちは、ということだけどね」

キリはなにも言わずに頷く。

「主なお客さまは、丘陵地の住宅街からバスで来る通勤の方々。皆、お馴染みさんだった。ところが、その丘陵地の真ん中に商業施設ができた途端、客足がぱったり途絶えた。そこに理容サロンも出店したの」

瑛美の目は昔を懐かしんでもおらず、かといって忘れようともしていなかった。

「夫は、いつかお客さまが戻ってくると信じてた。けれど、いったん変わってしまった流れは、元には戻らない」

瑛美が小さく首を振った。

「そして、わたしたちは離婚して店を閉めた」

2

ヘアサロンKAMINOの客足は落ち続けた。最初は女性客から引き始めたが、それとともに男性客の足も遠のいてしまった。

「ねえ、蓮《れん》君も最近きてくれなくなったでしょ」

瑛美の言葉に、アタルが苦い表情をした。高校生の蓮は、アタルが担当するクライアントで、ふたりは兄弟のように打ち解けた様子で話をしていた。最近バイクの免許を取ったようで、今度一緒にツーリングしたいという蓮を、「あまり飛ばすなよ」とアタルがたしなめていた。「俺、頭悪いし、アタルさんと同じ仕事に就こうかな」と蓮が言うのをキリは聞いたことがある。「スタイリストはな、頭が悪い人間には務まらんぞ。日々、勉強が必要だし、新しい技術や流行にも敏感でなきゃならない」アタルがそう説くと、蓮は真剣な顔で頷いていた。その表情を見て、彼はアタルに憧れていて、もしかしたら本当にスタイリストを目指すかもしれないと思ったものだ。しかし、蓮さえも来店しなくなった。

「すみません」

と為永が頭を下げた。

「僕のせいです。僕がお客さまにご迷惑をおかけしたことで、サロンの評判が落ちたんだと思います」

「そんなことない」

と瑛美が弁護する。

「タメちゃんには、いろいろ口出しして悪かったと思ってる。あれこれ言われて、迷っちゃったんだよね」

「瑛美さん」

為永が彼女を見やる。

平日の夕方前の中途半端な時刻とはいえ、クライアントがひとりもいないホールにスタッフ全員が集まっていた。

「お客さまにいらしていただけない理由は分かってる」

キリはみんなに向けて言う。女性のシェービング以外は予約を受け付けていないので、週末など混み合う際には一時間ほどの待ち時間が発生する。スタイリストを指名した場合、それが瑛美やキリでレディースシェービングの予約と重なっていたりすると、待ち時間はさらに長くなる。

これが予約制がスタンダードな美容院を利用してきた女性クライアントには不満だったようだ。逆に男性客にしてみれば、サロンに女性客の姿があると、ウエイティングスペースで寛ぐこともできない。女性誌ばかりが増えて読む雑誌や新聞が少ない、という男性客の声も届いていた。

「どっちつかずになっているわけですよね」

と為永が言った。

「タメちゃんには、なにかアイデアがある？」

キリは質問してみる。

「サインポールを出すべきだと思うんです」

それを聞いて、工事中のサロンに来た際、「予約もなし、サインポールもなしってことですよね……」と為永が不安げに口にしたのをキリは思い出していた。

「原点に帰るべきじゃないでしょうか？　ユニセックスなサロンではなく男性が来る理容店に立ち返るんです。赤白青の看板の床屋のイメージから脱却するんだっていうキリさんの気持ちは分かります。しかし、理容店は男性客が思い立ってふらりと訪れる場所だという捉え方と、サインポールを出さないという考えに矛盾を感じます」

「サインポールを出すのは待って。あたしに考えがあるから、もう少し待って」

キリはあくまで主張した。

「アタルさんはどう思います？」

為永が意見を求めると、「ＫＡＭＩＮＯはキリのサロンだ。最後はキリの決定に従うしかない」彼が静かに諭した。

「あたしの決定というより、お客さまが決めることだと思ってる」

キリはみんなに向かって主張する。

「このサロンが女性向けなのか、男性が集まるところなのか、それとも女性にも男性にもいらしていただけるのか――それを決めるのはお客さま。あたしはそれを見届けたいの」


客離れはレディースシェービングの予約にも響いていた。施術は個室で行うとはいえ、女性はどうしても男性の目が気になる。カットチェアに座っているのが男性ばかりで、ウエイティングスペースに男性の顔が並んでいれば店内に入りにくい。それまでは多くの女性の姿があったことでバランスがとれていたのだ。

そこで、キリは〝サロン内サロン〟のコンセプトで個室をレディースシェービングKAMINOとし、ポスターやWebサイトなどすべての宣伝媒体に本体のヘアサロンと完全に区分けして表示した。もちろん、売りである小顔シェービングというメニューも大々的にアピールしている。

功を奏したようで、ネットや電話の予約が増えた。「やった!」と思った。

ところが……である、時間になっても客が現れないのだ。ヘアサロンの前まできても、サロン内サロンの場所が分からなかったり、やはり入りにくかったりしたのだろう。

予約時間に、キリは入り口で待って案内しようとした。サロンの前まできた客らしい女性が、店内を覗き込むと通り過ぎてしまった。

キリは彼女を小走りに追う。

「あの、レディースシェービングのお客さまではありませんか？」声をかけると、

「違います！　違いますから！」その女性は慌てて否定すると逃げるように去っていった。

今やわずかな男性客だけが訪れるようになったうちのサロンは、そんなにも女性には入りにくいのか……キリは悲しくなった。

顔を上げるとビューティーサロンレインボーの前にいる雨宮と目が合う。彼がつかつかと近づいてきた。

「おかしいですか、雨宮さん？　お客さまに逃げられたあたしを笑いにきたんでしょ？」

雨宮が無表情のまま封筒を突きつけた。

「これを渡したかったんだ。何度か渡そうとサロンの前まで行ったが、お宅のスタッフやお客さまがいたんでな。さっき、店の入り口に立ってる姿が見えたんで、出てく

るのを待ってたんだ」

それだけ言うと自分の店に戻ってしまった。

封筒には〔キリちゃんへ〕と表書きされていた。文字を見れば分かる。巻子が自分に宛てた手紙のようだった。

キリもサロンに戻ると、バックルームで開封し読み始めた。手紙の文も〔キリちゃんへ〕で始まっていた。改めて見る母の文字は、凜として美しかった。

＊

キリちゃんへ

さっきはレザーを渡すことができてよかったです。本当はわたし自身のことをもう少し話しておきたかった。でも、やっぱり自分の口から話すのは照れ臭いので、こうして手紙でよかったのかもしれません。

わたしは、あなたのよい母親ではなかった（キリちゃんの「マジそうだよね」というため息混じりの声が聞こえてきそうです）。わたしの母は、父と離婚するとわたしを連れて実家に戻りました。それが間もなく好きな男性ができてわたしを捨てて彼のもとに走った。その後、母がどうしているかは知りません。その男性と一緒なのかどうかも不明です。わたしは母を探そうともしなかったし、母のほうもわたしにいっさい連絡をとってこなかった。両親がいなかったわたしには、あなたをきちんと育てる責任と自覚が欠如していた。それははっきり認めます。両親がいなかったからこうなったというのも言いわけめいているかもしれませんね、なにしろわたしには祖母がいたのですから。わたしを愛してくれた祖母が。

わたしの祖母、あなたには曾祖母に当たる人、ややこしくならないようにここはトメさんと呼ぶことにしましょうか。トメさんは、うりざね顔の姿のいい人でした。きりっと引き締まったような人。いつも和服を着ていました。トメさんは、わたしに対して特別に優しくもなく、特別に厳しくもなく接してくれました。

わたしはトメさんについて、鎌倉のお屋敷町や江の島の商売をしているお宅を回りました。トメさんは髪結いをしてわたしを育ててくれたのです。暮しはとても貧しかった。雨の日も風の日も、寒い日も暑い日も、毎日毎日ほとんどを歩いて移動します。バス代を節約したのです。長く急な坂を上り、下って、切り通しを抜け、谷戸《やと》にたたずむ家々を訪ねます。靴擦れが痛くても、わたしは泣かなかった。それくらいしか、わたしにはできることがなかったのです。そして、思った。いつか、トメさんにお店を持たせてあげたいと。お客さんのほうからお店に来てもらえるようにしてあげたい。大きくなったらわたしが働いて、お店を持たせてあげようと。

そんなある日、髪結いに行った江の島のお店で、わたしは粗相《そそう》してしまいました。その家の居間にあった水鳥のガラスのオモチャを壊してしまったのです。「かわいい」と言って抱いたのですが、ちっともそんなことは思っていなかった。その家の優しそうな母親が「家族みんなで仲良くしていると、このオモチャは動いているんだよ」そう言うのを耳にして、壊してやったのでした。わたしが壊したかったのは、その家の幸福だったのです。家族の団らんがうらやましくて仕方なかった。

トメさんはそのオモチャを買って弁償しました。その時、わたしの分も買ってくれた。きっと、わたしが欲しかったのだと思ったのでしょう。腰越《こしごえ》の漁師町にある粗末な小屋がわたしたちの家でした。風が強い日にはガタガタと揺れるその小屋で、ハッピーバードは動き続けたのです。もしかしたら、トメさんは、わたしの真意を知っていたのかもしれません。ハッピーバードは、小屋に不釣り合いでした。でも、トメさんとわたしが仲良くしている限り動き続けました。

中学を卒業すると、わたしは学費の安い公共職業訓練校で勉強し、理容師の資格を取りました。理容師を選んだのは、トメさんが日本カミソリを巧みに扱う姿を見ていたからです。理容師免許を取って、これからはトメさんに楽をさせてやるんだとわたしは張り切っていました。その矢先でした、トメさんが亡くなったのは。わたしは役所に相談してトメさんを埋葬しました。わたしひとりきりの野辺の送りです。理容師になった姿をトメさんに見せることができず、とても悲しかった。

それでもバーバーチーで働けるようになったのは幸運でした。チーちゃんからは仕事だけでなくいろんなことを学びました。わたしにとってはトメさんともうひとりチーちゃんが母親代わりです。

バーバーチーにお客できていた誠さん、あなたのパパに会えたことももちろん幸福でした。なんていうのかしら、十七歳上のパパは、わたしの父親代わりだった。十九歳で結婚し、二十歳であなたを産んだわたしは、初めて安らぎというものを覚えたのです。でも、トメさんと上り下りの多い鎌倉の道を毎日歩き続けていた記憶はけっして消えることはなかった。

子育ての期間、わたしは理容の仕事を休んでいました。でも、あなたに手がかからなくなると（「あたし、もともとママの手をわずらわしてなんかいないし」とまたキリちゃんから言われそう）、バーバーチーに復帰しました。なぜかというと、理容という仕事が一生続けられる仕事であるのを、チーちゃんに教えてもらっていたからです。お客さまと一生付き合える仕事であると。チーちゃん本人がそれを実践していましたし、日本カミソリひとつでわたしを育ててくれたトメさんにその言葉を重ねていたのかもしれません。もっともトメさんは理容師どころかなんの資格も持っていなかった。だからこそ、正式な資格を得たわたしは、亡くなったトメさんに代わって自分の店を持つのだとも思うようになっていました。

現在、美容師の資格を得た二割から三割の人が美容師にならず、化粧品関係やエステの仕事に就くとのことです。美容師になってもほんの一、二年で半分が辞めてしまうとも聞きました。美容師は若いこと自体がひとつの武器であるように思うのです。美容院に通う女性のお客さまはきれいと同時に若さが欲しいのです。若い美容師に施術してもらうことが最新流行であり、そこから若さを得るのです。そうして、寿命の短い美容師が使い捨てされるのかもしれません。それに比べて男性のお客さまと一緒に齢を重ねていけるのが理容師です。

話が脇道にそれました。バーバーチーに戻ったわたしは、二十八歳で雨宮と出会います。当時、雨宮は三十歳でした。雨宮はわたしに店を持たせてくれると言いました。なにも雨宮は、自分と一緒になる代わりに店を持たせると言ったわけではありません。それでも、わたしは家を出ることにしました。どう言えばいいのでしょう、誠さんと結婚した時、わたしはまだ子どもでした。結婚以来、齢上の誠さんの庇護《ひご》のもとにいた。その頃、わたしは誠さんから巣立とうとしていたのです。

誠さんから巣立っただけで、今度は二歳上の雨宮に移っただけではないかと言われたら返す言葉がありません。でも、わたしは以前のように、ただ巣の中にはいなかった。別れた誠さんはサロンに通ってきていたし、あなたも理容師になった。雨宮は、わたしがいつまでもあなたたち親子とつながりを持っているのが嫌だったみたい。

　誠さんから、あなたがバーバーチーに勤めたことを聞いて、顔剃りの客になってあげてほしいと雨宮に頼んだのはわたしです。最初の顔剃りは緊張するはずだから。そんな頼みごとをするわたしに腹を立てながらも、雨宮は出掛けていきました。そんなことだから、あの人はあなたたちに対してますます意固地になってしまった。でも、雨宮が一番許せなかったのは、彼が満足するほどには、わたしが愛してあげられなかったからじゃないかしら。

　では、わたしが愛していたものはなにか？　理容の仕事――そう言うとカッコつけすぎかな。むしろ、わたしは、一生の仕事だという理容の仕事に携わることを、道しるべにしようとしたのです。

　わたしは、母と同じことをしてしまった。家を出る時、「一緒に行く？」と声をかけると、あなたは首を振って誠さんのもとに残った。幼いながら、あなたの判断はとても賢明なものだったけれど、それでもわたしはあなたを捨てた。誠さんも捨てた。そして、今は雨宮をいつも苛立《いらだ》たせている。そんなわたしはいったいなんなのか？――それを知りたくて、理容という仕事に就いているのです。理容という仕事を続けている中で、自分がなんなのかが分かるような気がするのです、いわば、自分を知るための道しるべが理容という仕事なのでした。

一方で、理容はたんに髪を切ったり、顔を剃ったりするだけではなく、その人の人生にかかわる仕事だと思います。かつて、お客さまのほうから出向いてもらえるようにと、わたしはトメさんにお店を持たせてあげたかった。でも、こうも思うようになりました。毎日長い道のりを歩いてトメさんは大変だったろうけれど、そうやって人の家に足を運ぶことで、その人の人生にもかかわりたかったんじゃないのかな、と。彼女は店が持てないから仕方なく家を訪ね歩いてたんじゃない。お姑さんの世話や子育てで家を離れられなかったり、お店の仕事が忙しい人たちが、トメさんが来るのを待っていた。そしてトメさんは髪結いの仕事の中でその人たちと深くかかわり愚痴を聴いたり、話し相手になったりした。

そう思うようになったわたしは、お店に来られない方たちのところに出向いて差し上げたくなりました。それで訪問理容を始めたのです。今、自分が病を得て、そういう立場になってつくづく分かるのですが、人はいつまでもきれいでいたいのです。幾つになっても、女性は美しく、男性は格好よくありたい。身だしなみを整えると人はしゃんとします。気分だって上がります。せめて、少しは人のために役立ちたいと思いながら、最後に訪問理容でオシャレのお手伝いをさせていただきました。トメさんの面影を思い出し、感謝を込めて。

さて、勝手なことを書き連ねてしまいましたが、キリちゃん、あなたはわたしよりずっとずっとしっかりしています。技術も上。カットもだけど、左手でレザーを使ったのには本当にびっくりしました。あんなことができる理容師がいるんだね。きっと、キリちゃんが誰よりも努力してきた証なのでしょう。

あなたが、わたしを嫌いで避けていたのを知っています。でも、わたしはキリちゃんが大好きだったよ。ひとりで強く成長していくあなたを尊敬していました。どうぞステキな理容師になってください。日本一のとか、世界一の、なんて言いません。お店にいらした方を幸せにして差し上げる理容師になってください。

巻子

＊

「あははは、ママってやっぱなんにも分かってなーい。あたしはちっとも強くなんてないし。それに……」

キリの目から不用意な涙がぼろぼろっとこぼれ落ちた。

「ママのこと嫌いになろうと思ったけど……なれなかった。……大好きだったよ」

思い出したことがある。ＮＥＷバーバーチーの店先にタクシーで乗りつけた年配の男性がいた。その人は、住んでいる地域に理容店がなく、理容料金よりも高いタクシー代を支払って訪ねてくれたのだ。ヘアサロンKAMINOになった今も常連さんだ。相変わらずタクシーで通ってくださっている。〝お店に来られない方たちのところに出向いて差し上げたくなりました。〟という巻子の一文には考えさせられた。そういう人たちもきっといることだろう。〔最後に訪問理容でオシャレのお手伝いをさせていただきました。〕という彼女の思いも分かった気がする。

そこでキリはため息をついた。〔最後に〕という文字を綴《つづ》った時、ママはどんな気持ちだったのだろう？　いや、それだけでなく、ママの一生ってなんだったんだろう？　なにより巻子本人が一番それを知りたくて理容の仕事を続けていたのだ。

オープンから半年、ヘアサロンKAMINOの業績は悪化の一途をたどっていた。それでも変わらず来店してくれるバーバーチー以来のお馴染みさんがいる。たとえば、小西がそうだ。ソフトモヒカンになった自分の姿をゲームのラスボスだと言って、以来、このスタイルがお気に入りだ。もちろん、カットはいつもキリを指名する。

「今日時間ないんだよね、カットだけにしてくれる？」

「承知しました」

そう応えながら、キリはどうしたものかと思った。彼は皮脂の分泌が多い。トップを仕上げる時、ドライヤーを使えば熱で反応して頭皮がにおいを放つことになる。だが、まさか客にそんなことを言えるはずがない。

「カットの前に髪をウエットにしますね」

そう言って、シャンプーコーナーに案内した。すると為永が心得たように、「軽くシャンプーしときます」とキリにそっと告げた。彼の成長を見る思いがした。

閉店後、その為永が、「男性クライアントに特化したサロンづくりをしましょう」再び提案してきた。

「サインポールを出しましょうよ」

キリは黙っていた。

「どうしてなんですか？　なぜ、今のユニセックスにこだわり続けるんですか？」

アタルも瑛美も、キリがなにか言うのを待っていた。

キリは唇を噛んでうつむいている。

「瑛美さんはどう思う？」

アタルにそう促され、彼女がキリに向かってゆっくりと語りかけてきた。

「前にも話したけれど、わたしは自分のサロンを潰している。その経験から言って――もちろん自慢にもならない経験よ――でも言うけど、流れに逆らってもあらがいようがない時があるの。今がそれだと思う」

自分が頑なになっているのは分かっていた。けれど、キリは引くわけにはいかなかった。これはついにやってきた雨宮との一騎打ちなのだ。レインボーのクライアントを奪うんだ。やつを見返してやるんだ。十歳の自分が『ヒミツのふく習ノート』に誓ったように……。

するると、再び為永が、「この前、アタルさんは、KAMINOはキリさんのサロンだって言いました。だけど、スタッフである僕たちのサロンでもあるんです。ただ傍観していられません！」そう力説する。

彼に、いや、ここにいる誰に対してというわけでなく、「……まだ負けてない」キリは虚ろに言った。そして今度は、「絶対に絶対に負けてない!!」大声で叫んだ。

「落ち着けよ、キリ」

アタルが自分の両肩をしっかりと押さえていた。その手が温かだった。

「タメの言うとおりだと思って反省したよ。もし実家の店だったら、スタッフに向けて〝ここは親父のサロンだから〟なんて言い方、絶対にしないもんな」

今度は為永に向けて、「俺が間違ってたよ」きっぱりとそう告げる。

「アタルさん……」

為永もどぎまぎしていた。

「今日はこのへんにしよう」

アタルが瑛美と為永を帰した。

3

「さっき〝負けてない〟って言ってた相手はレインボーか？　それとも雨宮さんか？」

ふたりになるとアタルが言った。

「前にも言ったよな、〝俺たちはおまえの復讐劇に加担するつもりはない〟って。恨みつらみで判断すると、サロンを間違った方向に導くことになるぞ」

キリは小さく首を振った。

「ごめん、取り乱しちゃったね。カッコ悪い」

アタルが鼻の下を指でこする。

「俺も、タメにやり込められたよ」

思わずキリも薄く笑ってしまう。

「タメちゃんが、KAMINOは自分たちのサロンでもあるって言ってくれた時、あたし、嬉しかった」

「半年で、あいつ成長したな。もともと植木先生推薦の成績優秀者なわけだし」

キリは頷いた。

「タメちゃんをスタイリストに昇格しようと思う」

「いいかもな。手も足りなくなることだし」

「え？」

急いでアタルの顔を見た。心臓が音を立てていた。

「帰ることにしたよ。親父が軽いぎっくり腰をやっちまってな。店を手伝ってくれって連絡があった。実は前々から戻ってくるように言われてたんだ」

キリは止めていた息を吐いた。

「そう」

と返事する。自分の声ではないようだった。

「お父さん、心配ね」

「いや、そんなに重症じゃないんだ。ただ、どうも少し気弱になったらしい」

また、鼻の下をこする。

ついにこの時が来たんだ。自分が恐れ続けていたこの時が。アタルは帰ってしまう人。それをあたしは引き止められない。かといって一緒にも行けない。

――一緒に行く？　アタルについて行く？　その考えに驚いていた。

「帰るのは、もうしばらくＫＡＭＩＮＯの様子を見てからにしたいと思ってる」

彼が言う。

あたしは……あたしは……アタルが好きなんだ。スタイリストとしての彼のことだけじゃなく、この人が好きなんだ。胸がドキドキしてくる。だったら、なにもかも放り出して「一緒に連れてって」と訴えるのはどうか？　雨宮との対決にも敗れそうな今、アタルと一緒に生きたいと伝える。「バカ言ってんじゃねえよ」って、アタルに笑われたっていい。好きだって伝えよう。実は前から好きだったの。自分でも気づいてなかったんだけど。

しかし、自分の口からこぼれ出たのは、「悪いね」という平気そうな声のひと言だった。

その夜、アタルと並んで立ったことのある自宅の庭で空を見上げた。自分の勘違いを嘲笑《あざわら》いながら「星よせいぜい光って」と心でつぶやいていた。

「こちらをお返しに伺いました」

翌日、四十代後半の女性が来店し、受付にメンバーズカードを差し出した。それを見た為永が、奥でハサミの消毒をしているアタルのところに急いで行った。相変わらず客の姿はなく、キリはウエイティングスペースにある雑誌のページ間の毛払いをしていた。雑誌を眺めながらカットを受けたいクライアントもいる。

アタルが女性のもとにやってきた。

「あなたが氷見さんですか？」

「はい」

彼が返事すると、「蓮の母です」と彼女は言った。

「ああ、どうも……」

アタルは混乱しているようだ。キリも状況が呑み込めないまま、傍らで見守っていた。

「あの子、もうこちらに来られないので、カードをお返しに伺ったんです」

それを聞いて、アタルがはっとするのが分かった。キリも、彼女の言葉の示す意味を理解した。

「ここに来るのを、とっても楽しみにしてたんですよ。仲良くしていただいている氷見さんというスタイリストさんがいるって。財布のカード入れの一番上に、このカードも入ってました。わたしも、どんなところか一度見てみたかった。だから来てしまいました。カードをお返しするのはこじつけ」

病気でなのか、事故なのか、理由は口にしない。いや、蓮が亡くなったということ自体を母親は口にしていなかった。それでも、遠巻きに見ている瑛美にも、為永にも、スタッフ全員にそれが分かったようだ。

「では」

と言って帰ろうとする母親を、「あの――」アタルが引き止めた。

「よかったら、髪、セットさせてもらえないですか？」

心労のためか、彼女は自分の髪に構っている様子がなかった。

「あ、そうね」

母親が微笑んだ。泣きだしそうな笑顔だった。

「お願いしようかしら」

カットクロスを付けると、アタルがブラシでとかし始めた。

「蓮君の手ごわい癖っ毛は、お母さん譲りなんですね」

鏡に映る彼の目が真っ赤だった。母親も肩を震わせて泣いていた。向こうで、瑛美も為永も必死に涙をこらえている。見つめているキリの目もぼやけてしまった。

雨宮との対決？　勝ったとか、負けたとか、そんなことのためにあたしはサロンを開いたの？

「あたしが間違ってた」

蓮の母親が帰ると、キリはすぐにみんなに向かって言った。

「どういうサロンにするかはお客さまに決めていただくんじゃなく、こちらが発信しなければいけないことだったの」

「で、キリはどういうサロンにしようと思うんだ？」

アタルが訊いてくる。

「あたしが目指すのはひとつ。女性も男性もやってきたくなるサロンよ」

「じゃあ」

と為永が呆れたような表情をしてみせる。

「キリさんは、今のコンセプトのままでいいと？」

キリは首を振った。

「女性も男性もやってきたくなるサロンづくり――それは最終目標。でも、段階を踏む必要があると思い直したの」

ＫＡＭＩＮＯの店頭にサインポールを掲げた。赤白青ではなく、インテリアに合わせた黒と白のモノトーンで、レトロモダンの意匠《いしょう》が目を引く。

メニューも増やした。

「オシャレはしたいけれど、美容院に行きにくい、そんな男性のお客さまに〝理容店のほうがいいですよ〟ということを正しく伝えることにしました」

キリは『地元の元気店』のコーナーの取材にきた『よもよも四方堂』の淳平記者に

そう応える。

「なるほど」と淳平がメモを取りながら、「そのために具体的になにをしましたか？」さらに質問してくる。

「美容院と差別化を図れるのは、やはり顔剃りです。これを徹底的にアピールするため、従来のシェービングをさらに進化させました。普段自分ではきれいに剃れない難しいところまでしっかりケアすることはもちろん、一番のセールスポイントは眉毛です。眉の形と長さをカッコよく整えます。さらには、敏感肌の人にも使用できる実力派ナチュラル化粧品を使用し、自宅や他店でのシェービング後の肌とは、見た目、手触りともに歴然の差をつけました。それから、もうひとつの売りはメンズエステです。ここから先は、瑛美さんに紹介してもらいます」

瑛美が強張った面持ちで、「ヘアサロンKAMINOのスタイリスト、熊代でございます。よろしくお願いいたします」がちがちになって挨拶する。

その様子を見て、みんな吹き出しそうになる。

「あの、瑛美さん、カメラが回ってるわけじゃないんで、そう硬くならないで」

淳平に言われ、瑛美もやっと表情を和らげた。

「はー、わたし、取材とか受けるの初めてなものだから」

気分を取り直して、「スタッフ一同、エステの講師からみっちり研修指導を受けました」と語り始める。講師とは烏帽子岩美容専門学校のマダム寿美須である。

「施術内容は、まず一〇〇パーセント植物性のクレンジングオイルで、毛穴の脂汚れを肌に残さず、優しく、きちんと洗い落とします。丹念なシェービング後、余分な角質のみに働きかけるピーリングジェルで、乾燥、くすみ、汚れを優しくケア。最後に化粧水と乳液でしっかり保湿、透明感のある肌に仕上げます。〝エステには恥ずかしくて行けないけど、髪を切るついでなら〟とお客さまに好評です。五十代、六十代で利用される方も増えています」

そこで為永がしゃしゃり出る。

「ほら、メンズエステってパンフに値段が出てなくて、体験コースに行くと、キレエなおネエさまが現れて、いつの間にかローン組まされちゃうってイメージあるじゃないですか。その点、うちは明朗会計だし、値段も安いと」

「タメちゃんて、ほんと〝キレエなおネエさま〟好きねえ」

そう瑛美に突っ込まれる。

「キレエなおネエさまは男ならみんな好きですよ。ねえ、アタルさん」

「俺に振るな、俺に」

キリは笑って言う。

「では、アタルからヘッドスパの紹介があります」

コホンとアタルが咳払いする。

「えー、まず高濃度炭酸泉で頭皮の汚れを落とします。それから指圧の技術で血行を促進するのがヘッドスパであります」

アタルが皆に向かって、「育毛は男性の永遠テーマです」そう断言した途端、全員の視線が彼の頭に集中する。

「だから覗き込むなっつーの、人の頭皮を」

そんなアタルの姿を見て笑いが広がる。キリだけはひとり寂しさを募らせていた。彼との別れの日が近づいている。

淳平が取材の帰り際、瑛美となにか言葉を交わしていた。

「ジュンペー君となに話してたの？」

「明日、わたしのアパートで一緒に料理する約束してたんだけど、その買い物の確認」

けろりと瑛美が応える。

ええ！　それってなに!?　いつの間に……って、そういえばさっき写真撮る時も、やけに瑛美さんばかり写してるなって思ったんだよな。

4

ワオ！モールの中に人工の色があふれ返るクリスマスシーズン、レインボーに予約をした年配の女性が、間違えてＫＡＭＩＮＯに入ってきた。キリは彼女をレインボーに案内した。

「ありがとうございます！」

女性ばかりのスタッフ一同が、キリに向けてはきはきとした挨拶をくれる。とても気持ちがよかった。レインボーに足を踏み入れたのは初めてだった。なにしろ敵陣のように捉えていたのだから。

店名のとおり、虹の七色が柱の一本一本に使われているのがアクセントの、ポップで明るいサロンだった。受付に雨宮がいた。目礼したあとで、カウンターの上でハッピーバードが動いているのに気がついた。なんだか胸が詰まって、急いで外に出る。

「サインポールを掲げたんだな」

雨宮もサロンから出てきた。

「男性に特化することにしたんです。徐々にお客さまにも戻ってきていただいてます」

彼が頷いた。キリはさらに言った。

「サロンの経営って難しいです」

「俺も、いまだに迷い迷いだ」

「雨宮さんが？」

再び頷く。

「俺は田舎の農家の七男坊でな。それで七郎だ。ガキの頃は絵描きになりたかった」

ふーん、と思う。

「東京に出てきて食うために美容師になった。雨宮七郎——雨のあとに七色の虹が出るって語呂合わせからサロンの名前をレインボーにしたよ。以来、試行錯誤の繰り返しだ」

それでレインボーか……つまんねぇオヤジギャグ。そう鼻白んだキリだったが、母のカットをした時、クラウンから首にかけてのシルエットを〝虹の架け橋みたい〟と言っていたのを思い出してもいた。

「あんたのサロンのレディースシェービングというメニューは、レザーの使えないうちにとって脅威だったよ。引っ込めてくれて大いに胸を撫で下ろしているところだ」

「あ、それなら来春、ワオ！モールの三階に、女性シェービングの専門店、レディースシェービングKAMINOをオープンすることにしました」

千恵子が、バーバーチーの四五坪のテナントの権利を保有したままでいたのだ。

「なんだと！」

愕然としている雨宮の横顔を見た瞬間、キリは小さな勝利を確信した。いや違う、とすぐに思い直す。勝った負けたでサロンを展開するわけではないのだ。

「ところで、これを渡しておくよ」

雨宮がメモを差し出す。いつか、巻子の入院先を知らせてきた時のように。

「マキを葬った寺と墓所だ。伝えるのが遅くなってすまなかったな」

キリはそれを無言で受け取った。どう反応していいか分からなかった。

「田舎者の俺にとって、マキは都会の気まぐれさの象徴みたいだった。ひどく高貴かと思えば、貧弱でみすぼらしかった。か弱そうに見えたかと思うと、手の中に置いておけない奔放さもあった。俺は振り回されっぱなしだった。とにかく、自分の手もとに置いておきたかったんだ、マキを」

そしてキリを見る。キリも黙ったまま見返した。

「俺はマキを、あんたら家族から連れ出したが、心まで一緒に連れ出せなかった。あんたのほうを一〇〇パーセント向いてたよ。それが面白くなかった」

雨宮が押し黙った。そして再び口を開く。キリの目は見守るような、観察するようなものだったかもしれない。

「病気のことを医者に告げられた帰り、付き添った俺はうなだれて歩いてた。すると、隣でマキが〝ほら、飛行機雲〟って言うんだ。見上げると目に染みるような青空だった。あれは、俺が見た一番きれいな空だったよ」

彼が小さく首を振る。

「……おかしな女だったが、いなくなると寂しいもんだな」

ふっと微笑んだかと思うと表情が曇った。その顔を背ける際に、目が照明を受けて光った。

「寂しいよ……寂しい……」

やっと言うと、こらえきれずにむせび泣いていた。やがて、声を上げて泣き始めた。金髪の中年男が、買い物客で賑わうコンコースで、おんおん声を上げて涙に暮れていた。


「レディースカットは、たとえばこういう毛先のカールって、パーマだけで出ると思って、あとからクレーム入ったりするからな。ちゃんと、家でもコテ当てて仕上げるってことを説明しろよ。それとヘアカラーな。見本と出る色が違うから、これも注意だぞ」

アタルがヘアカタログを開き、為永に最後の申し送りをしている。男性に特化したとはいえ、女性のクライアントもわずかながらやってきていた。

この間も、女子中学生が来店し、瑛美のカットを受けながら泣き出したことがあった。部活でハンドボールのレギュラー選手は、耳を出さなくてはならなくて覚悟を決めた。けれど、付き合っているボーイフレンドがロングが好きなのだそうだ。瑛美が優しく受け応えしてくれるのが嬉しくて、あふれる涙でクロスまで濡らしていた。

その瑛美が尋ねている。

「アタルさん、明日の新幹線の時間教えてくれる？　ジュンペー君と見送りに行くから」

瑛美と淳平はすっかりいい感じのようだ。

「遠慮しとくよ。俺、見送られるの苦手なんだ」

そこで、アタルがこちらに目を向ける。

「キリもいいからな」

「分かった」

と応える。

「それから、ウエイティングスペースに、袋とじのグラビアのある週刊誌はともかく俺チョイスのコミックは復活させてな」

キリは笑って、「あいよ」と言った。

やがて瑛美と為永が帰って、サロンにアタルとキリふたりになる。

「カットしてやるよ」

アタルが言ってきた。

「え？」

「髪、切ってやるって言っててんだよ」

そういえば巻子にカットしてもらって以来、たまに自分で前髪にちょこちょこっとハサミを入れるくらいだった。あとは伸ばしっぱなしの後ろ髪を引っつめのポニーテールにしていた。

クロスを掛けられ、アタルのカットを受ける。いつ聞いても、彼のハサミの音は軽やかで澄んでいる。

「おまえ顔立ちがいいからスタンダードな髪形が似合うと思うんだよな」

「なあに、お世辞のつもり？」

短くしたほうがいいと言ったのは巻子だった。アタルはスタンダードヘアにしろと言う。自分も巻子と一緒で印象がばらばらなのかも、と思ったりする。

アタルは雰囲気のあるレイヤーカットにしてくれた。レイヤーカットは美容師国家試験の実技課題にもなる。レイヤーは〝段〟を意味する。上が短く、下が《ラウンドす》るにしたがって長くしていく。耳に沿ったあたりの段の接合部分が難しいのだが、アタルの仕上げはなめらかだった。フロント部分を切り揃え、顔が丸く出るようなスタイルだ。

「こんな髪型にするの初めて」

キリは鏡の中の自分に驚いていた。

「知ってるか、おまえきれいなんだぞ」

鏡の中のアタルが照れたようにつぶやく。

「俺、ただなんとなく家を継ごうと思って、専門学校に通ってたんだよな。それがキリに会って、理容の道で真剣に生きようとする姿に惹かれたんだ。おまえは俺に、本気になる目的を与えてくれたんだよ」

彼はいったいなにを言おうとしているのだろう？

「前にさ、好きな子がいるって言ったじゃん。あれ、実はさ」

前に聞いた「ほんとはさ、郷里《くに》に連れて帰りたいんだ。だけど、無理だろうな。きっとこっちで自分の店を持つつもりなんだろうから」というアタルの声が蘇える。

「やめて」

キリは彼の言葉をさえぎった。

「どうにもならないことなんだから、もうその先は言わないで」

アタルは一度押し黙ってから微笑み、「じゃ、シャンプーするぞ」と言った。

シャンプー台に横になり、顔にタオルを載せられる。アタルのシャンプーは丁寧で心地よかった。頭を両手で包み込むようにして、右と左を互い違いに動かす。ごしごし洗うわけでもない、撫でるようにとも違う。シャンプーの快さはリズムなのだ。しっかり、優しく、しっかり、優しく、強弱のリズムが気持ちよさを生む。

シャワーもザーッと流すのではなく、頭皮のそばで手のひらをスプーンにし、そこにお湯を溜めては流していく。ブクブクと手にお湯を溜める。ザザーと流す。シャカシャカと指で頭皮をかく。ブクブク、ザザー、シャカシャカ。ここでもリズムがシャワーを心地よくする。

耳の周りは特に注意が必要だ。ジャバジャバと流せば、それは騒音でしかない。しかし、シャワーを沿わせ無音にすると、温かいお湯に浸かっているように錯覚するほどだ。シャワーヘッドを包み込んだ小指側の手の側面が、キリの頭の後ろをポンポンと軽くタップする。音とリズムとシャワーのお湯が渾然一体となって心地よさを生む。アタルの腕が力強く自分の頭を支えてくれている。キリはただ身をゆだねていた。

シャワーが止まる。

「おまえ、よくやってるよ」

声がした。

「俺、ほんとそう思うよ」

「ありがと」

フェイスタオルの下で言う。すると、その唇をそっとふさがれた。

アタル……。

けれどタオルを外されると、それまでとなんら変わりない彼と自分がいた。

最終章　キリの理容室

ヘアサロンKAMINOがオープンして一年が経った。

「ここ、任せるから。今日から瑛美さんが店長よ」

朝の開店前、ふたりの時にキリがそう伝えると驚いていた。

「任せるって、わたし、自分のサロンを潰してるのよ」

キリは頷く。

「その経験からアドバイスしてくれたじゃない。だいじょぶ、瑛美さんに任せたから」

すると瑛美がなおも言った。

「自分の店が立ち行かなくなった時、わたし、妊娠してたの。でも、流産しちゃった。そんなこともあって離婚したの。こんな話、これまでジュンペー君以外にはしてない」

キリには言葉がなかった。

「店を整理して、借金は夫と分け合った。あの人とは同志だと思ってたのに、最後は借金の負担比率で言い争いになった。こんなことなら店なんて持たなければよかったと思ったわよ。わたしは理容という仕事を憎んでた。そして、その憎んでる仕事で借金を返済するためにがむしゃらに働いた」

「今でもこの仕事を憎んでる？」

キリの質問に瑛美が首を振った。

「理容師になってよかった」

ふたりして微笑み合う。

キリは春にオープンしたレディースシェービングKAMINOを見ることにしたのだ。産休していた主婦のスタイリストを中心にパートのローテーションを組んでいる。すでに小顔シェービングの訓練を行っていた。

為永には、「植木先生が新たに後輩を送り込んでくるからね。タメちゃん、仕込んでやって」と伝えた。

雨宮はレインボーの現場から退いたそうだ。画家になるのが子ども時代の夢だった彼は、毎日絵筆を握っている。描くのは巻子の顔ばかりらしかった。

巻子の墓は鎌倉山の寺にあった。そこからは彼女が少女時代を過ごした腰越の海が見渡せた。誠と詣でた時、一度だけ雨宮とすれ違った。すっかり老け込んで、髪は金髪に染めておらず真っ白だった。彼は、会釈した自分たち父娘《おやこ》に気づかず、虚ろな表情で去っていった。

会社を定年前に退職した誠は、内装デザイン事務所を起業した。千恵子は相模湾理容専門学校で非常勤講師を務めている。長い経験から得た接客の心得を教えているのであって、株や不動産による資金運営は伝授していない。

それから二年後、アタルが地元の理容師の女性と結婚したのをＳＮＳで知った。それまでも時々、彼の近況をチェックしていたのだ。未練かもしれないけれど……。

彼は夫婦で、富山市内に家業のサロンの支店を出したようだった。以来、彼のＳＮＳは覗いていない。最初はショックを受けたキリも徐々に立ち直っていった。

淳平と瑛美も結婚した。淳平は『よもよも四方堂』を退社すると、一念発起し作家デビューを目指している。髪結いの亭主にならないようキリは祈るばかりだった。

瑛美にレディースシェービングＫＡＭＩＮＯを任せたキリは、新たにチェア三つのサロンをオープンさせた。それは理容室という言葉がいかにも似合うような小さな店舗だった。ヘアサロンＫＡＭＩＮＯⅡ《ツー》は、ワオ！モールとは駅を挟んで反対側、南口の駅前に位置する。交番とコンビニの間に建つ雑居ビルの二階で、一階の店舗は美容院だった。ＫＡＭＩＮＯⅡはサインポールを掲げていない。しかし、階下の美容院の客を横取りするつもりなどなかった。その美容院が閉店時間を迎える頃、キリの理容室の看板に明かりがつく。営業時間は深夜一時までだ。

今やワオ！モールにある本店の店長となった為永が、「えー、そんな時間にサロンを開けても、来るのはヤンキーか水商売しかいないでしょ？」と言っていた。しかし、キリの予想は違っていた。そして、そのとおりになった。ヤンキーや水商売の人たちは、深夜が活動時間なのだ。実際に足を運んでくれたのは、帰宅時間の遅い会社員や、夫の帰宅を待ち、子どもを預けることでやっと解放された子育て中の主婦だった。彼女らは階下の美容院が開店中に来られない。そんな人たちの、深夜の理容室は癒しの場所になった。髪を切り、顔を剃るだけが理容の仕事ではない。理容とは、人の人生に寄り添うものだ。人が必要としている時間や場所があれば、キリは店を開ける。

かつて、母の一生ってなんだったんだろうと思った自分がいた。けれど、自分にしたって進むべき方向が分かっているのか？　そんな時は、理容という仕事が導いてくれると考えるようにしている。母がそうだったように。

巻子が高齢者福祉施設への訪問理容を行ったように、トメが髪結いで家々を回ったように、いつか自分もワンボックスカーに機材を積み、理容施設のない地域を巡回するのもいいと考えている。だが、今はもっとやりたいことがある。この店が軌道に乗ったなら、また誰かに任せて次の仕事にかかろう。それこそが本当に手掛けたかったサロンなのだ。男性も女性もやってきたくなる理容店に本格挑戦する。

ここを誰かに任せて、なんて実は無理かもしれない。それどころか、いったんすべてを整理し、瑛美も為永も結集してかからなければならない大仕事になるだろう。規模だって大きい。真ん中に広いウエイティングルームをつくり、左右にそれぞれ男性と女性の専用サロンをつくるのだ。ウエイティングルームは男女共有だ。カットの順番を待つだけではない。終わったあともゆったりと寛いでもらっていい。夫婦や恋人同士で訪れてみたくなる理容店だ。小さな子どもがいる夫婦には家族向けの個室を用意する。きれいになって、ウエイティングルームで待ち合わせし、帰りは一緒に食事にでも立ち寄りたくなるようなサロン。なにより、あたしが訪れてみたい。いつかステキな誰かと。

今日も開店前、キリは全身鏡を磨き上げる。鏡に映る顔の向こうに自分はなにを見つめているのだろう。

あとがき

「美容師はアイドル、理容師は演歌歌手」——理容店のベテランオーナーから聞いた言葉です。理容師は息の長い仕事というのが、この言葉の意味するところであり、『キリの理容室』を書くきっかけになりました。取材を進めるうちに、職人のオヤジさんと愛想のいいおカミさんが夫婦で営む、赤白青の縞模様が回転する看板の床屋さんのイメージは一面的なものであることに気がつきました。最新の理容店は、カットの確かな技術でカッコいいを発信するシックなサロンだったのです。そして、女性にとって未知の世界である理容店は、そこでのみ使用が許される西洋カミソリ《レザー》での顔剃りがスキンケアやメイクに有効なことも知りました。

理容師法と美容師法が改正されました。業界は新時代に突入したと言っていいでしょう。具体的には、理容師、美容師両方の免許を持つスタッフのみが働ける理美容所の開設が可能になったのです。新ルールに対し、小説の主人公であるキリたち理容師はどのようなサロンを展開し、どのようなサービスを行っていくのか？　いずれにせよ、変わらないものがあるとしたなら、それはクライアントひとりひとりに尽くすスタイリストのもてなしの心でしょう。

執筆にあたり、多くのプロフェッショナルのお力を拝借しました。深く感謝しています。作中で事実と異なる部分があるのは、意図したものも意図していなかったものも、すべて作者の責任です。

Ｈａｉｒ Ｓａｌｏｎ ＳＫＹ、ＳＫＹ ｓｅｃｏｎｄ、ＳＫＹ ＦＩＥＬＤ ＨＡＩＲ
有限会社スプリングアート・池田弘城社長
ＳＫＹ ＰＩＥＣＥ・髙橋佳孝オーナー
学校法人国際共立学園 国際理容美容専門学校理容科・高橋正行科長
ライオンファミリーグループ 株式会社玄・井出隆夫会長
ライオンファミリーグループ 株式会社玄・佐野彰久統括営業本部長
ヘアープラッツ悠雅・羽鳥由紀子さん
Ｈａｉｒ Ｓａｌｏｎ ＆ ＳＰＡ 髪工房・仲矢仁オーナー
（社名は取材順、肩書はすべて当時）

文庫版のためのあとがき

『キリの理容室』を刊行した翌年、「第17回髪《は》っぴー大賞」という賞を頂きました。主催は全国理容生活衛生同業組合連合会関東甲信越協議会さんで、理容室のイメージアップにつながったと評価していただいたのです。

同協議会さんが開催する理容イベントの中で授賞式が行われるとのことで、招待を受けた僕は埼玉県にある会場の最寄り駅へと出掛けました。七月の梅雨の晴れ間のことです。

駅を出ると、四人の若者が待ち構えていました。髪をカラフルに染めていたり、極端なツーブロックにしたり、ツノのようにとがらせていたりと、非常に個性的なヘアスタイルの面々でした。ひげをたくわえている人もいます。緊張しているのか、表情が一様に怒ったように強張っていました。屈強な若者たちに取り囲まれ、ちょっとコワかった。

それでも勇気を奮って、「ウエノです」と名乗りました。すると、「お待ちしてました」「こちらへ」とクルマに案内してくれたのです。そう、彼らは連絡をくれたスタイリストさんでした。さすがにみんなオシャレな髪形をしているし、ハサミを使う理容師さんは腕っぷしが強そうな人が多いのです。

会場に到着すると、チーちゃんや巻子やキリのような女性スタイリストさんが笑顔で出迎えてくれ、ますますほっとしました。

そして、授賞式。僕は白いスタンドカラーのシャツを、タックインせずに着ていました。自分では、理容師さんっぽい格好と思っていたのです。壇上に向かおうとする僕の背後に、「失礼します」とひとりのスタイリストさんが立ちました。そして、まくれていたシャツの裾を直してくれたのでした。ああ、こうしたさりげない気遣いをしてくれる方々の集まりなのだなと、とてもハッピーな気分になりました。

表彰盾とともに頂戴した本格的なシェービングセットで石鹸を泡立てるたび、あの日の幸福感を思い出します。

主要参考文献

内海準二構成、きもとよしこ漫画『理容のひみつ　学研まんがでよくわかるシリーズ　仕事のひみつ編①』学習研究社
石田素弓著『美容師・理容師になるには』ぺりかん社
米倉満著『床屋の真髄——男を高め、男を癒す銀座の老舗の技とサービス』講談社
加藤寿賀著『なぜ、はたらくのか　94歳・女性理容師の遺言』主婦の友社
野嶋朗、田中公子、増田ゆみ共著『美容師が知っておきたい50の数字』女性モード社
赤須玲子著『赤ちゃん肌に変わる「顔そり」スキンケア』マキノ出版
吉田昌央著『シェービングビューティ～だったら剃るな、でも剃るよ！～』文芸社
中辻正著『顔層筋　深部リンパマッサージ』青春出版社
『理容技術理論1』『理容技術理論2』日本理容美容教育センター
サム・ワッソン著、清水晶子訳『オードリー・ヘプバーンとティファニーで朝食をオードリーが創った、自由に生きる女性像』マーブルトロン（発行）、中央公論新社（発売）
『POPEYE』二〇一五年十二月号　マガジンハウス

本書は、二〇一八年五月に小社より刊行した単行本の文庫版です。

|著者| 上野 歩　1962年東京都生まれ。専修大学文学部国文学科卒業。1994年に『恋人といっしょになるでしょう』で第7回小説すばる新人賞を受賞してデビュー。著書に『わたし、型屋の社長になります』『探偵太宰治』『就職先はネジ屋です』『市役所なのにココまでするの!?』『鋳物屋なんでもつくれます』『労働Gメンが来る！』などがある。

キリの理容室《りようしつ》
上野《うえの》 歩《あゆむ》

2021年8月12日第1刷発行

発行者——鈴木章一
発行所——株式会社　講談社
東京都文京区音羽2-12-21　〒112-8001
電話　出版　(03) 5395-3510
　　　販売　(03) 5395-5817
　　　業務　(03) 5395-3615
Printed in Japan

講談社文庫
定価はカバーに表示してあります

KODANSHA

デザイン—菊地信義
本文データ制作—講談社デジタル製作
印刷———豊国印刷株式会社
製本———株式会社国宝社

ISBN978-4-06-524584-2

講談社文庫刊行の辞

二十一世紀の到来を目睫に望みながら、われわれはいま、人類史上かつて例を見ない巨大な転換期をむかえようとしている。

世界も、日本も、激動の予兆に対する期待とおののきを内に蔵して、未知の時代に歩み入ろうとしている。このときにあたり、創業の人野間清治の「ナショナル・エデュケイター」への志を現代に甦らせようと意図して、われわれはここに古今の文芸作品はいうまでもなく、ひろく人文・社会・自然の諸科学から東西の名著を網羅する、新しい綜合文庫の発刊を決意した。

激動の転換期はまた断絶の時代である。われわれは戦後二十五年間の出版文化のありかたへの深い反省をこめて、この断絶の時代にあえて人間的な持続を求めようとする。いたずらに浮薄な商業主義のあだ花を追い求めることなく、長期にわたって良書に生命をあたえようとつとめるところにしか、今後の出版文化の真の繁栄はあり得ないと信じるからである。

同時にわれわれはこの綜合文庫の刊行を通じて、人文・社会・自然の諸科学が、結局人間の学にほかならないことを立証しようと願っている。かつて知識とは、「汝自身を知る」ことにつきていた。現代社会の瑣末な情報の氾濫のなかから、力強い知識の源泉を掘り起し、技術文明のただなかに、生きた人間の姿を復活させること。それこそわれわれの切なる希求である。

われわれは権威に盲従せず、俗流に媚びることなく、渾然一体となって日本の「草の根」をかたちづくる若く新しい世代の人々に、心をこめてこの新しい綜合文庫をおくり届けたい。それは知識の泉であるとともに感受性のふるさとであり、もっとも有機的に組織され、社会に開かれた万人のための大学をめざしている。大方の支援と協力を衷心より切望してやまない。

一九七一年七月

野間省一

講談社文庫 最新刊

神楽坂 淳
あやかし長屋〈嫁は猫又〉
江戸で妖怪と盗賊が手を組んだ犯罪が急増した。奉行は妖怪を長屋に住まわせて対策を！

夏原エキジ
Cocoon5〈瑠璃の浄土〉
最強の鬼・平将門が目覚める。江戸を守るため、瑠璃の最後の戦いが始まる。シリーズ完結！

石川智健
20《ニジュウ》〈誤判対策室〉
ドラマ化した『60 誤判対策室』の続編にあたる、ノンストップ・サスペンスの新定番！

谷口雅美
殿、恐れながらブラックでござる
パワハラ城主を愛される殿にプロデュース。凄腕コンサル時代劇開幕！〈文庫書下ろし〉

上野 歩
キリの理容室
憧れの理容師への第一歩を踏み出したキリ。でも、実際の仕事は思うようにいかなくて!?

後藤正治
拗《す》ね者たらん〈本田靖春 人と作品〉
「戦後」にこだわり続けた、孤高のジャーナリストを描く傑作評伝。伊集院静氏、推薦！

藤田宜永
女系の教科書
夫婦や親子などでわかりあえる秘訣を伝授！ エスプリが効いた慈愛あふれる新・家族小説。

リー・チャイルド
青木 創 訳
宿敵(上)(下)
十年前に始末したはずの悪党が生きていた。復讐のためリーチャーが危険な潜入捜査に。

秋《あき》保《う》水《すい》菓《か》
謎を買うならコンビニで
コンビニの謎しか解かない高校生探偵が、トイレで発見された店員の不審死の真相に迫る！

講談社タイガ

飯田譲治
協力 梓 河人
NIGHT HEAD《ナイトヘッド》 **2041**(上)
超能力が否定された世界。翻弄される二組の兄弟の運命は？ カルト的人気作が蘇る。

汀 こるもの
探偵は御簾《みす》の中〈鳴かぬ蛍《ほたる》が身を焦がす〉
京《みやこ》で評判の鴛鴦《おしどり》夫婦に奇妙な事件発生、絆《きずな》の危機迫る。心ときめく平安ラブコメミステリー。

講談社文芸文庫

成瀬櫻桃子
久保田万太郎の俳句
小説家・劇作家として大成した万太郎は生涯俳句を作り続けた。自ら主宰した俳誌「春燈」の継承者が哀惜を込めて綴る、万太郎俳句の魅力。俳人協会評論賞受賞作。
解説=齋藤礎英　年譜=編集部
なV1
978-4-06-524300-8

水原秋櫻子
高濱虚子　並に周囲の作者達
虚子を敬慕しながら、志の違いから「ホトトギス」を去り、独自の道を歩む決意をした秋櫻子の魂の遍歴。俳句に魅せられた若者達を生き生きと描く、自伝の名著。
解説=秋尾　敏　年譜=編集部
みN1
978-4-06-514324-7

講談社文庫　目録

2021年6月15日現在